比较文学与世界文学 研究丛书

主编 曹顺庆

初编 第 **26** 册

林语堂在英语世界的传播与接受研究（下）

杨玉英 著

花木兰文化事业有限公司

国家图书馆出版品预行编目资料

林语堂在英语世界的传播与接受研究（下）／杨玉英 著 ——
初版 —— 新北市：花木兰文化事业有限公司，2022〔民111〕
目 2+212 面；19×26 公分
（比较文学与世界文学研究丛书 初编 第 26 册）
ISBN 978-986-518-732-3（精装）
1.CST：林语堂 2.CST：现代文学 3.CST：文学评论
4.CST：学术传播
810.8   110022072

ISBN-978-986-518-732-3

比较文学与世界文学研究丛书
初编　第二六册　　　　　　　ISBN：978-986-518-732-3

林语堂在英语世界的传播与接受研究（下）

作　　者　杨玉英
主　　编　曹顺庆
企　　划　四川大学双一流学科暨比较文学研究基地
总 编 辑　杜洁祥
副总编辑　杨嘉乐
编辑主任　许郁翎
编　　辑　张雅淋、潘玟静、刘子瑄　美术编辑　陈逸婷
出　　版　花木兰文化事业有限公司
发 行 人　高小娟
联络地址　台湾 235 新北市中和区中安街七二号十三楼
　　　　　电话：02-2923-1455／传真：02-2923-1452
网　　址　http://www.huamulan.tw 信箱　service@huamulans.com
印　　刷　普罗文化出版广告事业
初　　版　2022 年 3 月
定　　价　初编 28 册（精装）台币 76,000 元　　　版权所有 请勿翻印

林语堂在英语世界的传播与接受研究（下）

杨玉英 著

第五章　打字机发明家林语堂

　　相对于林语堂的其他身份，打字机发明家林语堂对国内外的读者甚至学者来说都是比较陌生的。英语世界研究林语堂及其华文打字机的成果也不多，共有五种。具体为：（一）约翰·威廉姆斯的期刊文章《技术奇想：林语堂及其华文打字机的发明》；（二）Tsu Jing 的专著《散居汉字中的声音与文字》第三章"林语堂的打字机"；（三）迈卡·阿毕瑟的学位《林语堂与其中文打字机》；（四）墨磊宁的专著《华文打字机的历史》第六章"标准的传统键盘死了！标准的传统键盘万岁！"；（五）林语堂：华文打字机（专利申请的一部分）——编辑的话。

　　在这几种成果中，英语世界学者的林语堂研究成果中常常会提及的是一篇本科生的毕业论文，即迈卡·阿毕瑟的《林语堂与其中文打字机》。对一位大学本科生来说，能够对异质文化有如此浓厚的兴趣和深切的理解，并持有自己独特客观的见解，实属难得。

一、技术奇想：林语堂及其华文打字机的发明

　　2010 年，杜克大学约翰·威廉姆斯（R. John Williams）的文章《技术奇想：林语堂及其华文打字机的发明》发表在《美国文学》上[1]。文章指出了学界对林语堂 20 世纪 30 年代至 40 年代努力发明华文打字机的研究的忽略、林语堂发明华文打字机的背景、打字机面世前后的艰难处境及其意义等做了详细的阐释。文后的 52 条注释中，作者对美国的打字机发明家林语堂研究的情

1　R. John Williams. "The Technê Whim: Lin Yutang and the Invention of the Chinese Typewriter". *American Literature*, Vo.l. 82, No.2, 2010, pp.389-419.

况做了交代。

根据注释第三条，除此研究外，美国对林语堂及其打字机的研究成果还有三种：一是斯坦福大学墨磊宇的专著《华文打字机的历史》[2]；二是耶鲁大学 Tsu Jing 的专著《散居汉字中的声音与文字》第三章《林语堂的打字机》[3]；三是普林斯顿大学迈卡·阿毕瑟的学士论文《林语堂与其中文打字机》[4]。笔者另查询到洛杉矶大学学报上刊载的 Michael Zytomirski 的期刊文章《中国第一台打字机的发展历史：从机械装置到现代计算机》[5]，但不是用英文撰写的。

文中和注释中，作者还提及部分报纸对林语堂打字机的报道：（一）林语堂自己撰写的"一台华文打字机的发明"（《亚洲》，1946）[6]；（二）"新的打字机将会对中国人有所帮助"（《纽约时报》，1947）[7]；（三）"林语堂发明华文打印机"（《旧金山纪事报》，1947）[8]；（四）"新的华文打字机成熟了"（《基督教箴言报》，1947）[9]；（五）"华文打字机：一种真正的汉字研究"（《商业周报》，1947）[10]；（六）史黛西·琼斯."新的华文打字机征服包含43,000 种符号的语言"（《纽约时报》，1952）[11]。此外，笔者在美国的数据库中还查询到另外三种相关的报道：（一）"林语堂把汉字放到了打字机上"（《洛杉矶时报》，1947）[12]；（二）哈利·汉森."林语堂是如何让他的新打字机唱歌的？"（《芝加哥每日论坛报》，1947）[13]；（三）"华文打字机：林语堂申请

2　Thomas S. Mullaney. *The Chinese Typewriter: A History*. Massachusetts: Massachusetts Institute of Technology Press, 2017.

3　Tsu Jing. "Lin Yutang's Typewriter" In Tsu Jing ed. *Sound and Script in Chinese Diaspora*. Cambridge: Harvard University Press, 2010, pp.49-79.

4　Micah Efram Arbisser. "Lin Yutang and His Chinese Typewriter". Undergraduate thesis, Princeton University, 2001.

5　Michael Zytomirski. "The History of the Development of China's First Typewriter: From Mechanical Devices to Modern Computers". *Acta Universitatis Lodziensis. Folia Librorum*, Vol. 22, Nos.1-2, 2016, pp.107-116.

6　Lin Yutang. "Invention of a Chinese Typewriter". *Asia*, February, 1946, p.58.

7　"New Typewriter Will Aid Chinese". *New York Times*, 22 August 1947, p.17.

8　"Lin Yutang Invents Chinese Typewriter". *San Francisco Chronicle*, 22 August, 1947, p.6.

9　"New Chinese Typewriter Developed". *Christian Science Monitor*, 23 August, 1947, p.3.

10　"Chinese Typewriter: A Real Character Study". *Business Week*, 30 August, 1947, p.16.

11　Stacy V. Jones. "New Chinese Typewriter Triumphs over Language of 43,000 Symbols". *New York Times*, 18 October, 1952, p.30.

12　"Chinese Put on Typewriter by Lin Yutang". *Los Angeles Times*, August 22, 1947, p.2.

13　Harry Hansen. "How Can Lin Yutang Make His Typewriter Sing?". *Chicago Daily Tribune*, August 24, 1947, p.4.

专利的一部分：申请时间，1952 年 10 月 14 日”（《索引》第 27 卷第 3 期，2009）[14]。

现将这篇 31 页的长文中的特别观点摘录于下：

（一）关于林语堂的华文打字机发明之前西方对华文打字机所持的看法

1. 更具体地考虑打字机和汉字，多年来美国一致的看法是，不是某一天亚洲能生产一种打字机来解决机器本身的问题，而是简单地认为通过学习英语使亚洲人变得更“现代化”以致于能够使用打字机来解决亚洲的拼音文字的尴尬处境。（第 390 页）

2. 赫尔基摩历史协会（Herkimer County Historical Society）在庆祝打字机发明 50 周年的纪念日时解释说：中文和日语这两种“表意的”语言是书写机器不能处理的，能处理表意文字的打字机有一天会出现是不可能的。同时，那些购买打字机的中国人和日本人，并不是用他们自己的语言来处理文档，而是用其他语言，常常是英语……因而可以说，打字机不仅促进了语言的使用，而且在决定语言自身的传播方面也产生了很大的影响。（第 390 页）

（二）关于对林语堂发明华文打字机的研究不足

1. 缺乏对林语堂 20 世纪 30-40 年代的广泛努力以发明并大规模生产一种电动华文打字机的批判性研究[15]。（第 390 页）

2. 台湾学者对林语堂的研究更积极，但这些学者忽略了林语堂在美国时的英文创作，如苏迪然（Diran John Sohigian）在其长达 719 页的博士论文《林语堂的生平与时代》（*The Life and Times of Lin Yutang*）的正文和 12 页的参考文献中一次也未提及《唐人街》（*Chinatown Family*）。（第 392 页）

3. 将林语堂的事业，尤其是他发明电动华文打字机的努力放置在我所谓的“技术亚洲”（Asia-as-technê）这个语境中加以考察，不仅有助于提供一幅

---

14 "A Chinese Typewriter: Part of a Patent Filed by Lin Yutang, Patented October 14, 1952". *The Indexer*, Vol.27, No.3, September, 2009.

15 此为原文注释 3：Since writing this article, I have discovered two other scholars currently at work on Lin Yutang and his typewriter: Thomas S. Mullaney at Stanford University and Tsu Jing at Yale University. Beyond these scholars' works-in-progress, the only other academic treatment of Lin's typewriter I have found is "Lin Yutang and His Chinese Typewriter", an undergraduate senior thesis by Micah Efram Arbisser at Princeton University (23 April 2001).

关于林语堂的跨国文学发展的图画，而且也打开了一个阅读《唐人街》的空间，这部小说戏剧性地改变了亚美对林语堂作品的典型理解，并为对美国的技术研究提供了一种更大的批评话语。（第 392 页）

（三）关于林语堂的"技术亚洲"——华文打字机

1. 即便只是粗略地阅读林语堂的主要著作，也能看出"技术亚洲"话语于林语堂的思想是多么重要。（第 394 页）

2. 对机器文化的这些危害的反应，在林语堂看来，是西方人必须开始效仿中国人的"自由感"和他们对"流浪生活的热爱"。对林语堂来说，二者是固有的、积极的性别化的特征。正如其在《唐人街》一书的前面所解释的那样："东方文明代表的是女性法则，而西方文明代表的是男性法则。"在其全部的著作中，这些依照性别来分类的特征在其关于技术的字里行间表现得非常清楚。（第 394 页）

3. 那我们该如何来调停林语堂长达数十年对发明华文打字机的着迷和他同时对西方机器文化的讨伐呢？他作为 20 世纪 30-40 年代美国"亚洲技术"话语最著名的缔造者之一的作用是如何与其努力设计这个重要的"亚洲技术"的生产相悖的呢？（第 395-396 页）

4. 但另一方面，林语堂在北京期间对中国传统文化的兴趣日渐增加。他说服自己，西方的机械文明为中国的现代化进程提供了一种重要的手段，而中国过去的某些东西又必须得加以保存，这不仅仅是因为这样的过去是含有内在价值的，而且也因为中国现代化的帝国主义的语境似乎与西方化的进程是等同的[16]。正如刘晞仪（Shi-yee Liu）指出的："当大部分受过教育的知识分子沉浸在西方学术中的时候，林语堂却回到了中国的传统文化。"[17]（第 397 页）

5. 这里，林语堂认为，传统的中国文化对中国的发展而言是无价的，是根深蒂固的，它能阻止中国为进步所需而适应技术的现代化的力量。（第 399 页）

---

16 此为原文注释 24：On this question, see Eric Hayot's brilliant "Chineseness: A Pre-history of Its Future" In Eric Hayot, Haun Saussy and Steven G. Yao eds. *Sinographies: Writing China*. Minneapolis: University of Minnesota Press, 2008, p.5. Hayot writes: "It only makes sense to wonder about what modernization can 'do' to Chineseness if you believe that they are totally different things, that is, that Chineseness somehow lies outside of modernization, or that the latter occurs fully independent from Chineseness."

17 此为原文注释 25：Shi-yee Liu. *Straddling East and West: Lin Yutang, a Modern Literatus*. New York: Metropolitan Museum of Art, 2007, p.12.

6. 1945 年，林语堂完全放弃了文学创作，将精力放在解决打字机的最后问题上。实际上，越接近成功，遇到的困难就越多，花费也越大。尽管华尔希从林语堂的文学成功中获得了巨大的收益，但他并不认为林语堂的打字机是项明智的投资。林语堂对华尔希的拒绝非常不满，他拜访了一些有钱的中国朋友，最终从银行贷到了完成他的打字机所需的一大笔资金。（第 403 页）

7. 1948 年 5 月，林语堂与默根特勒公司（Mergenthaler Linotype Company）签订了大规模生产其华文打字机的合同。合同的签订带给林语堂一些希望，但公司很快就发现，由于华文打字机相当复杂，即便是大量生产，打字机的零售也会超过每台 1,000 美元，这个价比当时其他的打字机要高得多。由于那时中国正处于内战的剧痛中，根本就没有任何理想的销售市场。（第 404 页）

8. 尽管林语堂在莱明顿（Remington）管理者面前表现得有点窘迫，但报刊对他的打字机的成功的报道却非常热烈。很多重要的报刊都发文介绍其成功，并通常都附有一幅他的华文打字机的巨幅照片。《纽约时报》称发明"有望彻底改变（revolutionize）中国的办公和出版状况。"1952 年，《纽约时报》刊登林语堂最后申请到专利的报道时不再使用"彻底改变"这个词表明林语堂的打字机遇到了一些麻烦。《旧金山纪事报》则称林语堂的打字机将会"把中国前进的时针往前推进 10-20 年。"[18]林语堂一定对旧金山的中文报纸《中西日报》（*Chung Sai Yat Po*）上的文章感到特别高兴，文章称"如果林语堂的打字机能大批量生产的话，其对文化进步的贡献将不亚于德国活版印刷发明人古腾堡（Gutenberg）的发明。"[19]（第 405-406 页）

9. 尽管《唐人街》出版后受到褒扬、批评，更多的是常常被忽略，但我认为它从未真正在一种批判话语中被理解，这主要是因为它灵感的真正来源，即林语堂发明的华文打字机，从未在小说中被真实提及。实际上，没有哪种对这部小说的研究注意到林语堂的《唐人街》是他致力于打字机的一部分。（第 406 页）

10. 正如我指出的，林语堂对发明华文打字机的着迷不仅仅告诉了我们他自己对打字机本身的兴趣，而且也反映出一种总体的转移，即在西方技术全球化的危险时代保护和推进他所理解的亚洲最有价值的东西。（第 412 页）

18　此为原文注释 41: "Lin Yutang Invents Chinese Typewriter". *San Francisco Chronicle*, 22 August 1947, 6.

19　此为原文注释 42: "Faming Huawen Daziji". *Chung Sai Yat Po*, 22 August 1947, 1.

11. 或许米歇尔·福柯（Michel Foucault）会同意，林语堂将性别化的铅版与机械化的语言键入整合，即将其打字机的发明与其文学作品融合的尝试，将会为我们提供一种重新思考技术-文化的划分的动态机会，此乃东西方知识话语建构的中心。（第 414 页）

12. 在不欣赏林语堂坦承中国问题的那些中国知识分子中流传着一个笑话，认为林语堂的《吾国与吾民》（*My Country and My People*）应该读成"*Mai Country and Mai People*"（*Mai* 为双关，是中文里的"卖"字。可参见金惠经（Elaine H. Kim）的文章《通过文学来定义亚美现实》[20]。（第 417 页，注释第 30 条）

二、散居汉字中的声音与文字：林语堂的打字机

2010 年，哈佛大学出版了耶鲁大学教授 Tsu Jing 的专著《散居汉字中的声音与文字》。该书第三章"林语堂的打字机"[21]详细梳理了林语堂的华文打字机的发明背景与过程，并与世界各国打字机的特征与优劣势做了比较。此节将文中富有价值的观点译出以飨读者。

（一）国内和海外都竞相发明中文打字机。包括林语堂在内的许多发明家都曾在美国或其他国家留过学，如周厚坤、舒震东、祁暄等。在 1946 年的一篇英文文章中，林语堂特别提及周厚坤，说他在 1911 年"已经设想将成千上万的汉字放置在一个转筒上。"[22]林语堂还在他申请专利时提及另外三种华文打字机：一是 1916 年中国天津的 Pan Francis Shah 的华文打字机（Type-writing Machine）（美国专利号：1,247,585）；二是 1915 年纽约祁暄（Heuen Chi）的华文打字机（Apparatus for Writing Chinese）（美国专利号：1,260,753）；三是 1943 年纽约高中芹（Gao Zhongqin）的电动华文打字机（Chinese Language Typewriter and the Like）（美国专利号：2,412,777）。对关于包括林语堂的"明快"在内的华文打字机的各种相关报道，可参见如下：（一）"华文打字机"，载《公平交易》第 16 期，1915 年，第 340-341 页；（二）"新的打字机征服了汉字"，载《大众科学》，1937 年 11 月，第 137

---

20 Elaine H. Kim. "Defining Asian American Realities through Literature". *Cultural Critique*, No.6, 1987, pp.94-95.

21 Tsu Jing. "Lin Yutang's Typewriter". Op. cit., pp.49-79.

22 参见林语堂，"华文打字机的发明"（Invention of a Chinese Typewriter），载《亚州与美洲》（*Asia and Americas*）第 46 期（1946 年 2 月），第 58-61 页。

页；（三）"两种新的华文打字机"，载《中国杂志》第 17 期，1947 年 8 月，第 48-55 页；（四）林语堂."中国的扫盲战"，载《扶轮社》第 69 期，1946 年 11 月，第 12-14 页及第 60-61 页；（五）布鲁斯·布里文.《神奇的打字机》.纽约：兰登书屋，1954 年版，第 213-217 页。《大众科学》还分别于 1920 年和 1926 年报道了另外两种华文打字机。第一种由哈蒙德打字机公司在纽约售卖，第二种是由一个上海人发明的，打字机可转录 5,000 个汉字。其广告可参见"打字机上的中文语音"，载《大众科学》，1920 年 8 月，第 116 页和"中国人有了新的打字机"，载《大众科学》，1926 年 7 月，第 49 页。普林斯顿大学的一篇学士学位论文第一次呈现了默根特勒档案馆保存的关于高中芹和林语堂的打字机的生产和销售材料。可参见：迈卡·阿毕瑟.《林语堂与其中文打字机》，普林斯顿大学学士学位论文，2001 年。（第 248 页，第三章注释第 4 条）

　　（二）现在，打字机据说是为英语、法语、德语、西班牙语、波西米亚语、丹麦语、瑞典语、葡萄牙语和意大利语而制造的。对于中文，对于中文里的三万汉字，科学是无能为力的。——伊萨克·皮特曼（Issac Pitman），载《语音期刊》（The Phonetic Journal），1893 年。（第 49 页，正文前的引文）

　　（三）那个时代已经不复存在了。我寄希望于我的华文打字机的发明能为中国商业办公的现代化以及为中国开辟新的工业时代发挥作用。——林语堂."中国的扫盲战"，载《扶轮社》（The Rotarian）第 69 期，1946 年 11 月。（第 49 页，正文前的引文）

　　（四）在《我家的童仆阿芳》中，林语堂回忆起一位年轻的仆人曾经以惊人的天才表演让他感到他敬畏："有一天，打字机平［凭］空坏了。我花了两个小时修理不好。我骂他不该玩弄这个机器。那天下午，我出去散步回来，阿芳对我说：'先生，机器修好了。'从此以后，我只好认他为一位聪明而无愧的同胞了。……还有许多方面，确乎非有阿芳莫办。他能在电话上用英语、国语、上海语、安徽语、厦门语骂人。（外人学厦门话非天才不可，平常人总是退避三舍。）而且他哪里学来一口漂亮的英语，这只有赋与天才的上帝知道罢。只消教他一次便会。他说 'waiterminit' 而不像普通大学生说 'wait-a-meeyoot'。"[23]（第 53 页）

23　此为原文注释 9: Lin Yutang. *Little Critic: Essays, Satires and Sketches (First Series: 1930-1932)*. Shanghai: The Commercial Press, 1937, pp.242-243.

（五）马歇尔·麦克卢汉（Marshall McLuhan）是在英语全球化使命这个前提下对中国文化这个媒介给予观照的。汉字拼音化的问题是否不仅仅只用拼音语言而是用英语来作为一个模型。麦克卢汉恰好提及将汉字转化为英文的一种方言，正如他认为汉字在视觉空间的贫乏应为其在逻辑方面而非文化方面的不足负责。他把技术战与语言战之间的连接将文化、教育和全球英语的问题卷入了一种新的对抗进行汇总。林语堂对汉语的宣传，也要求相似的全球化。（第 58 页）

（六）显然，对林语堂来说，美英科学国际商务英语（Basic English），尽管其专业的人文目标是帮助文化，但它其实是一种英国殖民主义想要对其正在退化的帝国保持它的影响力的延伸武器。在"世界辅助语言"（World Auxiliary Language）的掩盖下，美英科学国际商务英语成了语言帝国主义的一种形式。然而，林语堂也从中看到了新的机会。（第 61 页）

（七）林语堂明确提及汉语作为一种全球媒介的优越性。有趣的是，他用到了后来麦克卢汉将会强调的相同的术语。对世界辅助语言的兴趣暗示着克服全球语言控制会经历更大的斗争。（第 62 页）

（八）象形文字和拼音文字之间可辨的差异并没有因为缺乏一种通用的语言而导致战争。相反，对通用语言的需要现在作为一种竞争的扩大了范围的新习语在起作用。通过体现语言极权主义的法则，对书写的新技术可能超越国家及其语言之间的社会冲突的希望诱惑我们忽略文化战争是如何发动的复杂形式。（第 64 页）

（九）是在这种通过交际手段来控制的精神上林语堂提出把汉语作为实际的世界语言的。而且，在为象形文字设计一种特别的分类体系的时候（这个体系后来用到了他的打字机中），他是以根据一种不同的、表意的逻辑来重新定义按字母排序的。字母书写与非字母书写之间的并置成了象形书写与非象形书写之间的并置。在将模式框架从一种主体文字转换到另一种主体文字的过程中，你能更清楚地看出两种书写之间的不同是如何服务于一种更微妙的调解过程的。每一种语言都试图在逐步变成通用语言的过程中主宰另一种语言。在西方话语里中国的表意文字作为一种理想的原始的他者被重新创造的过程中，字母系统作为表意文字无形的组成部分被重新吸纳进了汉语。（第 64-65 页）

（十）林语堂的打字机，如 1947 年 12 月号《大众机械》所示。在林语堂的亲自监督下，他的女儿林太乙展示了如何操作打字机革命性的键盘。"明快"打字机能同时打汉字、日文和俄文。每分钟可处理 50 个字。其顶盖可移动。其取景器（魔眼）从机器的顶部突出来，可呈现 5-8 个符合条件的字以供使用者作最终的选择。（第 71 页，图 11 的说明文字）

　　（十一）机械化与翻译的融合标志着表意文字的新时代。1948 年 5 月 18 日，为了估价大批量生产林语堂的打字机的可行性，默根特勒公司与其签订了一个为时两年的检验合同。1951 年 9 月，林语堂正式将其打字机的版权以 25,000 美元的价格卖给了默根特勒公司。然而，生产每台打字机以及订制配件的间接成本太高了，每台得大约 1,000 美元左右。这时，美国空军开始着手自动翻译即后来的机器翻译的研究计划。其研究者借鉴了林语堂打字机的键盘来作为推进世界语言这项事业的方法。（第 72 页）

　　（十二）从林语堂的童仆阿芳修理英文打字机的那一刻开始，中国与西方在语言与文化上的差异将通过机器阐释出来。表意文字的机械化截断了为发展信息技术的新形式而引发的竞争并极大地有助于这个过程。这牵涉到一系列的人物角色和事件，这些都是林语堂没有料到也不希望看到的。（第 73 页）

　　（十三）林语堂的打字机证明书写技术化是如何推进一种民族语言进入国际舞台这个目标的。第一次，他的书写机器为跨越使用中文与非中文的人之间的障碍提供了一种方法。它强调文学的治理如何能够作为一种文字和文本的适应手段来发挥作用。技术的条件似乎有利于激化语言的诞生这个概念，而其他的动力学则继续将本土的与外来的、将民族作家与其世界读者划分开来。以此类推，文本与中文作家之间的新的互换性面临着新的语言迁移。除了汉语，英语是世界华语语系的最大媒介。与全球语言的倾向相反，作家得忍受他自己的选择媒介。（第 79 页）

三、林语堂与其中文打字机

　　2001 年，普林斯顿大学迈卡·阿毕瑟（Micah Efram Arbisser）的学士学位论文《林语堂与其中文打字机》发表[24]。除"导论"外，论文有正文四章及结语，共五个部分：（一）热心打字机发明之前的林语堂；（二）西方的字母打

---

24 Micah Efram Arbisser. "Lin Yutang and His Chinese Typewriter". Undergraduate thesis, Princeton University, 2001.

字机；（三）中文打字机存在的问题；（四）林语堂"明快"打字机的故事；
（五）结语：经验教训与遗产。此节译介"导论"和"结语"部分。

（一）导论

我很小的时候就对技术创新相当好奇。计算机、汽车、飞机、高楼大厦
以及许多其他稀奇好玩的人类发明总能引发我的兴趣。然而，当我进入普林
斯顿大学开始了解中国时，我明白现代中国的困境曾经是而且仍将是，如何
将这些材料的创新与无数外国的思想和价值理念融为一体，进入一种那些外
国的文明无法与之媲美的先进文明中。

大学二年级，当我开始更加深入地研究"中国问题"（借用伯特兰·罗素
[Bertrand Russell] 的用词）时，我父亲递给我一本他找到的认为我会感兴趣
的书。这本书就是林语堂的《生活的艺术》，一本看起来有趣的书。我上一个
学期偶然在一次研讨会上见过作者林语堂的著作。这本书让美国读者喜欢上
了林语堂。书中充满着对世界的深思熟虑的观察，阐述了中国文化与西方文
化之间的相容与不相容的方方面面。他那独特的天才的洞察和轻松的幽默吸
引了我，也同样吸引了在我之前的成千上万的读者。

在读林语堂的《生活的艺术》时，我开始对中文打字机感到好奇。这个
主题是我对信息技术和中国的知识兴趣的一个交集。打字机似乎像是一个开
始了解表意文字是如何能与设计来容纳有限字母的现代系统相和解的合乎情
理的地方。在咨询该到哪里去寻找信息时，我的教授皱着眉头说他也不知道。
除林语堂在某个时候发明了一台打字机外，他对中国的打字机知之不多。这
个林语堂就是写了我喜欢读的那些关于坐椅子、米老鼠和希特勒该如何停止
在公共场合大喊大叫而是应该学会微笑的诙谐幽默的散文的林语堂。

到我选择毕业论文的时候，我想追随我对中国和技术的自然交集这个兴
趣。但问题是，我找不到足够的材料来写一篇符合字数要求的毕业论文。如
果一个像林语堂那样多产的作家又能发明打字机的话，那我肯定能找到更多
关于这方面的信息。于是我到图书馆和网上搜寻，尽管信息不是特别多，但
足够我用它们来完成一篇独特的毕业论文。

文中所包含的内容就是我从这些信息中所学到的东西。最有意思的是，
我知道了打字机对林语堂来说远比我一开始所想的要重要得多。尽管它常常
仅与 20 世纪 40 年代末林语堂生活的一段很短的时期相关联，但打字机及其
汉字处理系统实际上却是林语堂毕生的事业，于 1916 年开始，到 1972 年林

语堂的"辉煌"成就《当代汉英词典》（*Chinese-English Dictionary of Modern Usage*）出版时达到顶峰。

第一章简要介绍了林语堂及其思想，考证了他对中华民国时期的贡献、他在美国所起的作用，并简单讨论了他早期的语言学成果。尽管这部分与其打字机没有直接的关系，但它对更好地显示出除讨论林语堂不太为人所知的成就和贡献（如打字机）外其他那些更为人所知的方面起着重要的作用，同时，该章也阐释了某些源自我关于林语堂 20 世纪 30 年代的政治思想的小论文。该章篇幅比其他章节短小，这样做可以避免仅仅重复别的更有成就的批评家和历史学家已有的观点。

第二章讨论了西方的字母打字机以及它们提出的问题：为什么要发明这些打字机？为什么这些打字机没有立即就取得成功？为什么到最后又都成功了？等等。或许对于一篇研究东亚的论文来说该章是多余的，但该章在此论文中的必要存在是因为它与该论文在整体上是高度相关的。林语堂作为一个打字机发明家的经验与他的美国和欧洲前辈们建立的模式是非常契合的。

第三章呈现了我试图组织一个对除林语堂的打字机外的中文打字机的诸多机械问题的解决办法的连贯讨论。利用原始资料和那些珍稀的还未出版的二手资料，我试图尽可能多地了解不同的中文打字机。该章，尽管远远算不上完美，但它比我竭尽所能找到的那些分析为中文打字机而发明的书写机频谱的资料往前迈了一大步。

最后是第四章，它是论文的核心和生命线。该章阐述了林语堂发明中文打字机的各种尝试，包括他如何解决问题，他的解决办法是什么，以及林语堂发明的中文打字机与作为该发明的林语堂自己有着怎样的结局。论文主要依靠这三种资料：（一）林语堂女儿林太乙的《林语堂传》；（二）默根特勒公司的企业档案；（三）林语堂自己对他的发明的文字记载。我汇编了关于林语堂中文打字机的英文文献，并希望它是所有语言中对林语堂中文打字机的研究文献中最全面的。

有许多技术术语应该加以注意。论文中所有的引用和意象都是基于我对它们的最佳理解，如有错误或忽略，责任在我。文中出现的中文引用是我自己英译的，其后附有中文原文。论文"结语"后是完整的参考文献。

但是，有些不一致我无法避免。尽管林语堂在发明他的中文打字机时这个问题并不存在，但我在必要时使用了简体字和汉语拼音。这主要是因为我的文字处理器处理简化字的能力比其处理传统汉字的能力要强得多，而且拼音是我最熟悉的标准汉语拼音。但是，林语堂是支持简化字的，这从他开始写于 1933 年的第一篇倡导使用简化字的文章直至其 1972 年告诉《纽约时报》"我赞成毛泽东先生削减汉字总数并简化其书写的运动"[25]可以看出。

我试图为论文中所有的中文名字提供拼音和汉字，但在相当多的情况下却做不到，这是因为在我所找到的英文文献中许多罗马化的名字本质上模棱两可的缘故。如果有更多可用的准确资料，我或许会考虑像该文使用的罗马字拼音系统那样使用国语罗马字拼音法（GR, Guoyeu Romatzyh），因为林语堂的发明就涉及到这个。但是，熟悉国语罗马字拼音系统的读者很少，如果使用国语罗马字拼音法，会减少作为汉字罗马字拼音系统的利用价值。

不管是在我找到的内容方面还是对研究过程本身而言，该文的撰写过程都是一个令人难以置信的学习体验。我发现了许多极其有趣可加以阐释的信息。希望该文的读者也会发现文章是有趣的、创新的，而且甚至是有价值的。言归正传，正是基于此，我撰写了这篇关于林语堂与其中文打字机的学位论文，一个在某种程度上呈现了现代中国的根本困境的问题以及一个聪明人试图解决这个问题的独特故事。

（二）结语：教训与遗产

> "林语堂去世，享年 80 岁。一位学者，哲学家。"1976 年《纽约时报》头版上的大标题如是。讣文如下："中国人。一个诗人、小说家、历史学家、哲学家。一个向西方人阐释其民族和国家的习俗、愿望、恐惧和思想的人。"[26]

然而，在这篇高度尊敬高度赞美的讣文中，没有提及林语堂发明的中文打字机。尽管他发明的"明快"华文打字机可称得上是成功的。

由于制造一台如此复杂的硬件所需的费用太高，也由于中国未来政治的极度不稳定，在 1949 年生产"明快"华文打字机是不可能的，但这并不意味

---

25 此为原文"导论"注释 4: Peggy Durdin. "Finally, a Modern Chinese Dictionary". *The New York Times*, November 23, 1972, p.72. "I approve Mr. Mao [Zedong]'s movement to cut down the total number of Chinese characters and to simplify the writing of them." Micah Efram Arbisser. "Lin Yutang and His Chinese Typewriter". Op. cit., p.7.

26 此为原文"结语"注释 1: "Lin Yutang, 80, Die; Scholar-Philodopher". *The New York Times*, March 27, 1976, pp.1 and 28.

着它是失败的。它呈现了迄今为止解决中文打字机所存在的问题的最先进的方法，而且见到它的每一个人立刻宣称它是有史以来最棒的。然而，像其他的伟大发明一样，它并未成为最棒的。

1."上下形检字法"的失败

但问题是，如果林语堂的"上下形检字法"真的那么棒，那它为什么没有在其他的应用程序，如图书、图书馆以及计算系统的索引编辑中流行起来呢？我们现在为什么没有用它呢？很难解释历史上有些事情为什么没有发生，但是，有几个因素似乎可以用来解释为什么"上下形检字法"没有扎根成长。

一是，要宣传一个需要重新思考语言的系统很难，尤其是没有相当的政治支持。中华人民共和国只有通过其巨大的权力结构的纯粹惯性才能够实施其简化字的计划。然而，因为政治的缘故，台湾和香港仍然在使用传统的汉字形式（即繁体字）。

20 世纪 30 年代，林语堂与左翼作家联盟之间的冲突造成了他与中国共产党之间的隔阂。正如台湾和香港拒绝使用简化字那样，共产党也一直避免采用源自台湾或民国时期的技术与改革，如包括在国语罗马字拼音法和汉字注音已经存在的时候发展汉语拼音，以及当大五码（Big5）和 EUC 等繁体字编码方案已经存在的情况下为计算机设置的汉字国际标码这样的例子。

当林语堂"投奔"西方后，他实际上断绝了许多政治上的联系，特别是与左翼作家联盟之间的联系。依照《纽约时报》的说法，他也不止一次选择精神上的独立而非政治上的爱国："中国国民政府多次给林语堂提供重要的职位，但他多次拒绝。这样的反应是前所未有的。"[27]

对于林语堂的系统为什么没有流行起来，威廉·汉纳斯（William Hannas）暗示了另一个更根本的原因。在一次关于中国计算机输入系统过多的讨论中（据记载，时间为 1991 年，有 700 多人参加）[28]，汉纳斯作了非常有趣的陈述：

> 有人或许会想，如果在将汉字输入计算机时能有某些自然的或者甚至是理性的东西，那很久以前对于该如何这么做就已经出现了

---

27 此为原文"结语"注释 3: "Unpedantic Chinese Lexicographer". *The New York Times*, November 23, 1972, p.72.

28 此为原文"结语"注释 4: William C. Hanna. *Asia's Orthographic Dilemma*. Honolulu: University of Hawaii Press, 1997, p.267.

一致的看法。但是即便这样，新的方法还是会不断出现，但每一种都会涉及训练时间与准确性或速度之间的某些权衡。这种矛盾永远都不可能得到满意的解决。……[29]

林语堂与威廉·汉纳斯之间就使"上下形检字法"普及的论争将会是一场非常有趣的展示。当汉纳斯对计算机问题给予特别的强调时，他的论点可以扩及到"上下形检字法"在其他方面的应用以及许多其他的汉字分类系统，这些系统引发了相当数量的计算机输入法。而林语堂则至死都相信"上下形检字法"是最好的解决汉字排列方式这个问题的办法。

不幸的是，除了林语堂出版的词典以及一些老式的"神达"（MiTac）计算机还保存着外，他的"上下形检字法"已经完全死掉了。即便林语堂自己的词典网络版采用的也不是他自己的"上下形检字法"。对此，编辑在林语堂《当代汉英词典》网络版的"使用凡例"中是这样解释的：

> 原版采用的"上下形检字法"乃林语堂所创。这一种检字法自面世以来，一直未能普及。词典的网络版由于有了各种强大的电子检索及浏览功能的支援，"上下形检字法"作为"检字"方法而言，已无坚持的必要。[30]

2. "明快"打字机的遗产

如我们所知，西方打字机以字母键盘的形式为计算机留下了抹不去的痕迹。考虑到"上下形检字法"未能普及，"明快"华文打字机与现在的中文计算方法之间的联系可能会显得有些模糊不清。但是，如果我们进一步观察绝大部分计算机接受中文输入的方式，就能看出其与林语堂的"明快"打字机之间有着直接的关联。尽管就我所知没有电脑使用"明快"打字机的键盘或"上下形检字法"，但是许多系统依赖的是林语堂的专利"魔眼"（magic eye）的软件版本。

今天的许多电脑使用带汉字的笔划和发音的系统以缩小选择的范围直到使用者能轻而易举地选择自己想要的那个字为止。比如，在我使用的系统中，我输入我想要的汉字或词组的汉语拼音，电脑会向我展示与这个拼音相匹配

---

29 此为原文"结语"注释 5：William C. Hanna. *Asia's Orthographic Dilemma*. Op. cit., pp.267-268.

30 此为原文"结语"注释 6：Kwan Tze-wan et al. "User's Guide", from *Lin Yutang's Chinese Dictionary of Modern Usage*. Chinese University of Hong Kong online edition. http://www.arts.cuhk.edu.hk/Lexis/Lindict/. Last update unknown. Last accessed April 10, 2001.

的汉字。这是林语堂的"魔眼"最根本的工作原理（除其分类系统总是将相匹配的汉字缩小至八个或者更少以使其比拼音输入更有效以外）。

如果林语堂只是专注于软件而非硬件，那么他的"明快"打字机或许会更加成功。在 20 世纪 40 年代，要制造一台可供"明快"打字机使用的机械装置是相当昂贵的。必须得造一台实体机器来机械地"记住"汉字所在的位置[31]。今天，一名半生不熟的电脑程序员也能设计一款虚拟的"明快"打字机并不用花钱就能让其分布到世界各地。然而，这样的生产，导致了过度充裕的系统，制造了混乱与可怕的存储残片。像威廉·汉纳斯这样的思想家们从这些问题中得出了悲观的结论。

实际上，林语堂为我们现在所用的许多语音输入系统贡献了另一个理论，尽管这个理论与他自己的打字机毫不相关。在 1989 年举办的一次关于输入系统的研讨中，黄克东和黄大一（Jack K. T. Huang and Timothy D. Huang）认为导致了基于短语的输入观测系统应归功于林语堂。在这样的系统中，使用者可输入一个语音短语而不仅仅只是汉字的发音：

> 林语堂强调，众所周知，即便同音异义字的问题在汉语中相当严重，但是那些超过一个字的同音异义短语却非常少见。……下面的建议是给予这个发现的。[32]

这个主意源自林语堂词典背后的理论。林语堂的《当代汉英词典》是第一部把汉字与语言单位相结合的汉英词典："林语堂的《当代汉英词典》最伟大的创新在于它强调并给予了更多的空间给多音节汉字，这些汉字由两个或者更多音节的汉字组成，而不是那些单音节汉字。"[33]

3. 林语堂及其中文打字机的语境

林语堂发明一种可广泛使用的中文打字机的尝试是非常重要的，从其尝试中可得出许多有趣的结论。最简单的是它必须与发明者的期望相关。该论文的第二章表明了当开始介入时打字机并非是注定就能成功的，甚至发明了最好的打字机的发明家在其发明的过程中也常常会损失钱财。

31　此为原文"结语"注释 8：Lin Yutang. "Invention of a Chinese Typewriter". *Asia and the Americas*. New York: Asia Press, February 1946, p.59.

32　此为原文"结语"注释 9：Jack K. T. Huang and Timothy D. Huang. *An Introduction to Chinese, Japanese, and Korean Computing*. Singapore: World Scientific, 1989, p.88.

33　此为原文"结语"注释 10：Peggy Durdin. "Finally, a Modern Chinese Dictionary". Op. cit., p.37.

1946 年，当林语堂开始一头钻进他的打字机项目时对有可能损失钱财这个事实显然是盲目的。发明和技术创新史充满了各种伟大的装置，这些装置要么是出现在他们那个时代之前的，要么是市场效果很糟糕，要么是被下等但却强有力的竞争对手搞得精疲力尽。林语堂身上具备了一项伟大发明所需的许多恰当的东西：能让他人倾听的证明文件，一台革命的装置，以及他自己的一些债券，但这些都不合时宜。林语堂成了一个运气糟糕的牺牲者。

其次，林语堂的所有传记全都忽略了他的中文打字机，他的女儿林太乙的《林语堂传》也仅仅只有 18 页（其中还包括不少题外话）是关于其打字机的，但打字机却是林语堂一生非常重要的一部分。尤其是，它是林语堂语言事业的一个关键时期。语言学被林语堂众所周知的文学成就所遮蔽，但它却是林语堂真正对中国的发展做出贡献的领域之所在，而且他的打字机之梦是其最重要的一些发现的动力。虽然国语罗马字拼音法、"上下形检字法"以及他依赖于前两者的词典从未进入主流，但它们全都反过来对那些的确成了主流的系统做出了重要的贡献。

拼音常常被认为是拉丁化新文字（Latinxua Sinwenz）的产物，但事实上却是拉丁文、韦氏拼音、耶鲁拼音方案之最佳与国语罗马字拼音法之间的一种折中。由于"上下形检字法"依赖打字机的"魔眼"，它在某种程度上对现在使用的数字化中文输入系统有所贡献。林语堂将其词典称作他的"冠顶之作"[34]，实际上它也是，因为直到今天它仍然被广泛地看成是最棒的也当然是最具影响力的汉英词典之一。

"明快"华文打字机当然不是林语堂一生所做的唯一一件最重要的事。考虑到他的许多成绩，要选出哪一件是其最伟大的贡献是非常难的。然而，对林语堂来说，打字机代表了一个相当重要的梦想，而且他也确实并没有在打字机使得其经济窘困时为自己发明打字机而感到遗憾[35]。

绝大部分对林语堂的西方研究都集中在他呈现在其著名的英文著作中的思想上。西方人试图判决他的影响或指出其重要的哲学思想，而大部分的中国研究关注的也是林语堂的思想发展，却批评他的各种各样的嗜好。在这两

---

34 此为原文"结语"注释 11：Peggy Durdin. "Finally, a Modern Chinese Dictionary". Op. cit., pp.37 and 72.

35 此为原文"结语"注释 12：施建伟，《林语堂在海外》，天津：百花文艺出版社，1997 年版，第 108 页。

种类型的分析中，林语堂早期的语言学著作完全被忽略了。他们常常把林语堂的词典当成无关紧要的东西不予理会，或者甚至仅仅因为林语堂的"上下形检字法"未能像他所期望的那样被普及而将其当成"眼中钉"[36]。

打字机或许是普通生活中的一章，但它却是林语堂将其最喜欢的西方的创新应用到能使中国变得特别的体系中的终身使命的实物标志。"明快"华文打字机应该是林语堂"献给中国人民的礼物"[37]。尽管"明快"打字机从未能跨越太平洋，但毋容置疑其遗产却延续到现在甚至将来。

四、华文打字机的历史

2017 年，美国学者斯坦福大学墨磊宇（Thomas S. Mullaney）博士的专著《华文打字机的历史》出版[38]。全书除"导论"和"结语"外，共分七章对华文打字机的历史进行了详细的梳理，作者对林语堂及其华文打字机的介绍出现在第六章"标准的传统键盘死了！标准的传统键盘万岁！"中。此节把该书中与林语堂及其华文打字机相关的重要观点译介如下：

（一）汉字无罪

书的扉页上作者引了周厚坤 1915 年的观点"汉字无罪"（Chinese characters are innocent.）来表达其对华文打字机的看法。

（二）我从一开始就意识到，设计必须在根本上彻底不同于任何既存的美国打字机。任何认为每个汉字都需要一个键的想法几乎是荒谬的。

——周厚坤，1915 年（第 123 页）

（三）林语堂发明了华文打字机：如今需要一天来做的事情，用他的华文打字机只需一小时就能完成。——《纽约先驱论坛报》，1947 年 8 月 22 日

（四）虽然它是十二万美元换来的，虽然它使我们背了一身债务，但是父亲这个呕心沥血之创造，这个难产的婴儿，是值得的。——林太乙

（五）我看这就是我们想要的了。——赵元任对明快华文打字机的评价，1948 年

36　此为原文"结语"注释 13：Jack K. T. Huang and Timothy D. Huang. *An Introduction to Chinese, Japanese, and Korean Computing*. Op. cit., p.52.

37　此为原文"结语"注释 14：林太乙，《林语堂传》，台北：联经出版公司，1989 年版，第 237 页。

38　Thomas S. Mullaney. *The Chinese Typewriter: A History*. Massachusetts: Massachusetts Institute of Technology Press, 2017.

（六）1913 年，一位《中国学生月刊》的投稿人在文中慷慨激昂地对废除汉语的论争给予了反对，同时也对那些以牺牲汉语为代价优先考虑追求现代信息技术的人提出了警告："许多外国人以及一些偏激的受过教育的中国人，赞成对汉语做根本的改变。"这些人呼吁废除中文书写，而且或许甚至呼吁用英语来代替汉语。这位作者继续解释道："这些人给出的理由之一即是，目前还不能发明适合汉字的打字机。我们中国人想说，仅仅一台打字机的特权是不能足以诱惑丢掉我们具有 4000 年历史的宏伟经典、文学和历史的。打字机是为英语而发明的，而非英语是为打字机而发明的。"（第125 页）

（七）当"明快"打字机第一次出现的时候，《芝加哥每日论坛报》的作者及其"洗衣工"将会被证明是错误的："明快"打字机与顽石坝（the Boulder Dam）相比可是小多了。实际上，它看起来不太寻常，不像一台"真正的打字机"。"明快"打字机高 9 寸，宽 14 寸，深 18 寸，只是稍稍比西方的普通打字机大一点。更显而易见的是，"明快"是第一台拥有打字的标准要素即键盘的华文打字机。终于，汉字似乎通过制造一部就如我们这台"明快"一样的打字机成了世界的一部分。（第 245 页）

（八）"明快"可能看起来像一台传统的打字机，但其反应可能会很快让任何坐下来试图操作它的人感到困惑。往下压打字机的 72 个键中的一个，打字机的内部齿轮就会移动，但是纸的表面不会出现任何东西，至少是不会立刻就出现。再往下压其第二个键，其内部的齿轮会再一次移动，但是纸上仍然不会出现任何东西。但是，在往下压第二个键的时候，会出现某样奇怪的东西：会出现八个汉字，但不是出现在打印纸上，而是出现在嵌入打字机底盘的一个特别的取景器上。只有在把第三个键即打字机的八个特别的数字键之一往下压的时候，才会在纸上最终印下中文图形。往下压三个键，才能得到一个压痕。这世界在发生什么呢？而且，出现在纸上的中文图形与这三次连续往下压的键所代表的符号之间的关系并非是直接的、一一对应的关系。这是一台什么样的打字机呢？它看起来像是一种非同寻常的真的东西，但却表现得如此怪异？（第 245 页）

（九）那么，林语堂在发明其"明快"打字机的时候，他发明的不仅是一台与莱明顿和安德伍德不同的打字机，而且这台打字机与之前由周厚坤、舒震东、祁暄和罗伯特·麦基恩·琼斯（Robert McKean Jones）发明的华文打字机也不相同。实际上，林语堂是发明了一台通过将书写转变为一种"搜寻"过程而改变书写本身的机械行为的打字机。"明快"华文打字机可争辩地首次在历史上将"检索"（search）和"书写"（writing）相结合，期待发明一台人机交互作用的、现在称为"输入"的华文打字机。（第 247 页）

（十）到目前为止，读者将会注意到，林语堂对其打字机的描绘与其之前的华文打字机并非是完全不同的。其与祁暄 20 世纪 10 年代的组合式打字机别无二致，而且与商务印书馆制造的打字机有着许多共同的特征，只是其需要考证的东西更多。然而，是在林语堂打字机的第三步，某种全新的东西开始形成了。林语堂不是试图将需要的全部汉字和汉字组件安装到一台标准的华文打字机底盘上，或者圆柱形的磁鼓上，就像之前祁暄和周厚坤的打字机那样，而是借鉴华文电报并将所有的汉字隐藏在他的打字机的内部，打字员的裸眼是看不到的。我们在前面第二章考证了"代孕行为"（Surrogacy），在第六章我们将主要考证林语堂的打字机与华文电报码一样，林语堂想象中的打字机的操作者不会直接用汉字来处理，而是进行间接处理，即，通过一个基于键盘的控制系统。那么，在某种意义上，林语堂的打字机将会与罗伯特·麦基恩·琼斯的"没有汉字的华文打字机"（Chinese typewriter with no Chinese）相似，打字机带着一个如果需要也仅有少数几个汉字的键盘。但与琼斯的打字机不同的是，林语堂的打字机输出的是汉字。（第 265 页）

（十一）1947 年，随着"明快"华文打字机在全球面世，林语堂辛勤劳动的成果在打字机的键盘上体现出来。其特征是，除了那只有一个符号出现的六个键外，这些键中的大部分都是以 2-5 个键一组为其特征，全都是作为一种铺开并填充其以八个汉字为一类的键的。而且，林语堂创造了新的分组法，将部首与相似的方言概念一起进行分类归并。（第 271 页）

（十二）1947 年的夏天是属于林语堂的"明快"打字机的。林语堂开始了一场广泛的促销活动。召见新闻记者、为通俗和技术杂志写文章，并与中国和美国的文化人物和政治人物通信往来。同时他也与自己的财政支持商默根特勒公司以及美国国际商用机器公司（IBM）和莱明顿打字机公司的主管们保持着定期的联系，这两家公司都对林语堂的"明快"华文打字机的系统感兴趣。林语堂发展了中国主要的知识分子以及军事、政治和财政圈的成员们的建议。（第 272 页）

（十三）而且，林太乙的表演据大家所说是完美的。她毫不费力地操作"明快"打字机，甚至向《洛杉矶时报》夸口说"她只花了两分钟就学会了如何操作这台打字机"[39]。凭借这次成功展示，"明快"打字机的媒体战很快就产生了效果。仅 1947 年 8 月 22 号这一天，就有《纽约时报》《洛杉矶时报》《纽约先驱论坛报》《旧金山纪事报》《中西日报》等刊物撰文报道。随后还有《芝加哥论坛报》《基督教科学箴言报》《商业周刊》和《新闻周刊》对其予以报道。1947 年的秋冬，文章开始出现在主流的科学和机械杂志上，最先开始的是 11 月的《大众科学》和 12 月的《大众机械》。正如林语堂所宣称的那样，"明快"似乎注定要成为第一台被广泛使用和受西方人称赞的华文打字机。（第 276 页）

（十四）如果"明快"打字机是中国现代信息技术史上的重大突破，我们可能期望它横扫中文市场成为历史上第一台受到广泛关注的华文打字机。但并非如此。实际上，那唯一的一台"明快"打字机消失了，在 20 世纪 60 年代的某个时候被默根特勒公司的某个人悄无声息地丢弃了。"明快"华文打字机从未被大规模生产。它可能躺在纽约或新泽西州的某个垃圾堆里，埋葬在堆积了几十年的没有任何标记的废墟中。又或许它被拆解成零配件，或被熔化了。为什么"明快"华文打字机从未被大规模生产呢？我们该如何分析理解其失败呢？而它的失败在 20 世纪中期对更宽泛的中国信息技术史又给予了或并未给予我们什么启示呢？（第 277-278 页）

（十五）作为一种于 20 世纪 30 年代发展、于 40 年代面世的装置，那么，林语堂的"明快"华文打字机在实际上可能是失败的，但是作为一种文字与人和机器之间相互作用的新模式，"明快"打字机标志着中国信息技术以林语堂自己都无法预知的方式的转变。（第 281 页）

五、林语堂：华文打字机（专利申请的一部分）——编辑的话

2009 年，《索引》刊登了林语堂 1946 年 4 月 17 申请专利、1952 年 10 月 14 日同意批复的部分内容及"编辑的话"（专利号为：2，613，795）[40]。现将"编辑的话"译介如下：

---

39 此为原文第六章注释 55："Chinese Put on Typewriter by Lin Yutang". *Los Angeles Times* (August 22, 1947), 2.

40 "Lin Yutang: A Chinese Typewriter. Part of a Patent Filed by Lin Yutang". *The Indexer*, Vol.27, No.3, pp.107-110. (September, 2009)

编辑的话

我很高兴偶然发现了林语堂 1946 年为其"明快"华文打字机申请的专利。我发现，林语堂对中文书写系统的特征是如何妨碍了一种简单的检索系统做了很好的描述。该问题不仅检索者、图书编目员和电报操作员感兴趣，而且现代电脑世界对其兴趣也是在与日俱增。可参见，如：威廉·汉纳斯的《亚洲的拼写困境》（*Asia's Orthographic Dilemma*）一书[41]。我也对林语堂的六杆缸（six-barcylinder）解决法着迷，它让我想到了美国国际商用机器公司的高尔夫球式（Golf-ball）的电动（Selectric）打字机。该型号的打字机在 20 世纪 60 年代作为一种能在同一台打字机上使用多种字体的工具风行一时。

这里只呈现了林语堂申请专利的文本的前面三页，以及 39 个附图中的一个，是打字机的滚筒的图表。读者也会非常有趣地发现，林语堂在其发明中常将"索引"（indexing）一词当作一个关键要素来使用。但是我想将其留给他者来弄清楚在这个以及其他语境中"索引"一词对林语堂来说究竟是什么意思。

其专利申请的完整文本可在如下网址中找到：http://www.google.com/patents?id=LkVrAAAAEBAJ&printsec=abstract&zoom=4&dq=lin+yutang

令人伤心的是，林语堂或多或少是因其发明从未被商业生产的打字机而破产的。为了弥补损失，他不得不到新近成立的联合国教科文组织去工作。

---

41 William C. Hannas. *Asia's Orthographic Dilemma*. Honolulu: University of Hawaii Press, 1997.

第六章　幽默大师林语堂

是林语堂在 1924 年第一个将英文单词 "Humor" 译为 "幽默"。是林语堂说，"幽默到底是一种人生观，一种对人生的批评。""幽默的情境是深远超脱，所以不会怒，只会笑。而且，幽默是基于明理，基于道理之渗透。"[1]是林语堂认为，"幽默一定和明达及合理的精神联系在一起，再加上心智的一些会辨别矛盾、愚笨和坏逻辑的微妙力量，使之成为人类智慧的最高形式。我们可以肯定，必须这样才能使每一个国家都有思想最健全的人物去做代表。"[2]是林语堂文章的幽默风趣为他赢得了 "幽默大师" 的称谓。该章选取英语世界的两种关于幽默大师林语堂的研究成果进行译介分享。一是约瑟夫·桑普尔的长文《林语堂〈论幽默〉一文的语境分析》，另一是罗斯林·乔伊·里奇的会议文章《林语堂论幽默在全球社会中的地位：危机与机遇：过去、现在与未来》。遗憾的是，经过多方查找，也没能获得约瑟夫·桑普尔 1993 年发表的博士论文《林语堂与现代中国的幽默》[3]全文。该论文共分五章。第一章提供了中国 "幽默大师" 林语堂的相关传记信息。第二章探讨了席卷第二次世界大战前的中国的革命意识形态及其对中国社会和文学文化的影响。第三章阐释了林语堂对幽默的介绍，并考察了那个时期中国的不同散文家流派和各种文学出版物。第四章分八个部分分别考查了林语堂每一年为《中国评论周报》

1　林语堂，《论幽默》，载林语堂著，《林语堂名著全集》（第 14 卷），长春：东北师范大学出版社，1994 年版，第 5 页和第 11 页。

2　林语堂，《论幽默感》，载林语堂著，越裔译，《生活的艺术》，西安：陕西师范大学出版社，2006 年版，第 89 页。

3　Joseph Clayton Sample. "Lin Yutang and the Revolution of Modern Chinese Humor". Ph. D. dissertation, Texas A & M University, 1993.

特别是其"小评论"专栏的撰稿情况。第五章为结语，考察了作为一个社会文学评论家和散文家的林语堂的贡献。

一、林语堂《论幽默》一文的语境分析

2011 年，乔斯林·切伊（Jocelyn Chey）和杰西卡·戴维斯（Jessica Davis）编辑出版的《中国人生活与文字中的幽默：古典与传统的方法》一书第九章收录了约瑟夫·桑普尔（Joseph Clayton Sample）的长文《林语堂〈论幽默〉一文的语境分析》[4]。译介如下：

《论语》半月刊于 1932 年在上海创办，其宗旨是倡导幽默。《论语》迅速的成功使得文学界将第二年宣布为"幽默年"。在乔斯林·切伊和杰西卡·道维斯编辑出版的《中国人生活与文字中的幽默：古典与传统的方法》（*Humor in Chinese Life and Letters: Calssical and Traditional Approaches*）一书第十章中，钱锁桥详细讨论了当时高度紧张的政治气氛，并介绍了该杂志的主编林语堂的目的和目标。为了回应批评的风潮和他对幽默及其杂志的看法引起的激动，林语堂于 1934 年 1 月 16 日和 2 月 16 日在《论语》半月刊上分两部分发表了《论幽默》一文。林语堂认为，这篇长文是他众多的书籍、论说文和文章中最好的之一。

诚然，《论幽默》在作为文学作品进行分析时受到批评，认为它在处理中国几千年文学时过于笼统和过分挑剔，而且还受到社会历史学评论家对林语堂的整体论证的批评，认为考虑到文本写作所处的混乱的政治和文化氛围，对幽默的重要性的讨论是无关紧要的。阅读时，我们必须记住，除了定义和解释之外，我们还需要对一个国家、一个民族以及它的过去、现在，最重要的是，对它的将来进行解释。同时，我们也发现了一个人对中国的真正的自豪感和钦佩感，以及他日益增长的恐惧感和关切感。林语堂从来没有宣称过短暂的欢闹可以消除社会的麻烦和悲剧。相反，他只是提倡一种不那么讽刺的幽默，一种诉诸于个人内在的喜剧色彩，一种在中国社会的各个层面都变得如此普遍的嘲讽、痛苦和愤慨的解毒剂。

《论幽默》介于各种新旧中西思想和传统之间。在这方面，这篇文章对

4　Joseph Clayton Sample. "Contextualizing Lin Yutang's Essay 'On Humor': Introduction and Translation" In Jocelyn Chey and Jessica Davis eds. *Humor in Chinese Life and Letters: Classical and Traditional Approaches*. Hong Kong: Hong Kong University Press, 2011, pp.169-189.

那些主要对世界文学研究感兴趣但又不熟悉东晋诗人陶潜（365-427）的人，以及那些对中国社会、历史和政治研究感兴趣的人都非常有用，他们可能没有充分意识到林语堂在定义"革命"文学时所起的作用。林语堂显然将他的文学作品置于他认为是道家的而不是儒家的哲学传统之内。不论其对还是错，他认为这是当代社会的许多缺点和失败。该假设是否合理，可以在本书的其他两个章节中找到一定程度的依据，即许卫和的第四章关于儒家幽默的地位，以及 Shirley Chan 的第五章对道教的重要著作《列子》中的幽默的思考。

就幽默理论而言，在前面提及的其他过去的作家和思想家中林语堂更喜欢英国作家麦烈蒂斯（George Meredith, 1828-1909）[5]。1877 年 2 月 1 日，他在伦敦学会的一次演讲中作了题为"喜剧论"（An Essay on Comedy and the Uses of the Comic Spirit）的著名演讲[6]，而且后来在其流行小说《自我主义者》（*The Egoist*）中对其理论进行了阐述[7]。林语堂提高了幽默感，使其达到了麦烈蒂斯著名的俳调精神（Comic Spirit）的水平，因为他试图与西方现代性相比较重新诠释中国文化。在他写作时，还没有公认的关于"幽默"的中文单词（或概念）——尽管正如他所描述的那样，有些与"幽默"紧密相关的概念和感觉的术语，如讽刺和滑稽。林语堂提出"幽默"，不仅是将其作为一个重要的新词，而且根据麦烈蒂斯的观点，也是一个关于好脾气和笑声的专门的新概念。实际上，林语堂是将其作为介于悲剧与喜剧之间的一种超越或调停的立场，超越了文学领域。他认为，幽默是文明国家的标志。

在翻译林语堂的《论幽默》一文时，我将文中提及的大多数中西文学作品和作者做了注释。事实也证明，注释是必要的，因为林语堂偶尔会提及某个文本而不提及其标题，例如在文章的开篇他论及"三百篇中《唐风》之无名作者"时，他没有指出他意指的是《诗经》。此外，我还添加了其他种类的注释，因为原始文本没有任何参考文献或文内引用。并且我还对那些在英语中有独特的类比或在中文里具有特殊意思的术语或整个短语添加了引号，如

---

5 麦烈蒂斯是林语堂文中对 George Meredith 的译名，现代更常将其名译为"乔治·梅雷迪斯"或"梅瑞迪"。本书作者注。

6 此为原文注释 2：First published in April 1877 in *The New Quarterly Magazine* (published by Ward Lock and Tyler, London, between 1873 and 1880). The London Institution, founded in 1806, was an early provider of scientific education for the general public.

7 此为原文注释 3：Republished in 1963, available online from Project Gutenberg.

在林语堂提及"九流百家"这个实际上是由两个独立的中文术语组合而成的表达后，在同一段落的其后位置，他描述了"看穿一切"之辈如老庄之徒。如果我认为所引用的材料具有重大的普遍意义或历史含义，则会在注释中对其加以解释。否则，我则认为读者可以从给定段落的上下文中去理解所引用材料的含义。对于那些对林语堂的思想、其意义和背景有更多了解的人，应结合钱锁桥的著作对该文进行阅读，其著作对林语堂这位杰出人物的其他研究和传记描写以及他的著作和时代提供了全面的参考。

作者分三部分对林语堂的《论幽默》一文进行了全文英译。除标题和文前引文外，具体译文在此省略。

论幽默（林语堂）

我想，一国文化的极好的衡量，是看他喜剧及俳调之发达，而真正的喜剧标准，是看他能否引起含蓄思想的笑声。

——麦烈蒂斯《喜剧论》

关于笑的理论可以追溯到亚里士多德和柏拉图。康德的理论大体上与亚里士多德的理论一致。这种理论被称为"对一个人期望的反应"（a reaction to one's expectation），发生在当一个人感到紧张时，有人说些缓解紧张的话，随即大脑接收到轻松感并发出笑声。康德说："笑是因将紧张的期望突然变成一无所获而产生的一种情感。"[8]智慧和幽默的精确定义都可以用这种方式来加以解释。弗洛伊德（Sigmund Freud）的《机智与无意识的关系》（*Wit and its Relation to the Unconscious*）就是一个很好的例子：

一个处于缺钱窘境的人向一个有钱的熟人借了二十五美元。同一天，借钱给他的人发现这个人在一家餐馆吃一盘蛋黄酱三文鱼。见此，借钱给他的人这样责怪他："你向我借钱，然后来吃蛋黄酱三文鱼。你说你需要钱就是用来干这个的吗？"借钱的人回答说："我不懂你的意思。""我没有钱的时候不能吃蛋黄酱三文鱼，而我有钱的时候又不许吃。那么，我什么时候可以吃蛋黄酱三文鱼呢？"[9]

8　此为原文注释 47: Immanuel Kant and J. H. Bernard Trans. *Kant's Critique of Judgement*. London: Macmillan, 1914, p.223.

9　此为原文注释 48: Freud Sigmund, A. A. Brill trans. *Wit and its Relation to the Unconscious*. New York: Moffat, Yard, 1916, p.48.

　　这位处于怀疑状态的有钱的朋友问了一个问题。我们都对这个缺钱的人表示同情，而且我们认为他肯定会感到尴尬，直到我们听到他的回答，原本紧张的情绪突然就消失了。这是我们的神经在发笑的一个例子。还有另一种说法。当我们笑的时候，我们会观察那些处于尴尬或不幸的处境的人，或者那些在笨拙地或愚蠢地做事情的人，这使我们感到自己比别人要好。因此，我们笑了。如果我们看到有人摔倒了，但我们自己却稳稳地站着，我们就会笑。当你发现有人忙于追名逐利，但你自己却没有一点世俗的欲望时，你可能会再次大笑。但是，如果你知道一位像你一样在首都工作，曾经与你拥有相同职位的官员，刚刚获得了高级职位和更高的社会地位，你可能会感到嫉妒，因此你不会笑。如果看到有人被倒塌的房屋困住，而你不会受其影响，但你不会笑，因为你会感到恐慌。因此，笑声的来源是通过生活中我们没有参与其中的耻辱和不幸而看到的，这使我们的心理得到一种愉悦的感觉。人们阅读那些出于同样的原因而劝告他人的文章。当一个人讲述以前的尴尬经历时，旁观者常常忍不住大笑。自然，那些被嘲笑的人不可能高兴，而且他们的尴尬可能会转变成谦卑和愤怒。幽默越多被人类普遍使用，它就越能表达出同情，因为听者会相信他不是被嘲笑的目标，即使它是针对他的社会阶层的，他也可能不会被包括在内。被嘲笑的人也认为他人没有必要谴责自己的个性或社会地位。例如，当《论语》半月刊责骂一位在首都工作的官员时，该官员仍然能够大笑着读这篇骂他的文章。当我们谴责"温故而支薪"的教授时，他们可以意识清醒地忍受，因为这对其根本没有任何威胁[10]。两面的争论涉及的特定个体越多，如汪精卫和吴稚辉之间的分歧，幽默就越少，因为个体的苦恼和残酷很容易被添加[11]。此外，普遍

10　此为原文注释 49：To earn salaries by reviewing old things (wen gu er zhi xin, 温故而支薪) is a clever play on words. It is taken from the phrase "to learn new things by reviewing old things" (wen gu er zhi xin, 温故而知新). The phrases "to learn new things" (zhi xin 知新) and "to earn a salary" (zhi xin 支薪) sound the same in Chinese.

11　此为原文注释 50：Wang Jingwei（汪精卫, 1883-1944）was a prominent politician who established a pro-Japan government in Nanjing during the Sino-Japanese War (1937-1945). Wu Zhihui（吴稚辉, 1865-1953）was a former anarchist, elder statesman and founding member of the Nationalist (KMT) Party. In 1938, Wang Jingwei went into hiding in Hanoi, Vietnam, where he composed a poem called "Luoye ci"（落叶辞）(A Poem about the Fallen Leaves), in which he expressed pessimism about the war. He sent the poem to high-ranking KMT officials in Chongqing, and Wu Zhihui also received a copy. Wu wrote a poem in reply using the same rhyme schemes vehemently denouncing Wang's pessimistic views. This evoked strong repercussions in literary circles and was referred to as the "poem that swept away the fallen leaves of Wang".

且不加选择地讽刺社会和人们的生活具有一种情感上的吸引力，这种吸引力自然会更深，因此更接近幽默的本质。

对突发事件的反应是每篇文章的要素。与此相关的是，双关是幽默最肤浅的形式，但其自然、机灵的元素确实很好。意义因为一个词的双重含义而突然发生变化是一种艺术形式。有时，这种反应是个体那绝不妥协的态度的结果，或者是因为开玩笑的人头脑太笨拙。但是，其他反应是由于了解某事的原理或原因，因此能够看透人际关系。这种意外反应必须以一种清晰、机敏的思维开始，因为没有一种导致理解的特定顺序，使其类似于公孙大娘的舞剑：你将永远不知道她接下来会采取什么动作，因为没有设定的常规动作[12]。那些幽默的人自然是机智的。如在英国首相大卫·劳合·乔治（David Lloyd George）讲话的时候，一位女权激进主义者曾站起来说："如果你是我的丈夫，我肯定会毒死你。"乔治回答说："如果我是你的丈夫，我肯定会吃毒药。"[13]这是需要根据情况采取行动的一个实例。那个关于没有魅力的女人与齐宣王会面以及齐宣王将她纳为自己的皇妃的故事，确实有点恶作剧和幽默[14]。当然，必须谨慎，因为恶作剧以及说或做不合理的事会改变一个人的看法并招致不满。好的幽默感始于常识。它出乎意料地出现，并且取决于人对自己观点的表达。说话时，人们通常将礼节与虚假结合起来，并且听的时候不会感到奇怪，直到有人公正地讲出真相，这才引起大家的大笑。这让人想到弗洛

Wang died before the Japanese were defeated, and consequently avoided the ignominy of being tried and convicted as a traitor and war criminal. Despite many worthwhile achievements before his defection, Wang is generally regarded as a traitor and held in contempt by most Chinese. The sentence referring to the Wang-Wu debate appears in the 1934 version of Lin's essay but is omitted from some published versions including the source-text.

12　此为原文注释 51: Gongsun 公孙 was the family name of a legendary woman who performed a dance called the jianqi（剑器）. It is perhaps best known because of a poem by Du Fu（杜甫, 712-770）titled "The Ballad on Seeing a Pupil of the Lady Gongsun Dance the Sword Mime". The dance combined flowing rhythms with vigorous attacking movements.

13　此为原文注释 52: Lloyd George (1863-1945), British Prime Minister from 1916 to 1922.

14　此为原文注释 53: King Xuan（齐宣王, died in 301 BCE）ruled the State of Qi (?-320 BCE) during the Warring States period. Wu Yan（无盐）was the place where an unattractive but moralistic woman confronted the king, telling him he was wasteful and corrupt. The king was so moved by her honesty that he made her his wife. The term Wu Yan（无盐）is now synonymous with one who is unattractive.

伊德的解释：当束缚突然被解除时，就像脱缰的马一样，我们的灵魂自然就会放松，从而使我们发笑。由于这个原因，幽默很容易变得色情，因为色情的言语也可以用来使束缚得以释放。在适当的环境中，色情的言语对心理是有益而健康的。根据我的经验，当大学教授和学识渊博的学者一起聚会时，他们总是开玩笑说自己的性生活。因此，所谓的淫秽和不正当行为纯粹是一个社会的风俗问题。在某些地方，你可以讨论某些事情，而在其他地方，你不能讨论这些问题。与贵族的社会互动相比，英格兰中产阶级的社会互动可以让说话者束手无策。通常，上层阶级和下层阶级都很开放，只有受过教育的中产阶级有很多限制。英国人可能会赞成法国人不同意的事情，或者中国人也许不赞成英国人赞成的事情。时代的不同也会导致差异，如 17 世纪英国有许多人不敢使用的词，莎士比亚的时代也是这样。但这并不意味着当今人们的思想必然比莎士比亚时代的人们思想更纯洁，因为讨论性实际上具有使人们的交谈更加微妙的好处。有一个著名的中国故事，是关于淳于髡和齐威王的。淳于髡告诉齐威王说他有时饮一斗酒也醉，有时饮一石酒也醉[15]。齐威王回答说："先生既然喝一斗就醉了，怎么还能喝一石呢？"淳于髡回答说，如果是大王当面赐酒给他，那他喝一斗就醉了。如果是朋友们聚会，男男女女坐在一起，握手言欢而不受惩罚，眉目传情也不会遭到禁止，面前有掉落的耳环，背后有掉落的发簪，那他可以喝到八斗才有醉意。当天黑了，酒也快喝完的时候，大家把剩下的酒倒在一起，然后促膝而坐，男女同席，鞋子木屐混放在一起，杯盘狼藉，厅堂里的蜡烛已熄灭。主人把别的客人送走而把他单独留下，绫罗短袄的衣襟被解开，可以闻到一股淡淡的香味。这时候他的心里是最快乐的，他可以喝一石酒。

尽管这首诗不能被称做是淫秽的，但故事本身就是关于禁忌的解除，因此其幽默元素很容易变得淫秽。在另一个例子中，当皇帝指责张敞给妻子画眉毛时，张敞争辩说："闺房之乐，有甚于画眉者。"[16]这也可以被认为是幽默

15　此为原文注释 54: King Wei（齐威王）was known for leading an indolent and dissipated life. This story is found in *Huaji liezhuan*（《滑稽列传》, *Collective Biographies of the Huaji-ist*s), in Sima Qian, *Shiji*, Vol. 10, *juan* 126, or *Liezhuan*（《列传》, *Biographies*), juan 66.

16　此为原文注释 55: Zhang Chang（张敞, died in 48 BCE) was an official of the Han dynasty who was known chiefly for painting his wife's eyebrows. The phrase "Zhang Chang paints his wife's eyebrows" is now a phrase used to refer to marital bliss.

的，因为它无视社会禁忌而提出了合理的论据。

这种解释接近于"滑稽"。这里还有其他几个例子作为进一步的证据。著名的德国人赫尔曼·格拉夫·冯·凯瑟琳（Hermann Graf von Keyserling）邀请来自不同国家的作家为《婚姻之书》（*The Book of Marriage*）撰稿。萧伯纳（George Bernard Shaw）被要求写他对婚姻的看法，但他写了一封信声明："没有一个人敢在他妻子还在世的时候写出婚姻的真相。"这本书包含了许多冗长的、深思熟虑的、有意义的论据，凯瑟琳把萧伯纳的这句话放在了引言中[17]。举一个关于中国的例子。据传说，有人曾经问道士关于长寿的秘诀。道士说，如果你可以控制自己的欲望、与大自然为伍、远离美食、远离女性，那么你可以活数千年。于是有人问，那这样无聊的长寿有什么好处呢？我宁愿早死。这样的反应是很合理的。在西方也有类似的故事。曾经有一位老师喜欢喝酒，他喝酒时总是喝醉。因此他没有学生，而且很穷。有人曾友善地建议他："你知识这么渊博，如果你戒了酒，那你肯定会有很多学生的，对吧？"那个老师回答说："我之所以教书是因为教书可以喝酒。如果我戒酒，那我干嘛还要教书呢？"

从前面的笑话中我们可以清楚地知道笑声的起源和倾向，但是这些笑话都是机智的反应，能把我们带回到风趣和滑稽中，因为在这些例子中笑声产生的原理都是相同的。因此，勾勒幽默与写格言或警句不同，因为幽默是不能强迫的。如今，在西方国家，有许多幽默文章，而且几乎每本流行杂志都有一两个幽默专栏。这些专栏都是轻松愉快的，经常使用俚语来评论时事，从而使幽默感深深地渗入读者的心灵，如威尔·罗杰斯（Will Rogers）的作品[18]。一些散文家所使用的写作风格与流行杂志专栏中的风格并没有什么不同，如斯蒂芬·皮科克（Stephen Peacock）的文学素描，吉尔伯特·切斯特顿（Gilbert Chesterton）对生活的长评和讨论，或萧伯纳提倡的各种"主义"（isms）[19]。

---

17 此为原文注释 56: Hermann, Graf von Keyserling (1880-1946) arranged and edited *The Book of Marriage* in German (1925) and in English (1926). Keyserling reports (p.iii) that Shaw continued, "Unless, that is, he hates her, like Strindberg, and I don't. I shall read the volume with interest knowing that it will chiefly consist of evasion; but I will not contribute to it."

18 此为原文注释 57: Will Rogers (1879-1935) was one of the last of the so-called cracker-barrel philosophers, a tradition of American humour that includes Benjamin Franklin, Abraham Lincoln and Mark Twain.

19 此为原文注释 58: George Bernard Shaw (1856-1950) caused a stir on a trip to Hong Kong when he told a group of students, "Should you not be a Red revolutionary before the age of twenty, you will end up a hopeless fossil by fifty, but should you be a Red

这些散文家的写作风格大都很活泼，其写作以清新自然的方法为主。他们的写作与中国的喜剧不同，因为幽默并不意味着荒唐。他们的论文没有儒家道德主义者的口吻，论文也不虚伪。这些文章的写作结合了清醒与幽默，随意讨论了社会和生活的问题。阅读这些类型的文章不会使人自以为是，也不会让人感觉受到排斥。另一方面，在涉及严肃的事务时，他们可以进行专业的交谈。由于限制较少，幽默的文章可以表达出真正的快乐、愤怒、悲伤和喜悦的感觉。简而言之，在西方文学中，幽默的论文大体上是最新颖的文学类型。每个写幽默文章的人，除了要有活泼的风格外，还必须首先具有对生活的独特理解。就像人们对生活具有幽默的态度或幽默的看法一样，写幽默作品的人也会发展某种风格，并表达出一种情绪，无论情况如何，他们都可以用笔在纸上展示他们有趣的观点。与此相关的是中国人的普遍信仰，认为学习诗歌需要四处游览风景、观察人们的生活、培养自己的灵魂，而不仅仅是研究古典汉语的四声或讲授"蜂腰"和"鹤膝"的技术问题[20]。

因此，我们知道，除非你对人生有深刻的理解和对生活的看法有反思，并且，除非你能够说出合理的话，你才能写出幽默的文章。任何国家的文化、生活方式、文学或思想都需要通过幽默来丰富。如果一个民族没有这种幽默感的丰富，那它的文化将变得越来越虚伪，人民的生活将一天比一天变得虚假，思想将会变得越来越狂热和过时，文学将变得日渐枯萎，而精神将变得越来越顽固和超乎寻常的保守。一种情况将导致另一种情况，并且虚假的生活和文学将会出现，导致一种表面现象，即言语充满热情和愤慨，而实际上一颗心却腐朽、过时、发霉，仅能提供50%的热情和诚意且半生都处于麻木状态。它还会产生一种喜怒无常的、无法预测的、易感的、病态敏感的、歇斯底里的、狂妄自大的、情绪低落的精神状态。如果《论语》半月刊能够召唤交战的政治家们削减战斗以及诈骗和欺骗性的宣传，那么我们的成就将不是微不足道的。

---

revolutionary by twenty, you may be all right by forty." Lu Xun criticized Shaw, noting that "Becoming famous by promoting 'isms' is the trend among today's scholars", and adding that Shaw "promoted Communism by sitting in an easy chair with smiling complacency. Gaining fame by 'isms' is like displaying a sheep's head yet selling dog meat to cheat buyers. What a deception!" See Florence Chien, "Lu Xun's Six Essays in Defense of Bernard Shaw". *The Annual of Bernard Shaw Studies*, No.12 ,1992, p.63.

20 此为原文注释 59: Wasp's waists (*feng yao*, 蜂腰) and crane's knees (*he xi*, 鹤膝) are errors in versification, two of the eight standard faults in writing Chinese poetry.

二、林语堂论幽默在全球社会中的地位：危机与机遇：过去、现在与未来

《林语堂论幽默在全球社会中的地位：危机与机遇：过去、现在与未来》是阿德莱德大学亚州研究中心的罗斯林·乔伊·里奇（Roslyn Joy Ricci）为2010年7月在阿德莱德举办的澳大利亚亚洲研究协会第18届双年度会议提供的会议论文[21]。全文共分"导论"、"过去"、"现在"、"将来"和"结语"五个部分对林语堂的幽默观在全球社会中的地位进行了阐释。

（一）导论

林语堂是20世纪的主要文学人物，他通过写作和公开演讲在东西方文化间架起了一座跨文化之桥。他在中文和英文方面的语言专长，以及他在发明华文打字机时所运用的知识，都为国际商用机器公司（IBM）计算机中文字符程序的开发做出了贡献。在1936年移居美国从事跨文化、哲学文本和小说作家的事业之前，林语堂就已经是一位受人尊敬的短篇小说作家和杂志出版商。林语堂不是第一个在中国提倡使用幽默的受过西方教育的中国作家，但他是第一个将"humor"翻译为"幽默"并将其引入中国现代文学中的人。本文认为，林语堂的幽默建构是对现代汉语写作中传统方法的改变的一种刺激。目前，它被用作促进社会变革的动因，并且在某种程度上，可能在将来被用作政治变革的工具。

1924年，林语堂在论文《争议散文并提倡幽默》和《幽默杂话》中创造了"幽默"一词，因为他发现，旧有的词"滑稽"对现代创作来说是缺乏的[22]。根据林语堂的说法，"滑稽"是指"想要有趣而已"，而幽默则是一种更温暖的、更微妙的有趣或"高级言语的有趣"，它"能引起令人深思的笑声"[23]。钱锁桥，一位当代学者，对"humor"这一在中国文化中意指"幽默"一词进行了解构。他是在"幽默"是"一种有意识的跨文化行为，在东方和西方之间起着调解和运用文化意义"这个意义上来对其加以引用的。通过这种方式，他使幽默感得以被"丰富"，并提出了"通过对中国文化传统的创造性转化来

---

21 Roslyn Joy Ricci. "Lin Yutang on the Place of Humor in a Global Society: Crisis and Opportunities: Past, Present and Future". This paper was presented to the 18th biennial Conference of the Asian Studies Association of Australia in Adelaide, 5-8 July, 2010.

22 此为原文注释2: Lin Yutang. "Zhengyi Sanwen bing Tichang Youmo" ("Call for Essay Translations and Promoting Humor"). *Chenbao Fukan*, 1924a, Vol. 115, pp.3-4.

23 此为原文注释3: Lin Yutang. *Memoirs of an Octogenarian*. Op. cit., pp.57-58.

替代中国现代性的美学选择"[24]。钱锁桥对"幽默"和"滑稽"加以了区分。实际上，"幽默"是评论 20 世纪 20 年代和 30 年代中国政治的有用媒介。林语堂终身对作为写作工具的"幽默"着迷，这为解决新世纪全球社会的某些挑战提供了可能的方法。

（二）过去

林语堂成年初期的重要事件之一是他在 1932 年于上海出版的《论语》半月刊中提倡"幽默"写作。因为他创造了"幽默"一词，也因为他在其后的论文《论幽默》以及在 20 世纪 30 年代他创办的杂志中对"幽默"的塑造，林语堂被非正式地称为"幽默大师"。这是他的读者赋予他的荣誉头衔。在中国，用这个"幽默大师"的头衔来称呼他已经成为一个标准。在新世纪，"幽默大师"仍然是中国读者最能记住的林语堂的身份。

《论语》半月刊是一本重要的具有抵抗性质的杂志。它对现状进行了挑战，并诱使批评家们做出回应。但最主要的是，它拒绝明确的诺言论争并反对语言封闭[25]。具有讽刺意味的是，他用语言来谴责语言，就像唐代诗人白居易在他关于老子的诗歌中所做的那样：

《读老子》

言者不知知者默，

此语吾闻于老君。

若道老君是知者，

缘何自著五千文。[26]

白居易的这首诗既体现了幽默的微妙又体现了幽默的矛盾，这些正是林语堂倡导和欣赏的属性[27]。这也表明幽默在中国文学中早已存在。林语堂所做的就是在他的著作和演讲中对这种现象进行命名并对其进行广泛的塑造。但是，是什么促使他不仅接受了创办新杂志的挑战，而且还接受了在 20 世纪 20

---

24 此为原文注释 4：Qian Suoqiao. "Translating 'Humor' into Chinese Culture". *Humor: Internation Journal of Humor Research*, Vol.20, No.3, 2007, p.277.

25 此为原文注释 7：Dirin Sohigian. "Contagion of Laughter: The Rise of the Humor Phenomenon in Shanghai in the 1930s' ". *Positions: East Asia Cultures Critique*, Vol.15, No.1, p.158.

26 此为原文注释 8：Po Juyi. "Lao-tzǔ" In Arthur Waley trans. *Translations from the Chinese*. New York: Alfred A. Knopf, p.269.

27 此为原文注释 9：Lin Yutang. *Memoirs of an Octogenarian*. Taipei: Mei Ya, 1975, p.1.

年代的中国改变创作现状的挑战呢?

　　幽默使林语堂在 20 世纪 20 年代引起了中国读者的注意。但是,给他带来赞誉的幽默也给他带来了威胁。林语堂 1927 年写了一篇关于统治北京的军阀张宗昌(1881-1932)的文章,张宗昌因为偏爱北方的一种特殊的赌博游戏"牌九"而经常被人称为"狗肉将军"。张宗昌因为他的"三不知"而出名:不知道自己有多少士兵,不知道自己有多少钱,不知道自己有多少老婆。林语堂在其关于张宗昌的文章中用了他典型的讽刺幽默,并因被愤怒的军阀列入死刑名单而得到嘉奖。

　　《论语》半月刊席卷了中国文学界,就像落在干旱土地上的雨水一样。文学幽默从上海传播开来,使用幽默变得"风靡一时"[28]。苏迪然(Diran John Sohigian)认为,林语堂创办《论语》半月刊的目的是激发对政治气氛真相的揭露,而不是情境喜剧,因为他的读者:

　　　　围绕着林语堂和他的著作展开了激烈的政治和思想论争,甚至幽默的优点也遭到了辩论。林语堂在幽默中寻求人类对"眼泪与笑声之间"存在的理解。林语堂对幽默比对讽刺更重视,它源于时代的苦难,也是通过对愚昧之识对智慧的追求。[29]

　　林语堂对幽默的热情和他的"幽默大师"的头衔究竟是指什么呢?它是否具有特殊意义?或者仅仅是他对语言和文学各个方面的兴趣的自然发展?一旦林语堂从读者那里获得"幽默大师"的头衔,他就从文学和人格方面对他敬畏的"幽默"进行了定义。

　　林语堂自己承认,他曾根据梅瑞迪(麦烈蒂斯,George Meredith)[30]1897年的《剧论》(An Essay on Comedy)发表了他的杰作之一《论幽默》(On Humor)[31]。陈望衡和舒建华认为林语堂的幽默思想受到了萧伯纳的影响。不管是谁影响了林语堂,他仍然对幽默有其独到的见解,这一思想对当代学术理论家们仍然具有激励作用。1937 年,林语堂在他的畅销书《生活的艺术》中写了一

28　此为原文注释 11: Diran John Sohigian. "Contagion of Laughter: The Rise of the Humor Phenomenon in Shanghai in the 1930s". *Positions: East Asia Cultures Critique*, Vol.15, No.1, 2007, p.138.

29　此为原文注释 12: Diran John Sohigian. "The Life and Times of Lin Yutang". Ph. D. dissertation, Columbia University, 1991. Abstract.

30　此处林语堂用的是梅瑞迪,而在其他地方他将其译为麦烈蒂斯。本书作者注。

31　此为原文注释 13: George Meredith. "*An Essay on Comedy*". Edinburgh: Archibald Constable and Company, 1897.

篇题为《论幽默感》（*On the Sense of Humor*）的文章。林语堂在该文中宣称"理想主义和现实主义这两种力，在一切人类活动里，个人的、社会的、民族的，都互相牵制着，而真正的进步便是由这二种成分的适当混合而促成"，而且，"幽默感似乎和现实主义或称现实感有密切的联系。"[32]

因此，从林语堂的观点来看，幽默是人类社会发展的主要力量。林语堂在其最后一本书《八十自叙》中一个简短却至关重要的章节中强调了"幽默"（即《谈幽默》）。文章先是阐述他的"幽默"理论，然后是举例对其进行说明。在回忆录中对于他的华文打字机的发明或他的巨著《当代汉英词典》却写得很少，这证明了"幽默"对于他的重要性。这些探索证实了林语堂对"幽默"的重视，这是他文学和哲学遗产的重要组成部分。林语堂走得更远，不仅仅是将"幽默"理论化，他还在发言甚至演讲中使用幽默，尽管在他的著作中找不到这样的例子来加以证明。

林语堂在促进妇女权利的努力中运用幽默。他认为，这是用"典型的机智和刺激性脉络"来写女性，证明了他"博学加机智和幽默"的特长[33]。林语堂是使用"以人为本的中国思想"的众多作家之一，它为20世纪大部分有关中国女性及其地位改善的尝试的创作提供了信息[34]。

> 这里有一则《读者文摘》登过的笑话：女人面对男性或自己，一则有穿衣的公然愿望，一则有脱衣的秘密心愿，女装的变化就在这两极间打转。[35]

在讲述了他在台湾的一次毕业典礼上讲的笑话"演说要像迷你裙，愈短愈好"后，林语堂又讲了一个笑话，讲他曾在巴西演讲时的灵机一动：

> 还有一个笑话，也传遍全球："最理想的万国生活是，住英国房子，用美国水管设备，雇中国厨子，娶日本太太，交法国女朋友"。[36]

这两次演讲时的机智，如林语堂自己所言，已传遍全球。

---

32 此为原文注释 15：Lin Yutang. *The Importance of Living*. Op. cit., pp.5-6.

33 此为原文注释 17：Li Yuning. *Chinese Women through Chinese Eyes*. New York: M. E. Sharpe Inc., 1992, p.34.

34 此为原文注释 18：Lin Yutang. "Feminist Thought in Ancient China". *T'ien Hsia Monthly*, 1935, Vol.1, No.2, September, p.127.

35 此为原文注释 19：Lin Yutang. *Memoirs of an Octogenarian*. Op. cit., p.59.

36 此为原文注释 20：Lin Yutang. *Memoirs of an Octogenarian*. Op. cit., pp.58-59.

从对他幽默妙语的回忆中，我们可以看到林语堂对自己处理严肃话题的能力感到自豪。这种能力的价值在林语堂在公共场合是一个受欢迎的美国巡回演讲者而在私人场合也是晚宴上的尊贵客人上得到了证明。这并不意味着林语堂有意识地想要成为一名喜剧演员，但他肯定很享受被称为"幽默大师"和将幽默作为一种人类智力的重要特征加以理论化。这明确了他的写作方式，更重要的是他的生活方式。林语堂终生迷恋的、作为一种写作工具的幽默，同时也是其影响中国与世界其他地区对全球跨文化的理解这个目标的重要武器。

（三）现在

在全球范围内，林语堂对幽默的分析为理论家们提供了具体的语言来描述行为模式，从而为各种情况带来积极的结果。林语堂在《生活的艺术》这本畅销书中认为："幽默感似乎和现实主义或称现实感有密切的联系。"[37]他进一步指出，幽默被用来抑制理想主义，从而保持一种现实感。林语堂时常想到一些可以明确表示"人类进步和历史变迁"的机构公式，以便他能分析民族特征。如：

"现实"减"梦想"等于"禽兽"

"现实"加"梦想"等于"心痛"（普通叫做"理想主义"）

"现实"加"幽默"等于"现实主义"（普通叫做"保守主义"）

"梦想"减"幽默"等于"狂热"

"现实"加"幽默"等于"幻想"

"现实"加"梦想"加"幽默"等于"智慧"[38]

林语堂使用了阴阳二元原理。一方面，"梦想"、"幽默"、"幻想"和"理想主义"记录了轻松但几乎不合理的性格元素，另一方面，"现实"、"智慧"和"保守主义"记录了实在的元素。对林语堂而言，"现实"、"幻想"和"幽默"这组元素需要平衡以使性格获得最高目标"智慧"。他把这称作"准科学的"公式，因为他不相信"那种呆板的机械公式真能把人类活动或人类性格表现出来。"[39]林语堂一直以其写作、语言方面的事业和发明为目标，就像他心爱的二姊美宫在他年轻时容忍他一样。

---

37 此为原文注释 22：Lin Yutang. *The Importance of Living*. Op. cit., p.6.

38 此为原文注释 23：Lin Yutang. *The Importance of Living*. Op. cit., pp.6-7.

39 此为原文注释 24：Lin Yutang. *The Importance of Living*. Op. cit., p.6.

　　林语堂使用他的公式作为他所研究和生活其中的民族的性格特征表的基础，因此他有了一个假设，当考虑这些民族的人时，他有一个可用的假设：

　　　　现在以"现"字代表"现实感"（或现实主义），"梦"字代表"梦想"（或理想主义），"幽"字代表"幽默感"——再加上一个重要的成分——"敏"字代表"敏感性"（sensibility），再以"四"代表"最高"，"三"代表"高"，"二"代表"中"，"一"代表"低"。这样我们就可以用准化学公式代表下列的民族性。

　　　　现三　梦二　幽二　敏一　等于　英国人
　　　　现二　梦三　幽三　敏三　等于　法国人
　　　　现三　梦三　幽二　敏二　等于　美国人
　　　　现三　梦四　幽一　敏二　等于　德国人
　　　　现二　梦四　幽一　敏一　等于　俄国人
　　　　现二　梦三　幽一　敏一　等于　日国人
　　　　现四　梦一　幽二　敏三　等于　中国人[40]

　　林语堂进一步将其关于民族特征的公式应用到来自不同民族地区的诗人身上：威廉·莎士比亚（William Shakespeare, 英国人）、克里斯汀·海涅（Christian Heine, 德国人）、珀西·雪莱（Percy Sheeley，英国人）、爱伦·坡（Edgar Poe，美国人）和李白、杜甫和苏东坡（中国人）。从这些他得出的结论是，一切诗人显然有很高的敏感性，"否则变不成其为诗人了。"而且，这种高度的敏感性与"中国的民族性"处于平行的水平，"中国哲学家的人生观就是诗人的人生观，一种近乎哲学的艺术观念。"[41]中国民族性中的这种强烈的现实主义允许他们接受必要的东西而不必将其精力浪费在那些不必要的东西上。对林语堂来说：

　　　　况且人生的智慧其实就在摈除那种不必要的东西，而把哲学上的问题化减到很简单的地步：家庭的享受（夫妻、子女）、生活的享受、大自然和文化的享受。[42]

　　因此，对林语堂来说，幽默是智慧的基本特征。他认为智慧是通过剥夺

40 此为原文注释 25：Lin Yutang. *The Importance of Living*. Op. cit., p.7.
41 此为原文注释 27：Lin Yutang. *The Importance of Living*. Op. cit., p.10.
42 此为原文注释 28：Lin Yutang. *The Importance of Living*. Op. cit., p.11.

有欲望的生活并专注于需求来使生活变得简单，即家庭关系以及与自然和文化之间的平衡关系。读者发现他的特征公式还有其他类似的准科学用途。

林语堂"现实"加"梦想"加"幽默"等于"智慧"的等式可以用来解释幽默的复杂性和价值。如斯蒂芬·杜斯（Stefan Doose）用它来创建图表，以说明幽默在残疾人的"个人未来计划"中的重要性。杜斯声称林语堂需要融合"现实"、"梦想"和"幽默"这三个字符元素才能产生"智慧"，并将这些元素应用到他关心残障客户的领域[43]。

将杜斯的林语堂幽默公式的维恩图（Venn diagram）及其在产生智慧中的作用译成英语，使我们能够以绘画形式来追随他的观点。

智慧是林语堂的目标，而杜斯则看到林语堂的愿景对残疾人的照顾很有用。杜斯将幽默视为实现残障客户这一目标的缺失要素，因为梦想已经成为他们生活的一部分，而幻想已经使大多数人摆脱了局限。他运用林语堂的幽默理论作为观察人类社会中某些最弱势群体未来的手段。

> 不想太认真对待这个公式的话，我发现它是一个令人振奋的前提，可以用来反思我们的工作。如果我们不听取他们的梦想，而只运用冷酷的现实，我们难道不会在我们的支持下，伴随着我们的这些缺陷，将人类的生活状况减少至光秃秃的生存吗？有时候我们不是缺少幽默，而且也缺少我们因工作成功而获得的喜悦吗？[44]

这种被杜斯看成是关心残障客户的机会，也可以应用于其他领域。他在1996年汉堡会议上和在德语中使用林语堂的公式的一个重要方面证实了它是欧洲语境中社会理论的有用工具。因此，对于智慧至关重要的幽默，是一种跨文化工具，尽管被简化了，但它可以理解社会互动的复杂属性。

（四）将来

哲学家林语堂是否提出了将幽默作为所有文化人士的必备品格特征？如果他提出了，那他为什么要提出？要回答这些问题，并搞清楚这些回答如何有可能影响对林语堂的生活哲学的未来思考，我们必须看看他是怎么论述幽默的：

---

43 此为原文注释 30：Stefan Doose. "I Want My Dream: Personal Future Planning". The People First Network Gerrnany. Berkley: University of California Press. Translated by the author, last updated 29 November, 2007.

44 此为原文注释 32：Stefan Doose. "I Want My Dream: Personal Future Planning". Op. cit.

　　　　我很怀疑世人是否曾体验过幽默的重要性，或幽默对于改变我
　　们整个文化生活的可能性——幽默在政治上、在学术上、在生活上
　　的地位。它的机能与其说是物质上的，还不如说是化学上的。它改
　　变了我们的思想和经验的根本组织。[45]

　　罗伯特·布鲁纳（Robert Bruner）引用林语堂对幽默的化学本质的观点作
为新世纪的一种教育工具[46]。布鲁纳声称，林语堂的幽默的"转化效应"与刺
激"智力关联"、起一种催化剂作用、有助于学习过程的教育变革的本质是相
似的[47]。罗伯特·布鲁纳的"催化剂"是一种帮助记忆的媒介。英语谚语"笑
谈之中多真话"（Many a true word is uttered in jest）一直是许多教育工作者用
来作为一种激励的基础。助记符（Mnemonics）是耶稣会牧师用来将大量文本
提交记忆的方法，它利用一个事实将一种重要的东西与学习者联系起来，这
种东西被刻在学习者的神经网络上，从而促使他们回忆起它以及与其相关的
记忆。事实或经验是在重大事件中附带的。幽默的事件是激发记忆的重要手
段。林语堂对幽默的研究为教育工作者选择遵循布鲁纳论文的建议提供了一
个有力的工具。是林语堂提出，幽默也是政治舞台上的革命工具。

　　基于"现实"加"梦想"加"幽默"等于"智慧"这个前提，林语堂倡导
所有的政客都应该是幽默家[48]。对林语堂来说，这不是幻想，而是关于聪明的、
有创造性的思维的公平竞争环境的合理论争。他提出幽默取决于现实、梦想
和幽默的混合[49]。林语堂描述了派一个国家最好的"幽默家"去参加世界领导
人会议的结果：

　　　　因为幽默一定和明达及合理的精神联系在一起，再加上心智上
　　的一些会辨别矛盾、愚笨和坏逻辑的微妙力量，使之成为人类智能
　　的最高形式，我们可以肯定，必须这样才能使每个国家都有思想最
　　健全的人物去做代表。[50]

　　这样的政治家，敢于梦想，能够用现实来改变自己的视野，并以幽默的

45 此为原文注释 33：Lin Yutang. *The Importance of Living*. Op. cit., p.86.
46 此为原文注释 34: Robert F. Bruner. "Transforming Thought: The Role of Humor in Teaching". 1 February 2002, accessed 1 September 2010, http://ssrn.com/abstract=298761
47 此为原文注释 35: Robert F. Bruner. "Transforming Thought: The Role of Humor in Teaching". 1 February 2002, accessed 1 September 2010, http://ssrn.com/abstract=298761 p.1.
48 此为原文注释 36：Lin Yutang. *The Importance of Living*. Op. cit., p.6.
49 此为原文注释 37：Lin Yutang. *The Importance of Living*. Op. cit., pp.4-6.
50 此为原文注释 38：Lin Yutang. *The Importance of Living*. Op. cit., p.84.

心态来对待自己，是几乎不会陷入战争的[51]。为了进一步表达他的想法，林语堂主张在每一次会议议程中，拨出十分钟来放映米老鼠影片，让全体外交家参加，那么任何战争都可以避免了[52]。

> 对林语堂来说，只有梦想和幽默加现实才能实现智慧。如果缺少其中一个组成部分，那么不利的条件将占上风：没有梦想的现实几乎是不存在的。没有幽默和幻想的梦想，或者没有现实的幽默，都是愚蠢的。[53]

作为世界和平的一个解决办法，他建议派"幽默家"参加世界大会以避免战争的发生：

> 我们须默认它在民族生活上的重要。……因为幽默一定和明达及合理的精神联系在一起，再加上心智上的一些会辨别矛盾、愚笨和坏逻辑的微妙力量，使之成为人类智能的最高形式，我们可以肯定，必须这样才能使每个国家都有思想最健全的人物去做代表。……你会不会想像到这一批国际外交家会掀起一次战争，或甚至企谋一次战争？幽默感会禁止他们这样做法。[54]

林语堂主张让全体外交家在每一次会议议程中拨出十分钟来观看米老鼠影片，以将战争减小到最小程度。他认为这是避免战争的一种方法，因为外交家们的快乐的精神必将有利于建立友好的国际关系。林语堂相信这是可能的，因为"我以为这就是幽默的化学作用：改变我们思想的特质。"[55]新世纪的医学研究支持林语堂的假设，即幽默是一种化学反应，可以以积极的方式对其加以利用：

> 幸运的是，研究表明，就像长期不受控制的压力会破坏这种神经化学的平衡一样，诸如幽默、锻炼、谈话疗法、放松、健康饮食等应对技术也会对神经化学的平衡产生有益的影响。[56]

通过健康的习惯和幽默获得化学平衡为林语堂设想的和平社会定下了

---

51 此为原文注释 39：Lin Yutang. *The Importance of Living*. Op. cit., p.85.
52 此为原文注释 40：Lin Yutang. *The Importance of Living*. Op. cit., p.85.
53 此为原文注释 41：Stefan Doose. "I Want My Dream: Personal Future Planning". Op. cit.
54 此为原文注释 42：Lin Yutang. *The Importance of Living*. Op. cit., pp.83-84.
55 此为原文注释 44：Lin Yutang. *The Importance of Living*. Op. cit., p.82.
56 此为原文注释 45：Arnold Glasgow, 2008. "Humor: Laughter Is a Tranquilizer with No Side Effects", accessed 15 January, 2009. http://stresshelp.tripod.com/idll.html.

基调。林语堂梦想着一个"合理时代"的兴起，这样的时代"浸染着丰富的精神、丰富的健全常识、简朴的思想、宽和的性格及有教养眼光的人种的兴起。"[57]林语堂的"合理时代""不会是一个合理的世界，在任何意义上说来，也不是一个十全十美的世界，而是一个缺陷会随时被看出，纷争也会合理地被解决的世界。"[58]幽默是实现这个"合理时代"的关键，因为幽默的特征是一个令人满意的社会的基础："微妙的常识"、"哲学的轻逸性"和"思想的简朴性"[59]。如果像钱锁桥所认为的那样，幽默是智慧的关键，因为它"调解并赋予了文化意义"，那么它就是全球社会未来的强大媒介。但是，有证据吗？[60]

突然想到了来自当代媒体的两个例子。这些例子是幽默家们以前没有使用过的。首先是一个叫"晚7点"（The 7 pm. Project）的新闻摘要节目，其次是一个叫"赛前"（Before the Game）的澳大利亚足球规则审查小组。"晚7点"栏目有一位常驻主持人戴夫·休斯（Dave Hughes），是墨尔本俱乐部和电视节目中知名的单口喜剧演员。"赛前"小组成员包括三个澳大利亚著名的喜剧演员：一是米克·莫洛伊（Mick Molloy），著名的舞台、电影和电视喜剧演员。二是广播电台早餐秀栏目主持人、一个经验丰富的澳大利亚喜剧演员莱莫（Lehmo）。三是戴夫·休斯。两个小组的节目都获得了很高的收视率，这无疑是由于喜剧演员和佳宾被邀请加入了通常比较严肃的新闻和体育报道栏目。作为澳大利亚视觉媒体新闻和体育赛事的主要特征，幽默的出现是林语堂幽默理论在实践中的一个例子。

（五）结语

20世纪，林语堂对幽默的运用使他成为中国的"幽默大师"。长期以来幽默一直是中国文学的一部分，但林语堂是因为通过在中国文学的交流中把英语单词"humor"音译为"幽默"而被称为"幽默大师"的。《论语》半月刊，第一个以杂志形式传播林语堂的"幽默"。尽管它的存在有限，但它却是林语堂专业的"幽默"创作的奠基石。幽默作为散文中进行政治抨击的媒介的重

57　此为原文注释46：Lin Yutang. *The Importance of Living*. Op. cit., p.86.

58　此为原文注释47：Lin Yutang. *The Importance of Living*. Op. cit., p.86.

59　此为原文注释48：Lin Yutang. *The Importance of Living*. Op. cit., p.86.

60　此为原文注释49：Qian Suoqiao. "Translating 'Humor' into Chinese Culture". Op. cit., p.277.

要性不仅给林语堂带来了名声也招致了威胁。读者喜欢他的机智和他以幽默的方式来揭露政治上的暴行。但是，那些被揭露的人并不感到开心。军阀张宗昌缺乏幽默感，当林语堂的政治幽默的专长指向他的功绩时，这给林语堂招致了被处决的威胁来作为对他才华的奖赏。林语堂跨越在文化和政治上正确的界限，向观众传达他的人生哲学。他将幽默作为一种有可能被用于发展跨文化理解的跨文化工具来加以确立。他在演讲中融入幽默，以引起人们对诸如妇女权利等相当严肃的话题的关注。

在当代，特别是在过去的 15 年中，布格达尔（V. Bugdahl）和杜斯等西方理论家认为林语堂对幽默的看法是解决社会问题的一种激励工具。西方科学理论对林语堂的内在诱惑，源于童年时代他父亲的价值观传承，也是他对自己的导师——二姊美宫许诺自己会成为一个有用的人的保证，激发了他为智慧创造准科学公式的动力。幽默是他公式中的重要支柱。林语堂表达智慧的公式演变成他的民族性格特征（即他对民族刻板印象的看法）的表，这支持了他最初的假设——幽默是健康的心理和情感生活的基本要素。林语堂提出了一种将幽默作为实现社会目标的方法的论点，从而为理论家提供了在其所选择的领域运用幽默的机会。

林语堂主张将幽默作为国家间政治互动的基础，而罗伯特·布鲁纳则利用林语堂关于幽默的理论将其推广作为学习的工具。布鲁纳视幽默为新世纪教育工作者的助记符工具，通过它激发学习者对生活中必要事实和数字的记忆。对林语堂来说，从其在中国现代文学中的命名开始，幽默发展成了对世界和平的回应的一个命题。他建议在国际外交会议之前让外交家们观看米老鼠影片可能会扩大想象力，但政治家们解决全球危机问题的心态更容易预见。愉快的、思想开放的心态更容易转向对他人的同情和对其观点的通融。对心态不好的人来说似乎不可能的东西成为了那些放松但机敏的人的机会，一个容纳他人的立场并努力解决问题的机会。

第七章　女性主义者林语堂

　　国内研究林语堂的"女性观"、"女权主义观"、"女性平等观"、"女性主义观"的成果不少。林语堂自己也曾撰文无数来阐述自己对女性的各种观照，如收入《林语堂名著全集》（第 14 卷）中的"我最喜欢同女人讲话，她们真有意思。""我喜欢女人，就如她们平常的模样，用不着因迷恋而神魂颠倒，比之天仙。也用不着因失意而满腹辛酸，比之蛇蝎。"[1]（《女论语》）"我想女子，尤其是有过教育的女子，除了做妻之外，还应有社会上独立的工作。"[2]（《婚嫁与女子职业》）"因此，娘儿们要来自告奋勇，我只好说：'来吧，姑娘们，上帝保佑你们！横竖你们治世的成绩不会比我们那里糟的。'"[3]（《让娘儿们干一下吧》）该章对英语世界研究林语堂的女性主义观的三种成果进行梳理，以了解"他者"眼中的"女性主义者"林语堂。一是 Lu Fang 的博士论文《林语堂译本、改编本和重写本对中国女性形象的建构与重建构》，二是白保罗的期刊文章《林语堂的"寡妇"及其改编问题》，三是 Wang Jue 的博士论文《象征世界的自由时刻：对林语堂女性描写的符号学研究》。

1　林语堂，《女论语》，载林语堂著，《林语堂名著全集》（第 14 卷），前面所引书，
　　第 83 页和第 84 页。

2　林语堂，《婚嫁与女子职业》，载林语堂著，《林语堂名著全集》（第 14 卷），前面
　　所引书，第 110 页。

3　林语堂，《让娘儿们干一下吧》，载林语堂著，《林语堂名著全集》（第 14 卷），前
　　面所引书，第 141 页。

一、林语堂译本、改编本和重写本对中国女性形象的建构与重建

2008 年，加拿大西蒙菲莎大学 Lu Fang 的博士论文《林语堂译本、改编本和重写本对中国女性形象的建构与重建》发表[4]。除"导论"和"结语"外，全文共有正文四章，分别为：（一）林语堂之前文本对西方读者的中国女性呈现；（二）林语堂的出现及其对中国女性话题的独特声音的形成；（三）芸，中国文学中最可爱的女性——林语堂为什么以及如何翻译《浮生六记》；（四）寡妇、尼姑与歌妓：这三种被边缘化的中国女性意象在林语堂的改编本、译本和重写本中是如何被呈现被建构的。此节拟译介"'导论'第一部分"、第三章和第四章结语、"结语"四个部分如下。

（一）"导论"第一部分：林语堂对中国女性原型形象之改变的影响

20 世纪 20 年代以前，西方人头脑中的中国女性形象在很大程度上依赖的是西方人自己尤其是那些到过中国的传教士们的阐释。这些被呈现在西方人面前的中国女性经过了东方学者观点的深层过滤[5]：他们保持着 17、18 世纪的神秘和顺从，19 世纪末当中国被迫向西方打开大门的时候这种神秘和顺从变得更甚。然而，即便是在那个时候，新教传教士的作品和译文中的中国女性的形象仍然是相当负面的。中国女性被呈现为父权制文化中的柔弱被动的受害者形象："受压迫的、禁欲的、被剥夺了法定权力的、因缠足而蹒跚的、身心都为丈夫及其全家服务的。"[6]

在西方，这些原型形象强有力地充斥着西方人的头脑。20 世纪早期，这些形象受到了用双语进行创作的中国知识分子辜鸿铭的挑战[7]。通过其英文著述，辜鸿铭试图促进有着儒家美德的中国女性理想。然而，他的作品还不足以引起西方人观点的实质性改变。用双语进行创作的美国作家赛珍珠在其受欢迎的作品《大地》（The Good Earth）中也对这些原型形象给予了挑战，作

4　Lu Fang. "Constructing and Reconstructing Images of Chinese Women in Lin Yutang's Translations, Adaptations and Rewritings". Ph. D. dissertation, Simon Fraser University (Canada), 2008.

5　此为原文注释 1：The Westerner's view of the orient as explained in Edward Said's *Orientalism*. See Edward Said. *Orientalism: Western Conceptions of the Orient*. London: Penguin Books, 1978.

6　Richard W. Guisso and Stanley Johannesen eds. *Woman in China: Current Directions in Historical Scholarship*. Youngstown: Philo Press, 1981, p.36.

7　此为原文注释 2：Gu Hongming was a pioneer in Chinese-Western cross-cultural writing and translation. He was born in Malaysia, educated in Europe. In 1885, he began working for the Qing government.

品对中国女性饱含着人道主义的呼吁和同情。实际上，她是塑造了原始的、自我牺牲的大地母亲的中国女性原型。赛珍珠的中国女性形象在美国人的头脑中变得具有相当的影响力。

对这种东方学家的、儒家的观点最有效的反应来自 20 世纪 30 年代的林语堂，一位用中英文进行创作的中国作家、思想家和翻译家。他在美国出版的第一部具有影响力的英文著作《吾国与吾民》带给西方读者一种对中国女性的新鲜的、不同的理解。他的译本、改编本、重写本以及小说中的中国女性是能干的、独立的、聪明的。林语堂的许多作品在西方广为流传，因而极大地改善了西方人头脑中的中国女性形象。

林语堂并不是第一个让西方人听到其声音的土生土长的中国知识分子[8]，那么他为什么在影响流行的中国女性观方面做得这么成功呢？"恰如爱德华·萨义德指出的，它让我们思考，不占优势的、非强制的知识是如何在一种深深根植于政治、考量以及权力的地位和策略等背景中产生的。"[9]

在此文中，我将努力讲述林语堂对西方的中国女性观的影响。我将解释林语堂的后殖民意识、他的双语以及双重文化能力是如何建立起来的，他那关注中国女性的富有特色的声音是如何形成和发展的。文章将考证林语堂在呈现中国女性和使其声音被西方读者听到时使用的策略。同时，文章还将探讨影响林语堂的局限性，这些局限性影响了林语堂关于中国女性及其女性形象的声音的权威性。

（二）第三章结语：《浮生六记》对林语堂著作和事业的影响

上述分析表明了促进林语堂翻译沈复的《浮生六记》以及他如何感性地将其译成英文的那些复杂的个人的和文化的因素，同时也反映出《浮生六记》对形成林语堂的跨文化中国女性观和中国文化话语产生的关键作用。通过翻译，林语堂将《浮生六记》放置在了一个现代的文化语境中，并反映出其对现代中文和英文读者产生的影响。在翻译《浮生六记》的过程中林语堂找到

8　此为原文注释 3：At the turn of the twentieth century, there were only a few Chinese intellectuals who were able to translate Chinese into foreign languages, such as Su Manshu (1894-1918), Chen Jitong (1851-1907), and Gu Hongming. Gu Hongming and Chen Jitong were the only two who produced works that influenced the West before the 1920s, and Gu was more influential and widely read in Europe.

9　Roman Alvarez and M. Carmen-Africa Vidal. "Translating: A Political Act" In Roman Alvarez and M. Carmen-Africa Vidal eds. *Translation, Power, Subversion*. Clevedon: Multilingual Matters Ltd., 1996, p.2.

了美学、女性理想以及生活的艺术等方面的重要的跨文化的密切关系，这些为其成为中国人民和中国文化的代言人做了很好的准备。

对《浮生六记》的翻译影响了林语堂将中国女性介绍给世界并捍卫其在世界舞台上的位置的策略。芸的形象丰富了林语堂对中国女性、中国女性的生活、性格、思想以及才能的理解，将其带到传统与现代性之间的一种新的平衡中。这种成熟的观点在其《吾国与吾民》第五章"妇女生活"中得到了反映。该书是在其翻译《浮生六记》之后紧接着就写的。芸的形象出现在林语堂阐释中国女性的教育、恋爱和婚姻、女性在家中的从属地位的话语中。芸，作为林语堂的理想，同时也反映出他浪漫的中国女性观。

芸成为林语堂创造性作品中中国女性形象的一种灵感。1939年，林语堂出版了《京华烟云》（*Moment in Peking*）。这本小说中的女主人公木兰，一个总是聪明的、具有艺术天分的、热情的、有着宁静思绪的女性。林语堂称其为"道家女儿"，并称"若为女儿身，必做木兰也！"[10]在很多方面，木兰与芸这个"中国文学中最可爱的女性"[11]是相关的。

此外，《浮生六记》与林语堂介绍中国人生活和艺术的非小说形式的著作如《生活的艺术》形成了一种相当重要的互文关系。林语堂从《浮生六记》中选取了许多例子来证明他的生活艺术观[12]。从他对诸如《浮生六记》等书的高度欣赏来看，他对中国文化的最佳精神的看法、他对中国艺术对世界的贡献的评价，以及他将中国人生活的艺术向西方文化的强烈推荐都为其审美立场的建立和发展奠定了基础。他对中国美学精华和生活的艺术的现代挪用让西方文化世界感到惊讶并影响了西方对中国文化的看法。

一种对《浮生六记》的简洁优美的翻译，一种如此理想地保留了原文本的美学本质的翻译，表明林语堂形成了他文学翻译的成熟风格。林语堂没有

---

10 此为原文注释 206：Adet Lin. *Preface* to the Chinese version of *Moment in Peking*. 可参见林语堂.《京华烟云》. 北京：外语教学与研究出版社，1999 年版。本书作者注。

11 此为原文注释 207：Lin's creative writing of *Moment in Peking*, however, was also inspired by the classical novel *Dream of the Red Chamber*. Lin's daughter Adet mentioned this in her *Preface* to the Chinese version of *Moment in Peking* (*Jinghua Yanyun*). Lin originally planned to translate this novel into English, yet in the process of translation, he changed his mind and decided to write a novel by himself. See Adet Lin. *Preface* to the Chinese version of *Moment in Peking*.

12 此为原文注释 208：See Lin Yutang. *The Importance of Living*. Op. cit., pp.281, 286-290, 303-304 and 430.

留下很多关于这种翻译的理论作品，但是，通过阐释他在重新建构《浮生六记》过程中所采用的策略和技巧，我们可以了解很多他的跨文化文学翻译之道。在其《从异教徒到基督徒》（*From Pagan to Christian*）一书中，林语堂对辜鸿铭的翻译做了简略的评价："辜鸿铭的翻译却永远站得住，因为它们来自对两种文字的精通，以及对于它们较深奥意义的了解，是意义与表达方法二者愉快的配合。辜鸿铭的翻译是真正的天启。"[13]这恰是对林语堂翻译的恰当描绘。

（三）第四章结语

1. 三个中国女性形象的共通之处

上面对全寡妇、泰山尼姑和杜十娘的考证表明，这三个中国女性形象之间是存在共通之处的。尽管处在艰难的环境中，但她们却有着坚强的个性。她们每一个都独立、坚定、有强烈的自尊感。她们为生存而独立谋生和做选择。不管生存其中的环境如何绝望她们依然保持着自己的尊严。

全寡妇是她那个村子里最有个性的人和领导。所有的男人，包括村子里的长者，都对她的领导才能表示尊敬（或害怕）。尼姑逸云受到启发变成了一个宗教老师，甚至像老残和德慧生那样的男性学者都崇拜她。杜十娘骄傲、果断，她比其懦弱低能的恋人李甲独立和果断得多。尽管她自杀了，但她向社会表明她可以自己决定自己的命运。

这三个女性不仅给我们留下了聪明、能干的印象，而且还给我们留下了她们自己强大的声音和有力的话语。她们对爱情、婚姻和人生的信仰具有哲理性，她们被边缘化的位置给她们提供了独特的看待社会习俗和传统的视角。

这些被边缘化的女性组成了一种集体的反对儒家社会的声音。在其寻求解放的过程中她们选择了与儒家法则相反的不同的道路。正如林语堂在《寡妇、尼姑与歌妓：英译重编传奇小说》（*Widow, Nun, and Courtesan*）的"序言"中所表明的，"所有这些女性，寡妇、尼姑和歌妓，有没有孔子都不得不拼尽全力过活。尼姑超越了孔子，寡妇完全忽视了孔子，而歌妓则试图至少不否定孔子。"[14]

---

13 Lin Yutang. *From Pagan to Christian: The Personal Account of a Distinguished Philosopher's Spiritual Pilgrimage Back to Christianity.* Cleveland: The World Publishing Company, 1959, p.52.

14 Lin Yutang. *Widow, Nun and Courtesan: Three Novelettes from the Chinese.* New York: The John Day Company, 1951, p.vi.

同时，她们也构成了一种彼此间相互回应、相互阐释的关系。如果尼姑逸云不能从她过去的噩梦中醒过来，那她将不得不面对与杜十娘一样的命运。相反，我们理解杜十娘与其生活其中的社会是多么的不同，因为她没有选择只能在无情的现实中追求自己的梦想。杜十娘为她的未来所做的决定与全寡妇管理其村子的能力是具有可比性的。不幸的是，杜十娘太天真了，没能看清楚她所生存其中的社会体制的吃人本质，因此她醒得太迟了。

2. 林语堂的女性主义与其他男性作家的女性主义之间的关联

一本书中的这些形象汇集证明了林语堂对在中国社会被边缘化的女性所给予的强烈同情，并呈现出他对这些女性的聪明、才干和性格的崇敬。通过呈现这三个女性形象，林语堂进一步表明了他与中国文学中具有女权主义倾向的其他男性作家之间的精神关联。《寡妇、尼姑与歌妓：英译重编传奇小说》向我们介绍了几位在其时代看来有着强烈的女权主义意识的中国男性作家。17 世纪作家冯梦龙对这些"妓院中饱受诽谤和伤害的歌妓"[15]的同情，在其《杜十娘怒沉百宝箱》中得到了证明。有才的清代作家刘鹗对女性的聪明与美丽的高度崇拜在他对尼姑逸云的理想化塑造中被反映出来。当老向，林语堂的同时代人也是他的私人朋友，以一种幽默的方式创造了一个强有力的寡妇形象的时候，林语堂感到开心并从中受到了启发[16]。实际上，是林语堂自己的女权主义精神，他对中国文学的宽泛知识以及他的个人才能允许他将一系列中国男性作家介绍进了英语文学中。

3. 为突出中国女性形象进行的改编和重写

所选的故事中的这些形象全都是非传统的、被高度理想化的。在重新将这些故事译成英文的过程中，林语堂根据他自己的理想和从跨文化的角度考虑对她们进行了突出强调和重新建构。例如，在冯梦龙的版本中，除了最后的长篇大论，杜十娘很少说话。经过林语堂的改写后，杜十娘变得善于表达甚至是有点话多了。林语堂还让杜十娘在她的诗中表达自己的感受和想法。通过这种方式，她变成了一个更加丰满的人物。

《寡妇、尼姑与歌妓：英译重编传奇小说》阐释了跨语言文化实践的三

---

15 Liu Wu-chi. *An Introduction to Chinese Literature.* Indianapolis: Indiana University Press, 1966, p.218.

16 林语堂的《寡妇、尼姑与歌妓：英译重编传奇小说》中的第一个故事是以老向的《全家村》（*Quan Family Village*）为基础的。本书作者注。

种类型：（一）对《老残游记》的轻度改编；（二）对《全寡妇》的戏剧性改编；（三）对《杜十娘》的全部重写。林语堂在对这些故事进行翻译、改编和重写时发展的文化策略和叙事策略是值得注意的。它们都对跨文化文学翻译和重写做出了不可估价的贡献。

4.《浮生六记》对林语堂后来中国女性之塑造的影响

对这些女性形象的翻译、改编和重写为林语堂后来的著作建立了一个强有力的基础。他在呈现和重新建构这三个女性形象时发展的策略在其 1952 年那本《寡妇、尼姑与歌妓：英译重编传奇小说》中得到了进一步的运用与发展。在该书中，他呈现和重新建构了一系列选自爱情小说中的中国女性形象。这些女性都倾向于被高度理想化和浪漫化，她们口中说着林语堂自己对中国女性的爱和热情的理想与思考。

林语堂在翻译、改编和重写中发展的这些形象原型与策略也影响了他在其创造性的作品即其英文小说中形象的呈现。20 世纪 50 和 60 年代，林语堂将其大部分的时间用于创造性写作。他的浪漫小说如《风声鹤唳》（*Moment in Peking*）、《朱门》（*The Vermillion Gate*）、《红牡丹》（*The Red Peony*），他的历史小说如《武则天传》，以及他的半自传体小说《赖柏英》（*Juniper Loa*），全都塑造了理想化的浪漫的中国女性。这些女性概括了显而易见是林语堂理想的中国女性的特征。

（四）结语

上述的个案研究证明了林语堂翻译、改编和重写对改变中国女性刻板形象的力量。这些例子表明林语堂的意识形态及其翻译策略是如何塑造这些正面的女性形象以及诸如林语堂的读者感觉等微妙因素是如何影响其关于中国女性的声音和他重构的女性形象的出现的。

在此"结语"中，我首先回顾了我对那些不太出名的双语翻译家和那些为林语堂的著作搭建舞台的作家，然后归纳了林语堂在翻译素材的选择、女性形象的重构和文学翻译方面发展的批评策略，并强调了他跨语际实践的局限性。该部分以肯定林语堂在跨文化世界中的重要性结束。

1. 对历史和双语语境以及林语堂女性形象谱系的重新评价

在后殖民语境中从跨文化翻译中国女性的视角研究林语堂显示出在后殖民主义、女权主义以及跨文化翻译交集中的一些新鲜、多样、复杂的现象，并带来一些重要的发现。

1.1. 林语堂的作品与历史和双语语境之间的关系

将 19 世纪末至 20 世纪初这个时期的中国女性展示给西方的形象史情景化，该研究揭示了一个主要的跨文化翻译现象，当我们将这个现象进行独立的研究时并未注意到。之前被忽略的一系列译本或重写本被放置在了恰当的语境中。

萨福德（A. C. Safford），是一个在中美跨文化史中长期被人遗忘的来自美国的女传教士先驱人物。她的《典型的中国妇女》（*Typical Women of China*）很大程度上被学术界给忽视了。然而，在对其呈现殖民时期的中国女性形象的语境进行研究后会发现该书的内容有着新的意义。对萨福德个案的阐释丰富了一直在进行的后殖民翻译研究。

对林语堂及其关注后殖民跨文化世界中中国女性的独特声音的形成的研究使得我们理解林语堂，一个"五四"时期的知识分子，是如何与西方和基督教教育、辜鸿铭、传统中国具有强烈的女权主义倾向的男性作家、道家思想以及西方的女权主义相关联的。该研究肯定了林语堂个人身份与经验在其信仰与中国女性话语方面所起的强大作用。

1.2. 更复杂的林语堂女性人物谱系

作为一个伟大的作家、思想家和翻译家，林语堂被成千上万的东西方读者记住。读者和学者们继续对他的著作如《吾国与吾民》《生活的艺术》《讽颂集》，以及他的英文小说如《京华烟云》《唐人街》《朱门》和《红牡丹》有着浓厚的兴趣。但是，林语堂翻译、改编和重写的那些突出中国女性形象的著作长期以来却被严肃的学术研究给忽视了。通过考证和评估这些译本和改写本，我发现这些著作为林语堂那些更著名的著作起着坚实基础的作用。因此，林语堂跨语际文学实践的更复杂的人物谱系被创造出来，而且其译本、重写本和创造性作品之间的有机关系被显示出来。

论文第二章对南子的女权主义精神的阐释表明林语堂的文章《中国古代的女权主义思想》中最重要的观点在其写作和翻译《子见南子》的过程中得到了发展。这些观点为其《吾国与吾民》第五章"妇女生活"定了调。同时值得注意的还有林语堂对沈复的《浮生六记》、刘鹗的《老残游记》以及诸如《倩女幽魂》等其他中国古代故事的翻译。他对女性生活的全面理解，以及他呈现的独特的中国女性的声音在翻译这些作品的过程得到了发展并臻成熟。

该研究还有助于翻译和改编文学创作的理论，并查证了"所有创造性的写作都是重写"（all creative writings are rewritings）的观点。研究表明，林语堂英文小说中的许多形象都是在其翻译、改编和重写的过程中得到启发的。林语堂发展的翻译与重写的根本策略影响了他创造性作品和重写本中女性形象的建构。例如，林语堂英文小说《京华烟云》中的女主人公"木兰"就与"芸"这个"中国文学中最可爱的女性"相似。林语堂的小说《红牡丹》则受到其对"全寡妇"的翻译和改编的影响。需要注意的是，刘鹗的叙事技巧和他塑造的逸云的形象通过林语堂的《英译老残游记及其他选译》而留下了杜十娘的痕迹。林语堂用来重新创作杜十娘的策略与他用来重新建构"南子"的策略是相似的。林语堂为杜十娘而采用的跨文化类比在其对狄氏形象的重新建构中得到了反映，林语堂将托尔斯泰的安娜·卡列尼娜（Anna Karenina）当成了这个已经被解放的妻子的类比。在创作《风声鹤唳》（A Leaf in the Storm）时他将玛格丽特·米切尔（Margaret Mitchell）《飘》（Gone with the Wind）的主人公郝思嘉（Scarlet O'Hara）当成了彭丹妮的跨文化类比。有很多条连接他创作、翻译和重写女性人物的线。这些被翻译和重写的形象对林语堂的创造性写作产生的强大影响不容忽视。由于此研究，林语堂的女性谱系变得更容易理解。在我看来，需要在中国现代文学史中新增加一章来阐释林语堂文学翻译、重写和创造性作品中的中国女性形象。

2. 林语堂发展的批评策略及其局限性

出现在林语堂译本和重写本中的中国女性类型与那些出现在传教士所写文本和译本中的女性类型是相似的，包括寡妇、尼姑、妓女、包办婚姻中的妻子、被抛弃的姑娘、有权的皇后等。这些女性在传教士的故事中以牺牲者、奴隶、道德罪犯、偶像崇拜者和王国的肇事者等身份出现，而在林语堂的作品中她们却变成了有谋略的领导、出色的健谈者、有才能的艺术家、信仰导师、幸存者以及殷切的情人。林语堂对传教士话语中的中国女性的成功重写根本上源自他在选择新的素材时所持的政治理念、重新建构这些形象的策略以及做文学翻译时的艺术与技巧。同时，他的局限性和问题也被反映出来。

2.1. 选择翻译材料的法则

与萨福德将书写中国女性以及从其中国语境中对史料文本的历史性之丰富而宽泛的传统加以限制相反，林语堂通过从各种非官方的材料诸如旅行者的日记、传记与自传、故事、传说以及有争议的史事中进行选择将视域加以了拓展。他也利用当代的材料，如 20 世纪 30、40 年代的故事。在这些素材中，中国女性更加开放自由，充满了健康的思想和想象，坦率地、真诚地表达着她们的心声。这些形象在西方是前所未有的。通过从这些丰富的素材中选择故事，林语堂能打开一个新的世界，并向其英语读者呈现各种类型的中国古代和现代女性群像。萨福德宣称她终于通过《典型的中国妇女》揭开了"中国女性的面纱"，而林语堂却证明她只是揭开了面纱的一角，并创造了他自己的"中国古代和现代的女性传记"版本。通过用英文呈现众多的中国古诗，林语堂在其英文译著中丰富了中国文学的类型与模式。

值得注意的是，林语堂个人参与到了这些源语故事的中译本出版中。1927年，他见到了那位名叫谢冰莹的小女兵，并帮助她出版了她用中文写的"战争日记和书信"，然后自己立刻将其译成了英文。林语堂最初是从作者刘鹗的家人手中得到《老残游记》的，该书在其帮助下在上海出版，并很快将其译成英文出版。全寡妇的故事，最初发表在中文杂志《宇宙风》上。林语堂在其出版后很快用英语将其做了翻译和改编。《子见南子》最初是林语堂自己用中文创作的。林语堂的文学观、审美观、文化观和跨文化观以及他发现这些素材的锐利之眼，在与他同时代的中国现代作家们中是极不寻常的。

在其《英译重编传奇小说》（*Famous Chinese Short Stories*）的"弁言"中，林语堂写了他翻译重述故事的原则："好的短篇小说，应使读者终篇时，有一种感叹，觉得增加我们认识人生的诙谐错综，或对某一种人的深入的了解，或引起我们对某一人物的惋叹怜慕与同情。大概我选译的二十篇，总是认为符于这条件。"[17]这些选择反映出林语堂意识到了跨文化的界限及其意欲搭建文化之桥的普遍主题。

2.2. 重新建构中国女性形象的策略以及读者对其策略的影响

2.2.1. 重新建构形象的策略

萨福德在其《典型的中国妇女》一书中发展了重构典型意象的复杂方法。与萨福德努力使中国女性失掉个性、沉默和充满色情味相反，林语堂使中国女性形象得到了巩固和丰富，并赋予她们之前从未被听到过的声音。他还在西方文学中找到了类比来使其形象更易于被读者所接受。此外，林语堂所有的女性人物都被浪漫化和理想化了。这些女性人物间互相回应互相证明，组

---

17 Lin Yutang. *Famous Chinese Short Stories*. New York: The John Day Company, 1951, p.iii.

成了一幅积极的、活跃的中国女性群像。这些女性形象蕴含了中国文化精髓以及林语堂自己的审美理想和哲学理想的各个方面，因而她们成了将中国文化传递给西方的工具。

　　林语堂译本、改编本和重写本中的女性有着很强的个性。她们不畏表达自己的想法和感受，这在有关中国女性的文学中是不寻常的。对于南子和杜十娘，林语堂重写她们以突显其话语。南子在林语堂通过在其中注入自己的声音和袁枚的观点后加强了她的声音使其成为了中国女权主义的代言人。而杜十娘的话语则在林语堂在其中添加了一些玛格丽特·戈蒂埃（Marguerite Gautier）的思想（反映的是小仲马［Alexandre Dumas］的声音）后变得具有哲理性。在把林语堂为杜十娘虚构的信和诗加进去之后，她变成了一位女诗人。"借他人之杯中酒来浇自己之愁"（borrowing someone else's cups to assuage one's own worries）是林语堂用来加强这些女性声音的一种有效策略。

　　为了使中国女性形象更能被读者接受，林语堂发展了对跨文化文学重写来说最有效的策略之一，即，找到一种恰当的、在目标语中已经存在的类比。例如，通过将法国的玛格丽特作为重写中国的杜十娘的类比，林语堂达成了认知的共鸣，并创造了一种对中国妓女更好的理解。通过找到跨文化类比，林语堂使其中国女性形象更容易被西方读者所理解。如果是赛珍珠让西方人首先感觉到"所有的男人都是兄弟"（all men are brothers）的话，那么林语堂则首先让西方人感觉到"所有的女人都是姐妹"（all women are sisters）。

　　为达消除既存原型的目的，林语堂译本或重写本中的形象与其原型相比都被浪漫化和理想化了，如芸和逸云。对于杜十娘，林语堂的戏剧性重写及其对西方浪漫主义传统中的类比的使用创造了一种新的中国女性范式，这种范式是中国与西方来源的杂交建构。

　　第四章的研究表明全寡妇、逸云和杜十娘组成了反对她们在其中被边缘化的儒家社会的一种集体的声音。她们构成了一种彼此间的、内在回应的、内在启示的关系。实际上，这些人物回应和启示了林语堂用英文创作的作品中所呈现的其他女性形象。例如，全寡妇所获得的母性力量可与卫灵公夫人南子相提并论。逸云通过道家思想和儒家思想所获得的个人自由与芸获得的精神自由形成了有趣的对照。由此，林语堂建立了一幅传统的中国宗教对女性之影响的更加广泛的画卷。

　　这些女性形象蕴含了中国文化精髓和林语堂自己的神秘理想和哲学理

想。孔子与南子之间的对话描绘出林语堂向西方读者呈现儒家思想与道家思想这两种中国本土哲学之间的根本矛盾的努力。南子智胜孔子，并由此证明林语堂自己的哲学理想。《浮生六记》与林语堂的《生活的艺术》之间的互文比较让我们看到，实际上，芸将中国人生活的艺术拟人化了。通过介绍逸云的启示，林语堂向西方呈现了一个更具人道主义的中国宗教版本。全寡妇幸存的策略以及她和她的女儿们引领的幸福生活，表明中国人是能成为有幽默感的、极度现实的人的，而且他们生活中内在的智慧远比从理论中散发出的智慧要强得多。

2.2.2. 预期读者的影响

与林语堂的非英文小说如《吾国与吾民》和英文小说这些为一般的西方读者所写的作品不同，该文所阐释的绝大部分作品原本是为中国的英文读者而写的。林语堂为其英文读者的考虑影响了他传统的策略。当"Naizi"变成"Nancy"的时候，林语堂让她的话语更加有力，让她的行为更加自由。林语堂还用了舞台旁白来加强南子的女权主义精神。《吾国与吾民》起到了改善中国女性观的作用，对中国文化观更具批判性。当《浮生六记》被包括进《中国印度之智慧》中时，林语堂节略了其中的四章以简化沈复对游记的呈现。尼姑逸云的故事也为中国读者第一次被翻译成英语，但当林语堂将其收录进《寡妇、尼姑和歌妓：英译重编传奇小说》中时，他做的改动较少。

至于为一般的西方读者所翻译和重写的寡妇和歌妓，林语堂在其所用的中文原文本的基础上添加了许多细节以使这些被边缘化的女性现代化并发出自己的声音。例如，林语堂为寡妇的女儿添加了一个爱情故事以赋予其人性。在重写杜十娘的时候，林语堂用了玛格丽特这个类比来增强西方人的理解与同情。他为杜十娘虚构了诗歌、思想和对话以加强她的声音。林语堂提出了不同时代读者的不同层次。这个观点在实际上微妙地影响了他的翻译策略和风格。

2.3. 文学翻译的艺术与技巧

林语堂没有留下很多关于其翻译的理论作品。在其具有奠基石作用的文章《论翻译》中，林语堂强调翻译是一门艺术。前面我已经仔细分析过，林语堂的一些翻译法则在其译著的前言或导论中被考证。更为重要的是，他最丰富最具活力的翻译理论存在于他自己的翻译实践中。他的跨文化文学翻译策略和重写策略以及他对汉英之间动态的、诗意的平衡的追求，都精彩生动地反映在其作品中。

对沈复《浮生六记》的三个译本的比较研究表明，林语堂在翻译一个具有挑战性和高度美学品质的中文文本时所采用的非凡技巧。我通过运用中国的"气韵"绘画理论来对《浮生六记》的原文本进行了阐释，这种阐释为评价译本的质量提供了一个新的视角。林语堂的《浮生六记》（*Six Chapters of a Floating Life*）译本，在与雪利·布莱克（Shirley Black）的《浮生六记》（*Chapters of a Floating Life*）和普拉蒂与姜素惠（Leonard Pratt and Chiang Su-hui）的《浮生六记》（*Records of a Floating Life*）译本相比时，取得了更高程度的忠实、通顺和美。译本表明林语堂的文学翻译以臻成熟。

该研究呈现了关于译者素质的新观点。它让我们看清意识形态动机、翻译理念和翻译策略有多么不同，以及不同的个人性格和译者的才能是如何影响译文质量的。林语堂的个人经验和双语文化背景、他的哲学观和审美观、他的文学才能和对中国艺术与音乐的了解，这些都在其特别的技巧中起了重要的作用。他的背景和技巧允许他将东西方文学融为一体。

2.4. 林语堂的局限性和问题

作为一个在东西方跨文化领域的著名人物，林语堂在成千上万的读者眼中是一个成功的东方文化的象征。然而，我们必须认识到他有时也在两种文化间挣扎，受其自身背景和性别的限制。值得注意的是，该文所考证的林语堂的所有人物都被他高度理想化和浪漫化了。例如，在沈复笔下，芸从一个歌妓成为妾的努力被林语堂阐释为纯粹是被其对美的热情所驱使。甚至林语堂为沈复的《浮生六记》选择的英译名也是浪漫的，掩饰了芸一生的各种艰难，没有如沈复文本那样。与此相似的是，林语堂更集中到尼姑逸云生活中浪漫的一面，但却倾向于无视社会和作为一个被排斥的不幸女人的命运放置在逸云身上的艰难。

林语堂谱系中的中国女性形象绝大部分都是基于中国浪漫主义的传统。然而，源自中国现实主义的传统的重要的女性形象却没有出现在林语堂的作品中，如伟大的戏剧家关汉卿的《窦娥冤》中的窦娥。现实存在的尼姑和歌妓，如唐朝的女僧诗人鱼玄机就没有在林语堂的作品中出现。尽管林语堂可能倾向于重写传教士的中国女性观，但他带给西方人的中国女性画卷却没有完全呈现所有中国女性的生活。他的选择影响了这些形象的真实性和历史性。由此，对诸如"典型的中国女性是怎样的？"、"她们的生活是怎样的？"这样的问题只能做出部分回答。在这种情况下，将林语堂的作品与张爱玲，一个于 1955 年移居美国用中英双语写作的中国女作家的作品作比较将会是很有趣的。她用英文为西方读者写了诸如《秧歌》（*Rice Sprout Song*）、《赤地之恋》（*Love in the Naked Earth*）等小说。同时，她也将自己的短篇小说《金锁记》（*The Golden Cangue*）自译成英文 *The Rouge of the North*（《怨女》），描绘了一幅完全不同于林语堂作品中的中国女性画卷，小说中成了妻子（囚犯）的女主人公因其梦想的挫败最后疯了。

3. 林语堂双语和跨语际实践的重要性

3.1. 一个男性的中国女权主义的声音及其与当代性别的历史研究的一致

在允许中国女性的声音有效地被西方人听见以及在为中国女性建立一个更加积极的身份方面，林语堂是个先行者。注意到林语堂的翻译、重写和创造性写作中反映出的中国男性作家的观点与中国社会史性别研究领域的女性学者包括曼素恩（Susan Mann）和高彦颐（Dorothy Ko）最近的发现相一致这个事实是很有趣的。她们通过仔细考证女性自己写的文学作品，对中国女性日常生活以及明清时期思想史的研究，给古代的中国女性的真实地位带来新的视角，并发现了动摇主流社会研究和历史研究中可发现的"顺从的女性"的通常假设。她们最近出版的著作《闺塾师：中国 17 世纪的女性与文化》（*Teachers of the Inner Chambers : Women and Culture in Seventeenth-Century China*）、《珍贵记录》（*Precious Records*）和《以儒家的眼光：中国历史中的性别》（*Under Confucian Eyes: Writings on Gender in Chinese History*），表明了中华帝国晚期中国女性所经历的复杂而丰富的精神生活。女性的聪明才智也在新近发现的诗歌、文集和文学社团的记录中翻印出来，这些要么是女性写的，要么是那个时代与这些女性比较亲密的男性写的。这些新发现在今天的学术界引起了广泛的关注。但是，注意到林语堂在 20 世纪 30、40、50 年代介绍到西方的中国女性谱系与这些新发现的中国女性有着许多相似之处是非常有趣的。这些女性全都非常聪明、独立而且有着永恒的母性的力量。尽管她们走的路不同，但却有着相同的命运。林语堂率先对这些女性的维护，在那个还只有少数中国女性能为自己说话的时代，是独特而重要的。林语堂倡导的女性观，在身体、精神和心理方面都是强壮而健康的，能够与男性和谐互动的，可同时作为中国和西方女权主义运动的参照点。

3.2. 林语堂与日益全球化的世界

该论文表明，林语堂对跨文化研究和文学的贡献要比通常学界所认为的更伟大，它在今天这个日益全球化的世界仍然有着重大的意义。林语堂在其跨语际实践中发展的叙事策略和文化策略证明并巩固了他的贡献。他建构的中国女性形象不仅在改变女性的刻板形象、将中国文化介绍给西方方面起到了重要的作用，而且还为当今世界理解跨文化间的关联提供了批判性的智慧。

龙应台，一位著名的中国文化批评者，曾经表达了她对"国际化"的独特理解：

> 那么"国际化"是什么？它是一种知己知彼。知己，所以要决定什么是自己安身立命、生死不渝的价值。知彼，所以有能力用别人听得懂的语言、看得懂的文字、讲得通的逻辑词汇，去呈现自己的语言、自己的观点、自己的典章礼乐。它不是把我变得跟别人一样，而是用别人能理解的方式告诉别人我的不一样。所以"国际化"是要找到那个"别人能理解的方式"，是手段，不是目的。[18]

林语堂跨文化翻译和重写的根本精神回应了如龙应台所阐释的"国际化"的真正意思。实际上，林语堂运用了"知己知彼"的技巧，并提出了一系列策略以帮助别人更好地理解中国文化。

有意义的是，林语堂出现在一个中国向西方"开放"以使西方对中国的兴趣增加的时代。林语堂可能正是将他自己当成了一个肩负着在这样一个新的、开放的语境中公正地描绘中国之"使命"的人。通过使这种"使命"的原初意义和目的拟人化，他将自己的一生奉献给了让西方了解自己的国家和人民。

二、林语堂的"寡妇"及其改编问题

1985 年，华盛顿大学教授白保罗（Frederick Brandauer）的文章《林语堂的"寡妇"及其改编问题》发表在《美国中文教师学会学报》上[19]。现将原文译介如下：

---

18 龙应台，"在紫藤庐和 starbucks 之间——对'国际化'的思索"，载《南方周末》，2003 年 8 月 4 日。

19 Frederick Brandauer. "Lin Yutang's 'Widow' and the Problem of Adaptation". *The Journal of Chinese Language Teachers Association*, Vol.20, No.2, 1985, pp.1-13. This is the revised version of a paper presented in February, 1982, at an annual conference of the Western branch of the American Oriental Society held in Tempe, Arizona.

1951 年，林语堂的《寡妇、尼姑与歌妓：英译重编传奇小说》出版[20]。该书内含三个故事，第一个是以老向的《全家村》为基础的[21]。林语堂选择了其中的"全寡妇"来作其第一个故事的标题。

在故事的开头，有一个包含老向以及该故事选自其中的中文本信息的"引言"注释。林语堂在注释中如是说：

> 老向在河北 Taohsien[22]长大，他清楚他正在写一个北方村庄欢闹的生活画卷。我尤其喜欢故事中的"哈喽全"，就问他这个人物是不是确有其人（1949 年，他的这个故事在我主办的杂志上发表）。他回答说这个人物当然是确有其人了。故事中的寡妇以及她的女儿颠颠妮儿也都是真的。我相信他说的。我认为是没有人能完全凭想象创造出如此人物来的。[23]

林语堂的观点很重要，它对有思想的读者将会作出的假设起到了支持的作用。老向的《全家村》中的人物，尽管本身是虚构的，但却是以真人为基础的。老向生在长在河北省的一个农村，在北京呆了几年后，他回到农村再一次和农民们一起生活和工作。1933 年年初的时候，他被中华平民教育促进会聘用。他的大部分早期作品都是在随后的几年里创作的，主题都是与乡村相关的，如，选自其 1936 年出版的《黄土泥》中的故事[24]，绝大部分都是关于农民的。1949 年出版的《全家村》，是一个以 20 世纪 30 年代末中日战争开始后不久的某段时间为背景的一个故事，明显表明了老向用现实的笔触充满幽默与同情地描绘一个中国北方村子里人民生活的努力。

尽管林语堂称他的"全寡妇"是一个"改译本"，但我认为它实际上是改编本而非译本。下面我将给出我认为造成它被误以为是译本的原因。

首先，林语堂对其中文文本进行了戏剧性的删减。我估计，大约原文本的三分之一被删掉了。这样做并不仅仅是为了去掉老向故事中多余的材料或"修剪枯木"。至少有一例，对中文故事的叙事来说是必需的、而且对确立其恰当的语气来说也是根本的、整整的一章，都被完全省略了。我这个例子指

---

20 Lin Yutang. *Widow, Nun, and Courtesan*. New York: The John Day Company, 1951.

21 老向（王向辰），《全家村》，上海：宇宙风社，1940 年版。

22 老向的出生在河北辛集市的束鹿县，并非"引言"注释中林语堂所说的"道县"。本书作者注。

23 Lin Yutang. *Widow, Nun, and Courtesan*. Op. cit., p.3.

24 老向，《黄土泥》，上海：人间书屋，1936 年版。

的是，全大杵，一个也以"全大英雄"而出名的人，以及全寡妇，正坐在村子的茶馆里聊天的那个部分。这个部分蕴含了整本书中最有趣的场景之一。在他们聊天的时候，全大英雄突然开始感觉到身上发痒，于是他开始挠他的背。但是，他越挠越痒。最后，他发现自己原来是遭到了"臭虫大军"的攻击，他没有其他办法，只能把他穿在身上的衣服脱下来，并试图勉为其难地把他身上的臭虫甩掉：

> 全大杵因为痒得钻心，也就顾不得一切，把衣服、添带和皮鞋短袜一齐丢到锅里，教茶馆老板满了水架在火炉上去拉风箱。他浑身上下只剩下一条小裤衩。……茶馆老板这会儿是完全糊涂了，只好听他们指挥。……眼睁睁着老婆来探了三趟，自己却不能回去安慰她，心理发急，忘了锅里煮的是衣服，还以为是热汤面呢，揭开锅盖撒上了一把盐。[25]

这个场景中有着内在价值并蕴含了这种材料的幽默是应该只在这个基础上被加以证明的。然而，这个场景在中文文本中起着两个根本的作用。在老向的故事中，这个场景提供了为什么茶馆老板第二天晚上不能睡着的原因：他想到在他的茶馆里竟然有那么多的臭虫而感觉受到了羞辱。删掉这个场景，林语堂就削弱了故事叙事的连贯性。实际上，是将情节中紧密关联的因果关系中的一个连接给删掉了。然而，臭虫这个场景，也起到了恰在叙事一开始以及在最后的大火场景中加强在读者心中建立一种幽默情绪的作用。在这一点上，通过根据自己的目的来改编故事，林语堂严肃地改变了故事的情绪。

在对老向的故事进行改编时，林语堂不仅删掉了原文本中很重要的材料，同时也常常改变所保留材料的顺序。例如，在故事的一开头，老向给读者描绘了全大英雄，告知了读者全大英雄的过去：他是如何在与日本军队的空战中失去了左臂膀和右手上的四个指头的，政府是如何给了他一笔抚恤金和通行证的，他是如何买了一只假臂和一头用来作为运输工具的水牛的，以及他是如何作为部队的大英雄回乡受到热烈欢迎的。老向用了五页的篇幅来交代这些问题。实际上，一直到第六页，全大英雄才走进了全家村。而在林语堂的改编本中，我们首先看到的是全大英雄正在走近全家村，在描写这个后才开始描绘他和他的过去。林语堂在此处所做的是，通过将一些出现在中文文本后面的观点揉在一起并在其中添加一些新的阐释性的句子来创造一个新的开篇之段。

---

25 老向，《全家村》，前面所引书，第 128-129 页。

　　这一点涉及到林语堂改编所用的另一个技巧，即增加中文文本中完全没有的新材料。其译本的开头不仅增加了新的材料，而且整个文本中都增加了新的东西。林语堂文本的结尾与中文原文本有很大的不同。林语堂的译本中，着火的是那位年长者的房子，而不仅仅是一个草堆。林语堂还确信水牛是安全的。而在老向的故事中，水牛变成了一头"火牛"。林语堂的故事是以全大英雄和哈喽全之间的对话结尾的，而老向的故事则是以讨论全大英雄正在寻找他失掉的心而结束的。

　　或许通过添加而改编的最明显的例子是林语堂增加了关于长工和年轻美丽的颠颠妮儿的故事。这个长工就是之前被这个年轻女性戏弄的那个长工。在中文原文本中，老向一度讨论了各种各样因这样那样的原因晚上不睡觉的人。林语堂翻译了这个之后，却添加了完全是他自己虚构的一段。他说有两个人在晚上尤其忙。其中一个就是那个长工。林语堂添加了很多关于这个长工和舅舅的内容，然后告诉我们由于这个长工对颠颠妮儿有着深厚的感情，他决定晚上出门去。长工朝姑娘家走去，见到了她，跟她说了一些充满暗示的话，然后甚至抱住了她。下面是我引自林语堂译本中的内容：

　　　　她拽他的裤带是什么意思呢？这么亲密的一个动作？这是她发给他的一个邀请吗？他从来没有摸过姑娘。他感觉到了自己结实的臂膀和肌肉。肌肉的力量感现在正使他变得特别的清醒。他不知道且曾经被指责摸过的姑娘的胸部是啥样的呢？[26]

长工见到了姑娘，林语堂于是继续他自己的这个故事：

　　　　她捏他的脸，继续以逗弄、诱惑的语气跟他说道："你没看出来吗，我只是跟你闹着玩的？……"她又一次放声大笑道。"一个像你这样的大小伙子，竟然在一个姑娘面前还会害羞！你可别撒谎别伪装了。像我这样年纪的姑娘多少还是知道点这方面的事的。哪有猫不靠近鱼篓的？你可别认为我会真正地在意你摸过我吧，嗯？"

　　　　现在长工被逗弄得热血沸腾。"当真的"？

　　　　但是，当他抬起手去摸她的时候，他的右手被重重地拍了一巴掌，然后是左手。

　　　　"你这个肮脏的小丫头！"长工走近她。他以前还从来没有亲过

---

26 Lin Yutang. *Widow, Nun, and Courtesan*. Op. cit., p.13.

姑娘，也不知道该怎么亲，但他用力把她拽了过来，将她压在自己

的两条胳膊之间，直到她快要喘不过气来。[27]

林语堂偶尔也会相当自由地改变中文原文本中个别字词和短语的意思。我仅举一个例子来说明。当在与日本人打仗的时候失掉了一只胳膊的全大英雄走近一家卖假肢的样子间的时候，他看到了里边摆设的各种不同类型的假腿。在男性的假腿中，最别致的一种是百炼柔钢宁曲不折名叫"孟尝君客腿"的假腿。这里，中文为"孟尝君三千门客腿，朝秦暮楚，最善奔走门路。"说实话，这样一个句子，而且其中还蕴含着战国时期孟尝君的典故，将会给即便是最好的译者带来相当的难度。但我认为，绝大部分读者将会同意，如果不能将中文的字面意思表达出来，那至少也应该努力把典故的精神传达出来。林语堂选择对中国典故完全避而不谈。然后，显然是为了适应英语读者的需要，他带给我们有点不一致的描绘：假腿被贴上了"参加比赛的人用"的标签（was labeled）。似乎林语堂从未严肃地思考过河北省的中国人在抗日战争时期怎么可能被描绘成知道"参加比赛"（electioneering stomping）。

林语堂的"全寡妇"是对老向故事的故意改编，故事省略了原文本中的很多材料，保留的材料中顺序也做了很大的改动，并添加了许多新的材料。那为什么林语堂要做这样的改编呢？认真研读过老向作品的读者都会提出这个问题来。林语堂在其改编本的"引言"中说："为了更具连续性，我不得不对原中文文本的很多地方做了改变并省略了一些小事件。"[28]对于林语堂的改编本与老向故事之间的不同，批评家们可能会有相当不同的看法。我自己认为老向的故事，描绘的是整个全家村的生活和活动，集中于成了残疾大英雄的全大杵返乡，有着相当好的连续性。我想指出的是，除了其给出的内在考虑，林语堂对老向故事的改编显然还有至少两种外在考虑。

老向的故事中，显然整个故事的统一的关键在于男主人公全大杵。故事是以他开始也是以他结束的。作者是通过这个大英雄的双眼把整个全家村的生活和居民介绍给了读者。在某种程度上，作为读者的我们是随这位大英雄而动的。在我们了解了他的背景之后，我们随着他进了村，见到了他见到的那些人，并听到了他听到的那些故事。通过他的经历，村子在我们面前变活了。全寡妇一直到中文文本的第22页才进入故事的叙事中。当然，全寡妇也

27　Lin Yutang. *Widow, Nun, and Courtesan*. Op. cit., pp.95-96.
28　Lin Yutang. *Widow, Nun, and Courtesan*. Op. cit., p.4.

是故事中的一个重要人物。但其他人物，如村子的长者哈喽全以及一群其他的次要人物，也出来得很晚。

似乎很明显的是，林语堂试图在其改编本中想做的是创作一个以中国文学中的女性为中心的故事，一个与该集子中的另外两个也是将关注点放在女性身上的故事相契合的故事。简言之，林语堂需要创作一个寡妇来与该集子中的尼姑和歌妓保持一致。他需要一个关于寡妇的故事来契合他这本书的计划。

改编本中重点的改变很微妙。林语堂强烈意识到了老向的故事根本上是一个关于全家村整个村子的故事。在其改编本的"引言"中他写道：

> 这个故事是对整个全家村的生活和人物的现实呈现，是从一个幽默大师的视角来选择性地看取的。故事中，我们能看到一群由骗子、赌徒、走私犯、纵欲者、劳改释放犯、没有受过教育的人、大嗓门的妇女和姑娘等构成的人物，相当的平民化。[29]

然而，如果我们仔细研究林语堂的改编本会发现，它们通常可用强调的重点从大英雄转移到了寡妇这个人及其活动来解释。我们可以改编本开始的改变为例。在中文原文本中，老向是以对大英雄的详细描述开始的，这起到了在叙事中对大英雄的中心地位予以有力强调的作用。另一方面，林语堂的改编本则是以描绘大英雄进村开始的。咋一思索，这个改变似乎并不重要，但它实际上起到了一种微妙地服务于促使读者不久就将其关注点从中心人物全大杵的身上转移到那个林语堂的改编本中能控制其行事的全寡妇身上。改编本中省略的材料同样也服务于促进这个所强调的转变。

林语堂的改编实际上创造了一个新的文本，一个适合林语堂关于中国文学中女性的书的主题的文本，该文本旨在通过将西方小说中那些常见的材料包括进去以吸引英语世界的读者。在老向的故事中，长工与颠颠妮儿之间的关系是以一种微妙的非直接的方式来处理的。而在中文文本中，老向没有明确地设计性爱，尽管文中有多处间接提及村子里发生的与性相关的事。为向西方读者提供一个更生动的故事，林语堂至少是部分添加了有关性爱的细节，这样的故事能更好地适合现代西方读者的口味。

林语堂的一些改动或许只能通过参照可称为叙事问题的连锁反应来加以解释。通过对中文原文本的改编以达到自己的目的，林语堂制造了叙事

---

29 Lin Yutang. *Widow, Nun, and Courtesan*. Op. cit., p.4.

平衡、核心与连续性相关的问题。与其他成功的艺术作品一样，一部成功的小说也是一种艺术创作。不能简单地对一部分加以改动而不会影响到其他的部分。改动的结果是，会产生更多需要加以改动的地方。正如我前面指出的，林语堂对《全家村》中文文本的结尾加以了改动，变成了着火的是老者的房子而非一堆干草。随着所涉及的严重性的加剧，林语堂现在感觉到他需要为最后的着火和绑架找出一种更强的动机。由此，他建构了长工与颠颠妮儿之间的关系，并将长工与舅舅联系在一起。由于两者都是有理由复仇的人，放火烧掉村子里长者的房子现在变得貌似有理。同样，故事结束时水牛逃跑了。林语堂肯定认为，没有必要报复大英雄，他的水牛也应该被救。此处即是林语堂最初的改动导致了其后更多的改动。老向的故事中已经给了足够的提示，读者很容易就能猜出最后究竟发生了什么。叙事的一致并不要求林语堂制造的这类改动。需要进一步加以改动的是林语堂自己的改动。

　　我在该文中呈现的是基于中文原文本与著名的现代翻译家以此为蓝本的译本之间的详细比较。作为一种实践，其价值是有限的。尽管老向的文学成就得到人们的认可但他并不是一个有名的作家。林语堂很有名，但他的《寡妇、尼姑与歌妓：英译重编传奇小说》并未受到广泛关注。这类研究的主要价值在于它基于翻译与改编以及对改编者能力的本质与参数而引发的根本问题。

　　阐释翻译之本质和功能的著述在很大程度上表明，这些都是不太容易回答的问题。卡恩·罗斯（D. S. Carne-Ross）认为，"一个人用来传递从一种语言到另一种语言的文学问题的方式之间最大的差别在于翻译与剽窃之间的差别。"在定义这种差别的时候，卡恩·罗斯继续说："剽窃照顾的是原文本的字词，而翻译则必须顾及其精神。"[30]对译者任务的本质和责任参数的争论集中在对原文本字面还是精神的翻译之间的区别上。当有必要远离意思的字面传递的时候，翻译的自由度要大得多。然而，如果翻译进一步朝着远离原文本的自由方向发展的时候，在某种情况下，翻译就不再是翻译，而是成了改编。在改编中，甚至保留原文本精神的真实的责任也可能被放弃。我认为，这就是我们在林语堂的《寡妇、尼姑与歌妓：英译重编传奇小说》中所看到

---

30 D. S. Carne-Ross. "Translation and Transposition" In W. Arrowsmith and R. Shattuck eds. *The Craft and Context of Translation*. Austin: University of Texas Press, 1961, p.3.

的情形，因为其根本的目的正如其标题所显示的那样，与老向的《全家村》是不同的。通过一个英雄儿子的回乡作为一个统一的因素，老向想要描绘的是整个全家村的人及其活动。这与林语堂的计划是不同的。由此，通过林语堂的改编，原文本的精神失去了。

像林语堂的《寡妇、尼姑与歌妓：英译重编传奇小说》这样的改编不可避免地必须面对作者与读者的责任问题。显然，林语堂是把老向的《全家村》当成了一部独立的、成功的文学作品来看待的。林语堂自己曾说："我认为这个故事是中国现代文学中最好的创作，比鲁迅的《阿 Q 正传》更好。"[31]这个评价确实很高。如果一部作品的质量原本就这么高，那要如何改编才能被证明是正当合理的呢？为获得"更好的连续性"这个需要而做简单的参考是会令人失望的，也会是不准确的。如果把老向的故事直接翻译给西方读者会不会更好一些呢？林语堂的改编本没有传达出中文原文本作者的意图和艺术技巧，由此也有效地拉开了英语读者与作者之间的距离，因为英语读者根本没有办法欣赏或有效地评价其原文本。

出于对林语堂的公平对待，必须承认读者被告知"全寡妇"是根据老向的故事"翻译和改编的"。不幸的是，翻译和改编之间的重要区别被轻而易举地丢失了。例如，包华德（Howard Lyon Boorman）的《中华民国人物传记辞典》（*Biographical Dictionary of Republican China*）告诉我们：

> 1951 年，林语堂出版了《寡妇、尼姑与歌妓：英译重编传奇小说》，这是一个包含了三个中文故事的译本——老向的《全寡妇》、刘鹗的《老残游记》和林语堂自己的《杜十娘》。[32]

辞典中，林语堂的著作变成了"一本译著"（a translation），而老向的故事被林语堂不正确地引用来作了他故事的标题。然而，只是适当地承认对原文本做了部分的改编。除承认改编之外，还仍然存在着证明其改编正当合理的难题。

31　Lin Yutang. *Widow, Nun, and Courtesan*. Op. cit., p.4. In fact, it is difficult to compare Lao Xiang's *Quan Jia Cun* with Lu Xun's *Ah Q* for the simple reason that whereas the latter is definitely satirical, the former is not. Lao Xiang is not openly attacking anything in his novel.

32　"In 1951 he [Lin Yutang] published *Widow, Nun, and Courtesan, a Translation of Three Chinese Sstories*---Lao Xiang's *Widow Chuan*, Liu E's *A Nun of Taishan*, and his own *Miss Tu*" In Howard Lyon Boorman ed. *Biographical Dictionary of Republican China*. New York: Columbia University Press, 1968, Vol. II, p.389.

三、象征世界的自由时刻：对林语堂女性描写的符号学研究

2005 年，美国亚利桑那大学 Wang Jue 的博士论文《象征世界的自由时刻：林语堂女性描写的符号学研究》[33]发表。除"导论：爱与革命之间"和"结语"外，作者分三章从符号学的视角对林语堂作品中的女性描写进行了分析阐释。此节选译"导论"中的"为什么进行符号学研究"和"独立的思想与受束缚的身体"两部分和"结语"进行译介，读者可从中了解原作者的主要思想。

（一）导论：爱与革命之间

1. 为什么进行符号学研究

约尔根·约翰森（Jorgen Dines Johansen）在其符号学研究中很好地证明了查尔斯·皮尔士（Charles Peirce）的符号理论和罗曼·雅各布森（Roman Jakobson）的言语事件理论对文学研究的重要性。作为一个社区的集体记忆，文学与历史是密不可分的。约翰森认为，话语有五种类型，包括神话／宗教话语、技术话语、实践话语、历史话语和文学话语[34]。文学话语作为一种艺术形式，通过其富有想象力的描述有助于理解人类活动，是对历史话语所缺乏的东西的补充。如，强调小说与生活之间相似性的浪漫小说与注重与生活相接触的现实小说形成鲜明的对比。正如中国谚语所说的"无巧不成书"，要么是浪漫的，要么是现实的。

在其西方文学研究中，约翰森还指出了文学与历史之间不可分割的联系，方法是回顾文学的原始功能并阐明文学话语与历史话语之间的最终分离。约翰森认为，这种分离导致了文学娱乐性功能的出现，以吸引非强制性的读者群。此外，作家有意识地选择与政治意识形态脱钩，以免受到当局的压制。但是，分裂之后文学与生活之间的平行关系仍然存在，因为文学未必等同于虚构。因此，约翰森提出寓言性地阅读文学的原因正是由于虚构的宇宙与历史的宇宙之间的相似性，正如弗朗兹·卡夫卡（Franz Kafka）的许多小说所证明的。

就中国文学而言，有许多（来自读者和作家的）抑制文学的娱乐功能，

---

33 Wang-Rice Jue. "Moment of Freedom from the Symbolized World---A Semiotic Study of Lin Yutang's Depiction of Women". Ph. D. dissertation, The University of Arizona, 2005.

34 Jorgen Dines Johansen. *Literary Discourse: A Semiotic-Pragmatic Approach to Literature*. Toronto, Buffalo, London: University of Toronto Press, 2002, pp.89-91.

优先考虑文学的说教功能并将其作为文学存在的理由。这就是为什么林语堂提倡小品文（familiar and humorous essays）在一段时间以来遭到如此多阻力的原因。林语堂在自己对传统文学的阅读中，以他的题为《关雎正义》的文章为例，幽默地描绘了新儒家信徒的僵化态度，他们将道德注入了《诗经》中的爱情诗中。因此，看到更多评论而非批评林语堂著作的文章是不足为奇的。通过以语言符号操纵思想来确定说教功能的优先次序，可以促进社会稳定，但又要牺牲动力和多样性，这在女性的历史建构中尤为明显。为了将林语堂的小说创作与典型的女性形象的刻画区分开来，我对林语堂的阅读是在现代符号学的理论框架内进行的，尤其是查尔斯·皮尔士的三元传播模式（the triadic signs）和罗曼·雅各布森的语言符号学（the verbal signs）。

安伯托·艾柯（Umberto Eco）在他对现代符号学的研究中简洁地将符号学定义为"研究所有现象（即使它们是构成另一门学科的对象）的学科，这些现象基于一种向其他事物回溯（'向后退'）的关系。"[35]相比之下，大卫·斯莱思（David Sless）通过其对现代符号学的早期发展的回顾关注来对符号学进行的研究仍然具有深刻的价值。斯莱思明确地阐释了符号学的概念和符号学的观点：

> 当我们从理解和交流的方式中回溯时，就会出现符号学……我们的书面语和口头语、图片……着装、手势，实际上是构成我们创造性的交流环境的所有元素。我们沉浸其中，提供丰富的内容，有时甚至是令人困惑的内容，但是我们仍然怀疑，从根本上来说，所有这些不同的东西都有一些共同点。符号学试图定义它们的共同点，以及使它们彼此区别的东西。我们咨询语言学家以了解语言，咨询艺术史学家或评论家以了解绘画，咨询人类学家以了解在不同的社会中人们是如何通过手势、着装或装饰来用信号告诉彼此的。但是，如果我们想知道所有这些东西有什么共同点，那么我们需要找到一个具有符号学观点的人，这是一个有利的调查我们的世界的角度。[36]

斯莱思在阐述中着重强调了对符号学的一般理解，特别是建立符号学观

35　Umberto Eco. "The Influence of Roman Jakobson on the Development of Semiotics" In Martin Krampen ed. *Classics of Semiotics*. New York: Plenum, 1987, p.114.

36　Yishai Tobin. *Semiotics and Linguistics*. London: Longman, 1990, pp.6-7.

点的重要性。以林语堂的文学作品为例，符号学的观点阐明了他对女性代言人的非同寻常的倡导，认为她是性别关系中的对话力量，这与对典型的无权女性形象的描写形成了鲜明对比。符号框架有效地融合了历史和女权主义的观点，这认可了林语堂对建构历史的理解以及他对被歧视的女性进行历史挑战的可能性的信心。通过考察林语堂小说中的前景迹象，我发现，林语堂小说中所描绘的不随波逐流的女性的代言人，对于理解现实中的男性至上主义和纠正不平等的性别关系变得至关重要。

根据皮尔士的符号分类，它为文学阐释奠定了基础。对皮尔士而言，如下所示，符号由三个元素组成，包括对象、再现体和阐释。而且，有两种对象，即直接对象和动态对象，以及三种阐释义，即直接阐释义、动态阐释义和最终阐释义。通过其毕生的研究，皮尔士将动态对象的符号灵活地分为三类：图示、指标和符号。皮尔士符号学将任何可以解释为标志的东西看成是一个符号，而且"所有被反映的东西都有其过去"[37]。这听起来可能很简单，罗曼·雅各布森认为，皮尔士是现代符号学的开拓者，他将"意义"定义为通过揭示三元元素之间的相互关系"将一个符号转换为另一个符号系统"[38]。从皮尔士符号学的观点来看，当文学文本被理解为符号时，它们成为有形的，可以通过检查编码（即通过语言符号产生信息）和解码（即理解语言符号中所包含的信息）来进行处理。这种确切性，作为一种可在不间断的时间语境和分散的空间语境之间起中介作用的符号，使我们能阅读各种文献，包括历史和文学在内。而且，它还提供了查询符号中所蕴含的象征性编码度的可能性。

就林语堂的小说而言，他的女性形象仅反映了历史和文学中所记录的不随波逐流的女性的复发模式。通过将被二分法——要么贞洁要么不贞洁，要么是天使要么是恶魔——排除在外的女性包括进各种类型，林语堂在小说中通过对这类不随波逐流的女性符号的另类解读对"女性"的含义进行了重新编码。同样，从避免简单地阅读林语堂对女性的另类描写的角度来看，皮尔士的最终阐释义的概念（即，对所调查的特定事物的共同共识）是至关重要的。

---

37 Winfried Noth. *Handbook of Semiotics*. Bloomington: Indiana University Press, 1990, p.42.

38 Roman Jakobson. "A Few Remarks on Peirce, Pathfinder in the Science of Language" In Stephen Rudy ed. *Selected Writigns VII: Contributions to Comparative Mythology: Studies in Linguistics and Philosophy, 1972-1982*. Paris: Mouton, 1985, p.251.

林语堂将不随波逐流的女性描绘成坚强而独立的类型，而不是将其归类为期望的与不期望的女性，这是对性别现实最终阐释义的贡献。皮尔士曾指出："注定要被所有调查者最终同意的观点，是我们所说的真相，而且呈现在这个观点中的对象是真实的。这就是我解释现实的方式。"[39]从这个角度看，性别现实的最终阐释义还远未实现。不仅女性自身没有积极参与调查，而且以林语堂的小说为代表的不随波逐流的女性的表现，也被排除在社会共识之外，这种共识驱逐一切破坏已建构的男性至高无上的东西。皮尔士通过建立最终阐释义的现实建议，邀请有关性别关系问题的动态声音参与进来。正是从这一方面来看，林语堂和他笔下的人物都成为了性别谈判中的强大对话力量——这是朝向女性现实的最终阐释义的过程。

至于雅各布森，他对语言符号的特别兴趣得到了皮尔士三元传播模式的认可。正如雅各布森在其交往理论中所阐明的那样，人类交往中的系统化编码是雅各布森对语言符号学的主要贡献。雅各布森从语言学角度证明了符号的划分，其重点是人类交流中的信息产生和信息理解。因此，他的言语事件理论通过论证在语言符号的语境用法中意义是如何被创造的来增强文学文本的对话功能。对雅各布森而言，成功的沟通可以通过我们理解语言符号的语境用法来得到最佳保证。雅各布森理论揭示了在任何交往行为中信息的形成，其重点在语境制约。根据雅各布森的说法，涉及符号言语的任何交流行为都由六个基本构成要素组成，这些要素连贯对应于语言的六个功能，如图所示。上面阐明的理论对文学研究很有帮助。通过研究与功能相关的不同因素，雅各布森阐述了语言编码度和意义创造的过程。雅各布森的口头交流模式引发了他的理论。但是，它通过书面模式的显示同样具有洞察力。

在上面显示的六个因素中，与本研究相关的主要重点是上下文语境和信息因素，以及与这些因素相关的语言功能。雅各布森认为，在任何一种交流方式中，上下文语境因素都是至关重要的。换句话说，对话的效率取决于讲话者和听讲者之间共有的背景知识。就林语堂的文学作品而言，对上下文语境中所传达信息的理解是根据听讲者的不同而变化的。读者可以获取隐藏在语言符号背后的意义，这对读者而言可能是陌生的，也可能是看不见的。例如，读者对林语堂虚构世界的内在语境的认识，可能不符合他们创作或阅读

---

39 Jorgen Dines Johansen. *Literary Discourse: A Semiotic-Pragmatic Approach to Literature*. Op. cit., p.44.

时的社会／文化规范，即外在语境，这可能极大地影响读者对所传达信息的理解。

宇文所安（Stephen Owen）在阐释中国诗歌方面的经验很好地说明了与上下文语境因素相关的语言指称功能。对宇文所安，一个受人尊敬的中国古典诗歌研究专家来说，要理解一个给定文本（如一首唐诗）的意思，重要的是读者通过共有的背景知识（即指称功能）进行交流的能力。换句话说，读者可以从一个给定时间和地点产生的文本中提取多少，主要取决于参与者在交流过程中所共有的上下文语境。正如宇文所安所说：

> "意义"是某人"已经完成"的事情，而不是一个已知的对象。读者在给定时间和地点所共享的不是"意义"，而是一种共同的语言，一种共同的文化和文学传统背景，最重要的是，一种共同的诗意观念和文学阅读规则。[40]

宇文所安对意义的形成的理解，一方面解释了作为参照物的书面文本可以超越时空的原因。另一方面，它暗示了意义与语言符号所在的上下文语境是密切相关的。此外，上下文语境本身也随着不同的传统而变化。为了避免误释中国古典文学所传达的意思，正如宇文所安在其著作中所呈现的对唐朝诗人王维的曲解，重要的是古典诗歌读者必须意识到共时元素，如诗歌产生的时空背景，或根据当时的文学规则来写作和阅读诗歌的社会／文化背景等。

相比之下，罗伯特·斯科尔斯（Robert Scholes）从符号学的角度通过与其他符号系统的关系证明了文学研究中的语境制约。斯科尔斯相信，除了语言能力外，文学作品的研究者

> 如果希望对文本有充分的理解，那他或她就必须是历史学家和哲学家甚至是某个人的某一部分，因为许多文学作品都将生活经验作为作家和读者共有的上下文语境的一部分。有些作品在我们足够成熟之前不会向我们开放，另一些作品则因我们因成长或遗忘而无法进入某些情境而对我们关闭。[41]

斯科尔斯对欧内斯特·海明威（Ernest Hemignway）的批判性阐释是雅各布森关于语境制约的一个很好的例子。海明威曾教导"整个一代的男性读者

---

40 Stephen Owen. *Traditional Chinese Poetry and Poetics*. Wisconsin: The University of Wisconsin Press, 1985, p.62.

41 Robert Scholes. *Semiotics and Interpretation*. New Haven and London: Yale University Press, 1982, pp.34-35.

为一个'男人可能是你的朋友而女人肯定是你的敌人的世界'而做准备"[42]。雅各布森将上下文语境因素视为任何交流方式中的"大量信息的首要任务"。就海明威对女性的描绘而言，通过将其小说人物与他和第一个情人之间的痛苦经历进行比较（在其他参考文献中有记录）（例如海明威与他的妹妹之间的信件往来以及海明威的原始手稿等），斯科尔斯展现了海明威虚构世界的内在语境，其在一定程度上与历史宇宙的外在语境是相关的。

至于信息因素，对雅各布森而言，意义不仅源自信息本身，而且源自整个交流行为，因为"意义……不是一个稳定的、预先确定的实体，能不受限制地从发送者传递到接收者"[43]。雅各布森对蕴含在信息因素中的诗性功能的热情表明了他对意义的真正本质的理解。雅克布森通过不同的例子证明了重新规划或突出隐藏在语言符号内的意义的诗性功能。语言符号的意义本身并不是固有的。它们是由受到限制但并不被排除的各种上下文语境的符号创建的，因此，呈现出来的意思是灵活的而不是僵化的。

关于文学研究中的信息所具有的诗性功能，雅各布森有说服力地提醒他的读者："在时空扩展的语言现象问题与文学模式的时空传播之间存在着密切的联系，比批评家们认为的要紧密得多。"[44]雅各布森对目睹文学专业学生在"文学研究"和"批评"之间的混淆所面临的不幸境遇感到沮丧，这促使他建议基于如下原因在两个领域之间进行明确划分，因为他相信：

> "文学研究"与"批评"在术语上的混淆会诱使文学专业的学生用一种主观的、审查性的结论来代替对文学作品内在价值的描述。将"文学评论家"这个标签贴在文学研究者身上与将"语法（或词汇）评论家"这个标签贴在语言学家身上一样是错误的。句法和形态学研究不能被规范性的语法所取代。同样，评论家自己对创造性文学的品味和见解强加于人的宣言，一样不可以取代对语言艺术的客观学术分析。[45]

显然，对雅各布森而言，"对语言艺术的客观学术分析"，即对诗性功能

42 Robert Scholes. *Semiotics and Interpretation*. Op. cit., p.119.

43 Terence Hawkes. *Structure and Semiotics*. Berkeley and Los Angeles: University of California Press, 1977, p.84.

44 Roman Jakobson. "Linguistic and Poetics" In Krystyna Pomorska and Stephen Rudy eds. *Language in Literature*. Cambridge: Belknap Press, 1987, p.64.

45 I Roman Jakobson. "Linguistic and Poetics" In Krystyna Pomorska and Stephen Rudy eds. *Language in Literature*. Cambridge: Belknap Press, p.64.

的研究，在文学研究中是至关重要的。而且，诗性功能，即蕴含在信息因素中的意思，具有共时性和历时性两个方面。因此，进行文学研究的学生不仅应考虑特定阶段的时间意义，而且还应考虑文学传统的空间连续性，我相信林语堂半个多世纪里创作的文学作品就是例证。林语堂对女性的另类创作源于他对传统观念中具有打破旧习精神的女性刻画的不随波逐流的理解。

　　而且，从雅各布森的角度来看，林语堂具有双重身份，既是讲话者又是听讲者。因此，必须从语言的两个功能，即表达功能和感染功能，来检验他通过使用语言来传递信息的意图。正如玛丽娜·雅奎洛（Marina Yaguello）所阐明的那样，语言的感染功能"在任何改变或试图改变现实或人的交流行为中得到表达，其目的是影响事件的进程或个人的行为"[46]。就林语堂而言，他是一位深思熟虑的读者（即听讲者），他对历史和文学中记载的与不随波逐流的女性相关的符号的不同理解，使他能够在自己的虚构世界中重新塑造另一种女性团体的形象。换句话说，林语堂的感染反应是变化的而非重复的。结果，林语堂没有复制对那些不与带有偏见的社会习俗随波逐流的女性的传统描写，而是通过自己的创作对许多人接受的女性准则给予蔑视，无论他们是否是中国人。相比之下，作为一个小说家和演说家，林语堂不仅通过他的小品文，而且通过他小说中意志坚强的、善于表达的女性——一种在性别关系的对话中的平衡的声音——来表达他对女性形象的典型描写的反对。通过审视自己的双重立场，林语堂一贯抵制女性思想和语言习惯化的意图变得异常清晰起来。

　　马丁·蒙哥马利（Martin Montgomery）在他的《语言与社会概论》（*An Introduction to Language and Society*）一书中引用了斯坦利（J. P. Stanley）对美式英语的有趣研究，该研究证明了语言和思想之间密不可分的联系。它显示了语言是如何通过"使我们指向不同类型的观察并倾向于某些阐释选择"来塑造表示过程的[47]。根据斯坦利的调查，就性别而言，美式英语在男性词汇中的分布要比女性词汇多。然而，在这种明显的不平衡中，与女性性征相关的词汇有 200 个以上，而与男性性征相关的词汇则只有大约 50 个。蒙哥马利的结论是，与女性性征相关的词语（如屁股、裙子、产卵、舍啬鬼、搭讪等）中所体现的转喻表示，"通过日积月累的客观化和去个性化，系统地倾向于将

46　Marina Yaguello. *Language through the Looking Glass*. New York: Oxford University Press, 1998, p.12.

47　Martin Montgomery. *An Introduction to Language and Society*. London and New York: Methuen & Co. Ltd., 1986, p.175.

女性呈现为'第二性'。"[48]斯坦利的调查还表明，"没有一种绝对的中立和公正的方式来理解和代表作家生活和感知其中的世界。"[49]

此外，鉴于符号学观点的关键概念是包容性的和参照性的，符号学框架还通过结合其他观点（包括女权主义和史学的观点）来展示其优势。符号学方法确保女权主义观和历史观成为理解林语堂对女性的另类描写的不可或缺的部分。女权主义观是研究一般历史进程，特别是妇女历史的必要条件。文学研究需要女性意识，特别是考虑到历史和文学的交叉，这在林语堂小说的时间和地点的指示性标志中得以体现。但是，就阅读林语堂对女性的描写而言，仅女权主义的批评就是有问题的。原因之一是，尽管林语堂在反对社会不公正的斗争中倡导不随波逐流的女性，但他也认为，在反对性别歧视的斗争中，教条女权主义是不能减少性别差异的。换句话说，通过消除性别差异而努力使自己像男人一样的女性将不可避免地遵循并重复既成的公约和法律，这些公约和法律是建立在有利于男人的标准之上的。林语堂曾指出，只要当前的社会结构持续下去，婚姻中反映出的对妇女的性别偏见就将继续存在。因此，矫正不对称结构是被压迫女性和男性的最终解放。

为了证明林语堂对女性的被压制的创作，我对林语堂的阅读不侧重于女权主义的批判理论。相反，我采用符号学的方法，将林语堂的小说描写视为性别调停过程中的对话内容。对林语堂作品进行女权主义的阅读只会成为一种强加给他的负担，尽管在包括《中国古代的女权主义思想》《孔子的另一面》和《对女性的警告》在内的许多小品文中，林语堂都表达了他强烈的女性主义观点。此外，女权主义的阅读将疏远和减少他的女性角色，她们认为自己与男性在反对社会不公而非反对男性方面是一样的。林语堂只代表他本人。他的女性的声音和看法是基于他对女性的理解和诠释的，这些女性在中国历史和文学中普遍受到负面影响。通过在其小说中确认两性共栖，林语堂解除了一性的统治，从而改变了正统的神话力量。

此外，将林语堂小说的情节放在符号学框架中的好处是，他的女性主义优势更加明显，这种优势以其倡导不随波逐流的女性以及对性别霸权的矛盾心理为特征。从广义上讲，包括卢斯·伊里加雷（Luce Irigaray）、朱丽娅·克里斯特娃（Julia Kristeva）、帕姆·莫里斯（Pam Morris）和托里·莫伊（Toril Moi）

---

48 Martin Montgomery. *An Introduction to Language and Society*. Op. cit., p.178.
49 Martin Montgomery. *An Introduction to Language and Society*. Op. cit., p.176.

在内的当代学者通过考察西方文化的各个方面，不仅展示了女性自卑的结构，而且还展示了女性自卑的再现。例如，伊里加雷通过研究历史话语中男性哲学家的统治，证明了两性世界是如何被视为一性霸权的。正如伊里加雷所见，以"男性参数"为社会准则的"哲学统治"将女性要么定位为"被性别化的男性"，要么定位为"未被性别化的人"[50]。伊里加雷在其研究中总结道："妇女'解放'需要改变经济领域，因此必然要改变文化及其执行机构——语言。"[51]

相比之下，朱丽娅·克里斯特娃从符号学的角度提出了建立女性话语的建议。例如，通过将女性艺术家的作品与男性艺术家的作品区分开来，克里斯特娃指出：

> 女性在工作中表达被排斥或被压制的女性身体会更加危险，因为作为父权制文化中的女人，她已经处于边缘地位。如果一个女人在工作中认同符号学，她就有可能冒不会被社会秩序所重视的风险。就日常经验而言，这意味着男人在工作中可以比女人更具实验性，并且仍然会受到重视。[52]

克里斯特娃通过对视觉和语言符号的详细考查，消除了性别霸权的表象。通过鼓励女性建立自己的语言，克里斯特娃表现出她对教条女权主义的矛盾态度，这证实了由男性力量创造和认可的编码语言。尽管在方法上有所不同，但伊里加雷和克里斯特娃都以其独特的方式展现了男性的统治地位。尽管伊里加雷通过揭示男性一手统治下的两性世界来战略性地消除了哲学符号的缺乏，但克里斯特娃却通过指出反映女性需要和期望的语言符号的缺乏来抵制对作为破坏男性统治的解决方案的女权主义的盲目崇拜。因此，克里斯特娃更喜欢用批判个人主义的方法来解构既成的男性至上主义。对克里斯特娃来说，没有女性自己的语言，"这种策略（即女权运动）不仅使女权主义成为一种宗教，而且使妇女在父权制社会中陷入劣等和边缘的地位。"[53]在符号学的

---

50 Luce Irigaray, translated by Catherine Porter and Carolyn Burke. *This Sex Is Not One*. New York: Cornell University Press, 1985, p.149.

51 Luce Irigaray, translated by Catherine Porter and Carolyn Burke. *This Sex Is Not One*. New York: Cornell University Press, 1985, p.155.

52 Kelly Oliver. "Maternity, Feminism, and Language: Introduction of Julia Kristeva" In Kelly Oliver ed. *French Feminism Reader*. New York and Oxford: Rowman and Littlefield Publishers, Inc., 2000, p.155.

53 Kelly Oliver. "Maternity, Feminism, and Language: Introduction of Julia Kristeva" In Kelly Oliver ed. *French Feminism Reader*. New York and Oxford: Rowman and Littlefield Publishers, Inc., 2000, p.156.

视角下，伊里加雷和克里斯特娃的观念在帮助理解林语堂对女性的进步观念及其不随波逐流的性格的角色在破坏性别霸权中的作用具有指导意义。林语堂的人生哲学世界观，源于他对社会的仔细观察，而不是教条式地阅读文本说明，这增强了他对不随波逐流的女性的认识。通过将男女之间的差异描述为"男人谈论生活，而女人在生活"[54]，林语堂在其小说中包含了女性的生活观，因此也包含了她们对语言符号的阐释。这样，他在反对性别歧视的斗争中提取了不随波逐流的女性的代言和自由。

查尔斯·皮尔士曾说过："思想的每一种逻辑演变都应该是对话性的。"[55]为了理解文学作为一种社会制度的对话力量，有必要从文学批评的角度研究文学文本的多功能性，并着重于信息产生和信息理解的过程。西方文学批评理论是西方文明产生的不同哲学流派的累积产物。因此，它们体现了各种意识形态，这在分析以不同社会／文化背景为中心的文学文本时可能会遇到问题，如林语堂的小说就是例证。就林语堂的小说而言，即使他在小说中将英语作为交流的渠道，作者也无法逃脱其小说世界建构的中国社会／文化背景。但是，从符号学的角度来看，由于外来语境所产生的障碍可以减少（因为前景化的符号对他的英语读者来说是有形的），因此，尽管他们在文化上或时空距离上存在差异，但仍引起了读者与作家之间的对话。同样，符号学框架通过调和文化象征主义产生的意识形态争端，为达成相互理解提供了坚实的基础，这对于理解女性的跨文化表现形式至关重要，正如林语堂的小说所证实的那样。

林语堂偏爱通过创作来展现各种各样的、充满活力的、具有独立思想的女性，这深深植根于他的信念，即，"小说可以深深地打动人，这是任何学术著作都无法比拟的。"[56]从皮尔士的角度来看，林语堂刻画的不随波逐流的、能够明确表达自己思想的女性与以其无声的服从和被束缚的身体为特征的贤良的女性之间的差别，是现实与创作的现实之间的差别。林语堂的女性角色像充满威胁的荆棘一样刺穿既成的男性至高主义的存在，肯定不是对被建立的、支持男性期望的体系的一种令人愉悦的认可。为了使这些不随波逐流的

---

54 Lin Yutang. *Yutang Wenji*. Vol.2, edited by Taiwan Kaiming Shudian. Taiwan: Taiwan Kaiming Shudian, 1978, p.1014.

55 Cited in Jorgen Dines Johansen. *Literary Discourse: A Semiotic-Pragmatic Approach to Literature*. Op. cit., p.46.

56 Xie Bingying. "Yi Lin Yutang Xiansheng" In *Lin Yutang Zhuanji Ziliao*, Vol.1, p.176.

女性免于被双重处决，即，首先是积极的刻画，继而是在文学批评中保持沉默，皮尔士对符号的终生研究具有不可抗拒的吸引力。皮尔士理论因此充分揭示了符号所体现的象征性质与社会／文化规范之间的不可分割性。以林语堂为例，他通过在其虚构的世界里重新定义赋予女性的符号，不仅创造性地恢复了女性对人类文明未曾言说的贡献，而且还提供了一个对话平台，以积极地重新标示女性在人类历史中的地位。

2. 独立的思想与被束缚的身体

林语堂在 1935 年出版的《吾国与吾民》一书中，提醒世人他的时代，也警示未来时代："中国女人不是那么容易受人压迫的女性……凡能较熟悉中国人民生活者，则尤能确信所谓压迫妇女乃为西方的一种独断的批评，非产生于了解中国生活者之知识。"[57]这可能是西方的批评。然而，把女性描绘成无助和受压迫的人也是东方的批评。鲁迅塑造的祥林嫂和柔石（1902-1931）刻画的被奴役的母亲，就是对反对普遍虐待女性的东方批评的证明。在"五四"新文化运动（1919-1937）期间，与这种受害女性的旧形象相反，更多的新女性形象被创造出来，尽管她们仍然反映了传统的二分法，即将其分为理想的女性与不理想的妇女。

就林语堂的小说而言，在他的虚构世界中重新被形象化的多样化的女性破坏了典型的、总体上在文化上相同的刻画。女性文学描写的规范化，在西方被称为"女性天使"（female angles）与"女性怪兽"（female monsters），与中国文学传统中的典型模式即理想化的贞洁女性与被妖魔化的不贞洁的女性是相似的。林语堂的呈现强调了在生活中鄙视男性的警觉性、发挥自己的能动性的女性，她们通过拒绝口头或视觉上强加给她们的编码符号来满足自己的人性。对林语堂来说，现代视觉符号"先前是艺术，后来变为商业性的利用，将女人的全体直到最后一条曲线和最后一只染色的脚趾为止，完全开拓起来"提供了男性对女人施加欲望的另一个例子，这使他设想"如若这个世界是女人统治的话，那么我们当然就要看见出身露体的男人，而女人则都穿上长裙了。"[58]

林语堂与文学现状的维持相脱离始于其具有挑战性的、根深蒂固的思想和语言，其特征是对文学传统的内化。一方面，林语堂与当时的许多进步

---

57 Lin Yutang. *My Country and My People.* Op. cit., p.145.
58 Lin Yutang. *The Importance of Living.* Op. cit., p.179.

作家有着共同点，包括丁玲、老舍、梁实秋、鲁迅、茅盾、柔石、萧红和张恨水，他们都对性别歧视心怀不满。另一方面，以不随波逐流的女性为代价，林语堂通过倡导与性别不平等作斗争的个体代言人来区分他刻画的人物，这与性别霸权和社会支配地位的文学构想恰好相反。值得注意的是，林语堂的角色不是重复使用经常出现在当时主流文学作品中的受虐的女性，而是表现出善于表达、富有同情心、独立、聪明且意志坚强的女性。她们具有人性的不完美，如贪婪、嫉妒和与她们的男性同伴一样的个性。通过创造性地利用各种符号来选取女性代言人，林语堂拒绝了那些作为一种文化商品被默默埋葬在霸权传统中的女性的典型描写，并虚构地将文化霸权和社会偏见转向那些不得不遵守带有偏见的传统的女性。林语堂的作品提供了对女性的另一种看法，这鼓励了人们对曾经无视女性的历史进行探究。鉴于文学的制度力量，林语堂的小说创作并非是用"女权主义思想"来倡导女性的轻描淡写的陈述。

乍看之下，林语堂的女性人物似乎可以分为两种类型——随波逐流型（如孙曼娘、姚夫人和滕夫人）和不随波逐流型（如梅玲、乔安和牡丹）。但是，通过对围绕她们的各种符号进行细读会得出不同的结论。与老妇的类型（如鲁迅的被奴役的妻子和柔石的被奴役的母亲）相比，林语堂的女性代言人性格的自我提升是独特的，尽管其很大程度上取决于她们的个性、社会身份、性格和经济手段。换句话说，无论林语堂的女性人物是否随波逐流，她们都积极地参与生活，因此在一定程度上获得了与男人一起生活的机会。林语堂小说中的前兆反映出的人类不完美之处，标志着林语堂女性角色的动态基础，她们毫不犹豫地挑战社会不公，通过话语的力量来让自己受益。

像孙曼娘这样的人物，在传统社会中是女性的经典象征，而像牡丹那样的不随波逐流的女性，则反映了女性的社会期望和文化变革的范围。纯洁的寡妇孙曼娘和不随波逐流的寡妇牡丹在决定自己的生活上有共同点。然而，两个寡妇在表达她们的爱这个方面却有很大差别。孙曼娘非常爱她的丈夫平亚，以至于平亚死后她愿意收养一个男孩来传宗接代。而且，她自愿成为了一个素食主义者。成为素食主义者——这是她献身佛教的象征——是孙曼娘对已故丈夫的爱的表达。相比之下，丈夫去世后，牡丹则选择继续寻找她渴望的爱情，拒绝收养孩子来满足公婆的愿望和社会习俗对青年寡妇的期望。值得注意的是，林语堂在他的作品中经常强调动态的人性与社会习俗的刚性之间的对比，这最终导致了有偏见的习俗发生变化。对孙曼娘来说，在小姑子木兰和小舅子荪亚的鼓励下她走出了自己的房间——这是摆脱社会习俗的象征——这不可避免地使他们僵化的信奉儒家思想的父亲在发现年轻人的不当行为后对他们给予了严厉的责骂。

在小说世界中，林语堂的许多女性角色通过重新定义语言符号来表现出同等的调解和交流的能力，这对于启迪历史语境中的性别谈判过程具有举足轻重的作用。艾德里安·慕尼黑（Adrienne Munich）在研究指定给女性的"臭名昭著的符号"（notorious signs）时指出，言说的女性不再愿意讲男性的语言。根据慕尼黑的说法，法国女权主义者强烈拒绝男性的语言，并不是因为它缺乏对女性需求和期望的表现。对男性来说，话语代表"线性的、逻辑的和理论的。因此，当女性言说时，她们不得不进入男性主导的话语。言说的女性和女性一样，是沉默的。"[59]考虑到话语的强大威力，女性具有用自己的话语来表达自己的想法，甚至是虚构的想法的能力，对历史语境中的女性来说是使其真实身份具体化的开始。在小说中，与"臭名昭著的符号"相关的男尊女卑思想几个世纪以来已经在文学中象征性地被复活了。与此相反，通过即时言语和参照物的上下文语境来复原符号，林语堂通过他的小说揭示了人类通过象征性地调低女性的声音以建构男性霸权这个自欺欺人的缺陷。林语堂没有通过沉默的声音和畸形的身体来表现她们的美德，而是在小说中颂扬了女性角色的语言能力和独立思想。

例如，林语堂的女性人物木兰和曼娘，"于是俩人就讨论《诗经》上老师不肯接受的文句，谈论有关男女私奔的章节，讨论'窈窕淑女，君子好逑，求之不得，辗转反侧'以及有子七人的母亲'不安于室'。"[60]姑娘们对圣书中那些老师故意跳过去不讲的内容的激烈讨论与老师的僵化形成了鲜明对比。当老师在课堂上被问及"为什么有子七人的母亲'不安于室'，老师仅用简短的几句，告诉他那是讽刺不忠之臣，就算了。"[61]正是通过这样的时刻，林语堂通过前兆化的文化符号来改变文化的活力和灵活性，这次是，包括"男女私奔"、"辗转反侧"和"不安于室"的寡妇等语言符号。所有这些都记录在儒家

---

59 See details in Adrienne Munich. "Notorious Signs, Feminist Criticism, and Literary Tradition" In Gayle Greene and Coppelia Kahn eds. *Making a Difference: Feminist Literary Criticism.* London and New York: Methuen, 1985, p.239.
60 Lin Yutang. *Moment in Peking.* Op. cit., p.56.
61 Lin Yutang. *Moment in Peking.* Op. cit., p.56.

经典中，但被某些人故意忽略不讲。通过语言交流，曼娘和木兰不仅表达了她们对一般生活的理解和期望，而且通过行动确定了自己的人生道路。对曼娘来说，她的裹脚反映了强加于女性的变态的社会行为。她在自己的思想和社会的期望之间挣扎，并最终决定嫁给平亚，这在一定程度上这表明了她的才智和独立性。曼娘说出自己的想法来捍卫自己所相信的爱的力量与祥林嫂形成了鲜明的对比。祥林嫂虽然四肢发达，但是却固执地遵循社会惯例，在嫁给另一个男人时试图自杀以捍卫自己的贞操。此外，她将所有痛苦归咎于自己（即失去了两个丈夫和唯一的儿子），将全部积蓄捐给佛教寺庙的门槛，希望她的罪恶感可以被成千上万的人踩踏以便自己在来世转世时有个好点的身份。

除了语言表达外，林语堂的女性形象也是有形的。如女性人物木兰的复杂性体现在她对传统生活和进步生活的混合看法中，她必须每天调整自己的多元身份，无论自己是女儿、学生、媳妇、妻子、母亲、姐姐、嫂子还是佣人们的主人。木兰的独立思想通过她在社会转型期间适应多种身份的能力得到了很好的体现。相比之下，一方面，"五四"运动期间新女性的创造反映了女性已经改变的社会期望。然而，另一方面，她们的个体身份（如成为女儿或母亲）与她们的社会参与（如成为职业妇女或革命家）之间的区别是明显的。根据 Jin Feng 的总结，"五四"时期新女性的文学描写被归类为：

> 扮演"好妻子"、"慈爱的母亲"或"孝顺的女儿"的刻板家庭角色以成为在西方学校接受现代教育的"女学生"的女性；没有明显的家庭或职业背景的城市流浪者；靠专业技能谋生的职业妇女（包括作家）；呼吁通过参加示威、集会和其他政治活动来实现社会变革的革命者。此外，新女性拥有独特而深刻的情感内心，这使她立马与那些很少自我反省且没有受过教育的城市无产阶级女性以及农民女性区别开来。[62]

仔细研究以上四种类型的新女性，可以推断出受过教育的女性与未受过教育的城市无产阶级女性以及农民女性之间的直接分别。此外，在少数有着特权的女性中，她们在作为"好妻子"、"慈爱的母亲"和"孝顺的女儿"的个人身份与作为"学生"、"职业作家"、"城市流浪者"以及"革命者"的社会身

---

62 Jin Feng. *The New Women in Early Twentieth-Century Chinese Fiction*. Indiana: Purdue University Press, 2004, p.2.

份之间左右为难。换句话说，要成为一名新女性，就要冒着用其女性特质来进行交换的风险。然而，与此同时，女性必须掌握一些有用的技能，才能与男性同行竞争，才能在这个已经变化的世界上生存下去。从家庭到工作地点的转变表面上模糊了性别分工，这没有反映或确保性别的平等。换句话说，新女性由于无法达到家庭之外的男性标准并且不愿保持自己作为好妻子与慈爱的母亲的家庭角色而受到双重歧视。需要提出的问题是，为什么女人不愿走被指定的生活道路时不得不被命名为"新女性"？

就林语堂的描绘而言，具有独立精神的不随波逐流的女性既没有在家庭内部与外部，也没有在文化的误差之间被人为地加以划分。因此，它丰富了丁玲小说《莎菲女士日记》的主人公莎菲，她也许代表了中国现代文学中最流行的新女性形象。林语堂的描写挽救了莎菲，后者与易卜生的娜拉（Nora）大同小异，她被指责为一个"非真实的"中国女性，因为独立的女性精神对东方并非是不相容的。Wang Shunzhu 从三个方面分析了莎菲在受到西方文化熏陶下新形成的"自我"与在中国本土传统阴影下的旧的"他者"之间的斗争。由于这被分开的两个部分，莎菲在中国男人周围或当地社区都无法正常工作。正如 Wang Shunzhu 所认为的，莎菲的疏离感是"她的错位与优越感"[63]。与许多经历了类似社会变革的林语堂的女性角色（例如梅玲、牡丹、乔安）相比，莎菲在传统与现实之间的挣扎是相当古怪的。她觉得自己比苇弟优越（一个爱着她被她视为纯粹的中国人的男人），但自己又不如她暗恋的半西方化的海外华人凌吉士。而且，她认为自己比圈子里所有的人都优越，尽管她的朋友们都受过大学教育。然而，每当她遇到麻烦时，总是这些朋友向她伸出援手。而且，她的中国道德准则与她的西方化欲望经常发生冲突。在我看来，这是由于对两种文化的误解造成的。如果不区分两种文化之间的异同，每当现实需要决策时，莎菲就无法摆脱困境。毕竟，她既不独立于两个男人，也不能自由地将自己悬挂在两种文化之间。她可以对苇弟行使权力不是因为她有自信，而是因为她觉得自己具有西方式的独立性，即，自己独自行动的力量。然而，每当遇到凌吉士时，她的权力就会惨败。毕竟，在爱情游戏中她仍然是弱者和被压迫的一方，因为无论文化差异如何，她都无法看清楚造成不平等的真正原因。她没有意识到，西方女性也像东方女性一样被物化，尽

63 Wang Shunzhu. "The Double-Voiced Feminine Discourses in Ding Ling's Miss Sophie's Diary". *Tamkang Review*, Vol.28, No.1, 1997, p.141.

管这种物化有所不同，正如林语堂在他的一篇论文中所说明的那样[64]。

与莎菲相反，林语堂的牡丹则通过丢弃所有用于女性的既成标签来宣称自己的自信和坚强的意志。牡丹与莎菲不同，即使她也有过西方的经历，但她并不寻求外部的力量来帮助自己赢得这场战斗。相反，她通过突破中国本土文化的内在来解放自己。牡丹从与莎菲相似的环境中救出了自己，但却既没有丢掉该环境，也没有因为自己的痛苦而责怪她的朋友们。

除了文学创作之外，当时的文学评论家还通过戏剧化地创作诸如莎菲这样的新女性或像祥林嫂这样的被压迫女性的形象，进一步增强了典范女性的现状。以柔石的描绘为例。他小说中的那位被奴役的母亲，《为奴隶的母亲》的女主角，得到了极大的强调，而小说《怪母亲》中的女主角则保持沉默。被奴役的母亲，与祥林嫂相呼应，成为中国妇女的统一代表。而那位奇怪的母亲却像《诗经》中记载的不满意的寡妇一样，对公众来说是不可见的。柔石小说中的两个母亲都能思考，但是一个保留自己的想法不说出来，另一个则表达了自己的想法。然而，奇怪的母亲的再婚请求既未得到儿子们的回应，也未受到批评家们的回应。如果贫穷是造成被奴役母亲的困境的主要原因，那么，由她那三个儿子执行的社会偏见就是对那位公开表达自己愿望的奇怪的母亲的阻碍。从虚构和字面上看，对这位奇怪的母亲的虚伪和不公正是显而易见的。

在女作家提出对女性关注的情况下，她们遇到了类似的抵制。假设才华横溢的小说家萧红没有遇到鲁迅，她作为女作家的名声会受到高度评价吗？为了回答这个问题，刘禾（Lydia H. Liu）对萧红的《生死场》的重新评价可能会阐明保持描绘和阅读女性的现状。在对萧红小说的研究中，刘禾分析了萧红为什么会被归类为民族主义作家的原因，以及为什么她的小说被视为民族主义文学而非女性主义文学。除了指出是导师鲁迅让她"比其他女性作家在文学史学家的手中"有更好的运气外，刘禾还从女权主义文学的角度争辩

---

64 In his article entitled "How to Understand the Chinese", Lin Yutang presented how East and West treat women differently through his humorous remarks: "When you make a bronze statue of a woman and put her on a pedestal, either nude or covered, to be looked at by everybody, and call her Justice or Liberty, we just think you are very funny, if we don't think you obscene. So you can well understand how deep and fundamental the differences between the Chinese and the European cultures are." Lin Yutang. *The Little Critic: Essays, Satires, and Sketches on China.* Second Series: 1933-1935. Shanghai: The Commercial Press, 1937, p.6.

说，萧红及其小说，都是由她那个时代的左翼男性评论家所创造的，需要从不同的角度来进行新的分析[65]。通过刘禾自身对文本的细读，她强化了萧红小说中集中精力描写的女性的身体及其身份。

刘禾首先对萧红本人设计的小说的封面进行了明确的分析，然后辩称："围绕封面设计的争议引起了人们对萧红研究学者迄今盛行的单一民族主义解释的权威的质疑。"[66]此外，她还对"批评家们经常怀疑萧红的抗日小说充斥着农村妇女生活的细节，直到最后几章才开始涉及日本人的入侵"[67]的原因提出了质疑。对刘禾来说，封面的视觉符号以及小说中的语言符号，都在言说并表明萧红的真实意图。萧红的情况为艾德里安·慕尼黑得出的结论提供了详细的脚注。她在其文学批评研究中指出，直到女权主义中断，"文本的解释……才产生了狭义的父权制话语，限制了阅读。……带有父权制阐释的标签，标准文本进入了一种得到阅读机构所验证的文化的确认。"[68]实际上，阅读机构并没有饶恕任何破坏男性固有霸权的女性描写，无论这些描写是由女性还是男性创作的，如柔石的奇怪的母亲，或甚至是鲁迅对其他类型女性的描写所证明的那样。

例如，鲁迅的短篇小说《肥皂》中四太太的形象有些微不足道，而年轻的女乞丐则遵循孝顺和尊重老人（即祖母）的社会准则。四太太劝告她的丈夫四铭（虚假的道德主义者的象征，即那个目睹女乞丐的痛苦，除了对她的身体给予性方面的评论外什么也不做的男人），需要引起我们的注意。四太太对四铭对其他人对女乞丐的身体的不道德言论的批评和不帮她的借口感到不满，于是当四铭开始在晚餐桌上管教儿子的不孝行为时，她情不自禁地以女乞丐的事情为例来揭露四铭的虚伪。"他哪里会知道你的心思？"四太太突然打破了沉默，"要是知道，他早就打着灯笼火把去把那孝女寻了来。"[69]她的气愤很容易被看成是女性嫉妒的一个例子。然而，仔细考查她对四铭对女乞丐

---

65 Lydia H. Liu. *Translingual Practice: Literature, National Culture, and Translated Modenity---China, 1900-1937*. California: Standford University Press, 1995, p.199.

66 Lydia H. Liu. "The female body and Nationalist Discourse: Manchuria in Xiao Hong's *Field of Life and Death*" In Angela Zito and Tani Barlow eds. *Body, Subject and Power in China*. Chicago: The University of Chicago Press, 1994, pp.163-164.

67 Lydia H. Liu. "The female body and Nationalist Discourse: Manchuria in Xiao Hong's *Field of Life and Death*" In Angela Zito and Tani Barlow eds. *Body, Subject and Power in China*. Chicago: The University of Chicago Press, 1994, p.164.

68 Adrinne Munich. "Notorious Signs, feminist Criticism, and Literary Tradition". Op. cit., p.251.

69 See the original text in Lu Xun. *Lu Xun Quanji*, Vol.2. Beijing: Renmin Wenxue Chubanshe, 1981, p.199.

身体的详细描绘的反应,并注意到四铭看四太太的敏锐眼神——视觉符号,就不能将四太太当成一个头脑简单的爱嫉妒的妻子了。

林语堂通过文学表现形式对女性符号的另类解读源于他的不随波逐流的生活哲学。克里斯汀·巴特斯比(Christine Battersby)在《她的身体／她的边界》(*Her Body/Her Boundaries*)一文中,提醒了经验丰富的男性哲学家和新出现的女性哲学家之间的不同见解,其存在在人类历史上才刚刚出现。巴特斯比的差异化表明,当前的社会标准在很大程度上是围绕着男性标准的,需要不断地进行检验和调整。正如林语堂的描写所证明的那样,当越来越多的不随波逐流的女性出现时,哪怕她们是虚构的人物,不平衡和不完整的"男性的语言"将被抵消,从而使得更加现实地被表现的两性共栖的世界在语言上变得可见。就林语堂而言,他违反了以二分法描绘女性的法则,展示的是他的力量而非他的矛盾。通过称自己为"市场哲学家"(market philosopher),林语堂不是坐在演讲席上或者去读那些关于人生和人类哲学的理论,而是以特定形式来学习他关于一般生活和女性的哲学课程:

> 老妈子黄妈,她具有中国女教的一切良好思想;一个随口骂人的苏州船娘;一个上海的电车售票员;厨子的妻子;动物园中的一只小狮子;纽约中央公园里的一只松鼠;一个发过一句妙论的轮船上的管事;一个在某报天文栏内写文章的记者(已亡故十多年了);箱子里所收藏的新闻纸;以及任何一个不毁灭我们人生好奇意识的作家;或任何一个不毁灭他自己人生好奇意识的作家。[70]

林语堂对自己以"错误的方法"来研究伊里加雷所说的"哲学著作"的坦承表明,他的哲学思想主要是集中在生命本身而非关于生命的理论上的。通过对历史语境中的符号的创造性解读以及对已构建的男性力量的揭示,林语堂对生活和社会本质的把握最终导致了他对男性至高权利的怀疑。这样的男性宣传愚蠢的女性美德和被束缚的女性身体,与拥有自己思想的女性的多元性形成了鲜明对比。

(二)结语

林语堂是一位文化传播者,通过对不随波逐流的女性的刻画,让读者对文化的细微之处有深刻的理解。林语堂拒绝以女性为中心的阅读和写作规范,

---

70 Lin Yutang. *The Importance of Living.* Op. cit., pp.vii-ix.

从而削弱了人为的男性至高无上的地位。林语堂对超越文化界限的人性的理解被其女性主义的有利视角所放大。这是一个包含了男女两性生活和社会观点的视角。特别是不随波逐流的女性的语言能力所反映的包容性，丰富了他的小说作品的结构。林语堂并没有去重复那些以矮小的身体为特征的顺从的女性，而是在其虚构的世界中呈现出了那些具有独特性的女性，她们有能力通过其执行力来改善自己的生活和满足自己的人性以拒绝带有偏见的社会传统。

对林语堂来说，性别歧视是社会不公的一部分，不仅存在于不同的文化中，而且与附属其中的男人和女人都相关。通过在小说中展现出社会等级制度的建构现实，林语堂揭示了社会普遍对不随波逐流者的冷漠，尤其是对不随波逐流的女性的偏见。这样，林语堂就以弱势阶层和多样化的声音为代价，挑战了社会统一的神话。林语堂通过他的小说暗示，只有在消除社会等级制度的情况下，才能纠正被扭曲的性别关系。同样，对林语堂来说，不随波逐流的女性在理解社会等级制和父权制的过程中所扮演的角色也很重要。林语堂对与社会不公和性别不平等相关的人类不完整性的描写表明，他最终脱离了通过包括文学在内的不同渠道将其强行作为社会规范的男性沙文主义。

林语堂的女性主义观帮助他平衡了已建构的男性霸权与女性活力之间的差异。他对历史和文学话语中所记录的文化标志的敏锐解读，使他能够辨别出具有打破旧习精神的非传统女性的存在。为了摆脱惯常的思维，林语堂通过他的小说强调了人性的多样性，反对把人作贞洁与不贞洁、优等与劣等的二分描绘。他的跨文化理解促使他从西方的视角来看待中国的社会和文化，就像他从中国人的视角去看待西方的社会和文化一样。林语堂的开放思想丰富了他当下的女性小说创作，这激发了人们对女性，特别是对那些不随波逐流的女性的另类理解。在面对女权运动的重要本质和西方女权主义者的抵制时，林语堂清醒地意识到，在中国，社会现实对女权主义者更具敌意。以家庭为单位的社会结构挑战了任何个人，无论其性别如何。林语堂在半个多世纪前通过他的小说创作感知并提出的中西女权主义的差异在一定程度上反映了包括 Zhang Naihua 和 Xu Wu 在内的当代学者的观点。他们在其对中国妇女运动的研究中宣称他们所感知的差异：

> 女权主义……指的是西方女性为从男性那里夺取权利而进行
> 的斗争，而女性主义则描述了中国女性为表达自己的愿望和观点而

付出的努力⋯⋯。女权主义要求女性遵循男性的标准，而女性主义
则建构一种女性文化，并利用女性的观点和标准来重塑一个有男性
参与其中的社会。[71]

Zhang Naihua 和 Xu Wu 指出的"女权主义"和"女性主义"之间的观念
与法国女权主义者朱丽娅·克里斯特娃的观念相吻合，即通过吞没女性自己
的语言和生活观以扩展其社会视野来重塑已建立的社会。换句话说，中国的
女性主义者需要通过将女性所关心的和感兴趣的东西纳入自己的语言中，而
不是将男性规范作为社会规范，来重新调整社会规范，而这正是林语堂在其
小说中所提出的。

正是通过他对不随波逐流的女性的刻画，林语堂对他自己脱离象征世界
的自由表示了庆祝。这是一个通过各种象征性的标志以典型的贞洁与不贞洁
的相对模式不断地将女性作为文化产品的一部分的世界。与他的许多同时代
作家相比，林语堂既不被归类为言情小说家，也不被归类为革命宣传者。相
反，他是中国文化的传播者，其特征是他在小说中对不随波逐流的女性的认
可。林语堂当时正处于左、右文学阵营之间，他试图通过推广小品文的形式
来寻求第三条出路。他完全拒绝像他那个时代的左翼作家那样把文学作为宣
传工具的观点。但是，他也不沉迷于创作爱情小说。取而代之的是，鉴于他
的民族处于混乱之中这个现实，林语堂通过他的小说将女性与文化产品区分
开来，以期复兴这个伤痕累累的民族。通过展现文化的不同方面，林语堂强
调了文化的异端性，而不是像传统文学那样反映出文化的正统性。在文学传
统中，一般而言，恋爱者和革命奉献者之间形成了对比，或者通过让旧式的
女性着新式的服装而形成对比。

在其小说中，林语堂抓住了 20 世纪初中国的过渡时期，这揭开了令人窒
息的儒家思想的盖子，并揭示了社会现实的动态。林语堂通过其小说创作呈
现了多样化的女性和多面的传统，挑战了文化霸权，这种霸权被那些相似的
描写无助的女性和同一标准的传统的文学作品所掩盖。除小说《红牡丹》，他
的三部曲，包括《京华烟云》《风声鹤唳》和《朱门》，都是这方面的例子。无
论是传统的还是现代的，无论是享有特权的还是弱势的，无数的女性角色都

---

71 Zhang Naihua and Xu Wu. "Discovering the Positive within the Negative: The Women's Movement in a Changing China" In Amrita Basu ed. *The Challenge of Local Feminism: Women's Movements in Global's Perspective.* Boulder and Oxford: Westview Press, Inc., 1995, p.37.

具有共同的独立精神和表达自己思想的能力，这与主流文学中所描述的那些以其被束缚的身体为标志的顺从美德形成了鲜明对比。

林语堂在关于中国移民的小说中从不同的角度证明了中国文化。与三部曲和《红牡丹》中所描述的中国内部变化相反，由中国移民引发的变化不仅是外在的，而且在移民本土文化与其所居住的外来文化之间的冲突方面也趋于融合。他们对文化标志的依恋在很大程度上表明了移民保持其中国性的努力。如《唐人街》和《赖柏英》都描述了中国移民对仪式的忠实看法。同样，移民通过确定文化标志传达了他们对外来文化的赞同和论争。

林语堂的小说《远景》（*Looking Beyond*）是他小说创作的高潮，有利于社会公正和性别平等。乌托邦社会表明，构建具有多样性和充满活力的人性是不可能的。尽管性别平等是社区创建者关注的主要对象，但必须由男性灵魂安慰者协会不断监测和监督，该机构旨在培训职业女性，以驯服那些烦躁不安的、不成熟的、殴打妻子的男人。林语堂的乌托邦是对人类智慧、诚实和自律的一种考验，而不是对最终社会控制的一种想象。林语堂小说中被重新形象化的不随波逐流的女性可能没有达到他的全部意图，即反对将受害的女性作为中国历史和文学中唯一存在的女性的普遍形象。然而，他对不随波逐流的女性的另类看法本身就很出色。林语堂对女性的另类描写，源自他自身的不随波逐流的世界观，使他能够深思熟虑地阅读历史和文学中留下的索引性标志。作为回应，作家林语堂通过认可不随波逐流的女性的生活和语言表达能力，创造性地改变了不随波逐流的女性的形象。

林语堂对人性的哲学理解开始了他对男女之间、个人与社会之间以及文化之间关系的不随波逐流的认知和理解。他对文学现状的重复描写的反对也反映在他对中国文化的变革态度上。他对传统多层面的强调暗示了文化本身的改变。对林语堂来说，儒家与道家，中国文化的核心组成部分之间的区别在于："道家总是比儒家更胸襟开阔。儒家总认为自己对，而道家则认为别人对，而自己也许会错。"[72]换句话说，林语堂从务实的角度看待两种生活哲学实践之间的差异，这与个人喜好而不是引导生活的基本原则相关。因此，《京华烟云》中他笔下那非传统的姚先生追随道家思想，成功地破坏了他那信奉儒家思想的妻子给女儿灌输的观念。相比之下，信奉儒家思想的姚太太没有回避成为一个贤惠的母亲，即使自己在婚礼前就怀孕了。作为一个儒家思想

---

72 Lin Yutang. *Moment in Peking*. Op. cit., p.170.

的信奉者，姚太太也相信"只要自然就叫合乎礼"[73]。显而易见，对林语堂来说，是灵活而非僵化扩展了中国文化并把权力赋予了中国女性。

林语堂突破了时空的文化界限，到达了人类本质的彼岸。如有些人所言，如果他的西方教育方式影响了他对中国文化的理解，那么肯定是他的不随波逐流的观点，使他能够对自己认为最有助于理解人类的问题发表自己的看法。近观东西方之间的肤浅分歧，不难看出个体角色在中国文化中的反映。对林语堂而言，即使没有被正式铭记和在社会上出名，个体的多样性在中国文化中也始终存在。与他的《吾国与吾民》一书所阐释的中国人的一般称呼相反，他对普通个体的存在的理解充分地体现了他对文化的微妙之处和社会动态的不随波逐流的理解。尽管在集体主义优先于个人主义的文化中，不随波逐流的女性通常被认为是自私的、不体面的，但林语堂的大多数人物都是"才华横溢并因此而独立的"，如《京华烟云》中的红玉，《风声鹤唳》中的梅玲，或《红牡丹》中的牡丹和白薇。这些人以各自不同的方式拒绝带有偏见的社会习俗。

作为一个创造性的作家，林语堂通过表达自己对多元文化和人类动力的个人理解，找到了成为一个不随波逐流的人的乐趣。此外，他的不一样的观点使他能够发现不随波逐流的女性经常发生的模式，这些女性要么通过"娘子军"这样的语言符号来传达，要么在传统文学中作为嫉妒的妻子和不贞洁的寡妇的这样的坏典型被保留。林语堂将自己从思想和语言习惯化中解放出来，使他对象征系统之外的世界有了重新的想象，以其余部分为代价，不仅在字面上而且从小说的创作上宣传了贤良女性的类型。林语堂那些挑战了女性的固有形象的小说人物，引发了一场关于平等基础上的性别关系的对话。林语堂的女性角色同样地自信和聪明，像春梅和牡丹，可以有效地剪断等级制度，因为她们可以采取不合作的行为并行使其语言能力，从而解除父权制。从查尔斯·皮尔士的角度来看，林语堂小说中对不随波逐流的女性的描写以其独特的性格为特征，表明对男女之间健康的关系的最终阐释才刚刚开始。林语堂通过他的小说创作对多层人性的展现，改变了二分法对妇女的典型分类，即好与坏，天使与恶魔。从这方面来看，他那些充满活力的女性人物的小说变得具有重要的意义。

对象征的社会现实保持警惕，林语堂试图通过使自己摆脱各种符号所传

---

73 Lin Yutang. *Moment in Peking*. Op. cit., p.170.

达和确定的象征世界来实现人与人之间的普遍对话。他对女性的看法虽然源于历史和文学中的标引符号，但同时也克服了符号的传统归属。他对人性的理解导致了他对性别关系的包容性理解，因此使他能够远离陷入僵化状态的世界，这种僵化的世界把男性规范变成了社会规范。他的跨文化视野也帮助他掌握了人类相似性的本质，从而促使他从其他角度开始就包括女性问题在内的各种问题进行对话。

通过他的小说和非小说作品，林语堂表达了他对女性和传统的理解，挑战了中国文化的现状。通过探索虚构的世界中出现的各种迹象，林语堂得以将女性与传统区分开来，在历史和传统的形成过程中找回了女性代言人。而且，林语堂将女性从传统中解脱出来，恢复了女性积极参与对话的能力，并由此增强了她们在对话中的平等贡献。林语堂曾经写道：

> 倘能把人生比作大城市，那么人类的著作可以比作屋子顶阁上的窗口，人们可由以俯瞰全景。读着一个人的著作，吾人乃从作者的窗口以窥察人生。……星、云、山峰，创出地平线的轮廓，而城市里的一切走廊屋顶，彼此似属相同，但从窗口里面窥探的城市景色是具个性的，是有各自的特殊面目的。[74]

通过他对中国女性的变革方法，林语堂对中国文化个人主义呈现的特征表现为他对那些不愿意遵循带有偏见的社会习俗的个体的欣赏和认可。通过在其小说中突显文化标志，林语堂表达了他对掩盖了圣贤对人性的认可之儒家思想的扭曲的权威性的反对。导致社会不公正和性别不平等的专制主义被历史和文学话语反复认可。通过虚构的迹象林语堂突显了不随波逐流的女性，在小说中对拙劣的等级制度和男性至上的统治予以了鄙视。在实用主义方面，鉴于林语堂的主要阅读对象是讲英语的人，而且很少有人对其小说中所描写的社会／文化语境熟悉，林语堂通过在小说描写中对象征符号的创造性探索，在一定程度上吞噬了东西方之间的文化差异。

林语堂通过对符号的另类解读所转变的是一种理解的视野。他没有通过重复理想化的女性美德来维持女性的现状，而是通过强调通常被习惯上归类为社会规范的例外因而被合法地排除在象征世界之外的不随波逐流的女性的类型，来表明他对文化霸权的反对。林语堂对女性代言人的信念在他的小说中是显而易见的。他笔下的人物通常是聪明、独立和意志坚强的女性，能够

---

74 Lin Yutang. *My Country and My People*. Op. cit., p.216.

通过重新定义文化标志的含义来沟通、调停和挑战权力，例如春梅、梅玲和白薇。

罗莎琳德·德尔玛（Rosalind Delmar）曾问道："谁最能代表女性？是女性还是某些男性？女性的利益能与男性的利益区分开吗？如果是的话，怎么区分？又通过什么来区分？女性是什么？女性能代表男性吗？"[75]德尔玛对性别表征的合法性的关注在很大程度上解决了作家的性别问题，但这并不总是能反映出作家对与性别关系相关的问题的看法和理解。但是，德尔玛通过将"女性的利益能与男性的利益区分开吗"和"女性能代表男性吗？"这两个仍然悬而未决的问题并进而引起读者对跨性别的人性的关注。林语堂对中国女性的呈现反映了他的跨性别研究的方法，这与他的许多同时代人有很大的不同。林语堂没有遵从受害者来增强男性权力，而是选取那些不随波逐流的女性，通过在塑造历史的过程中揭示女性代言人来对权力予以破坏。通过重新想象这类女性的存在，林语堂对社会建构与女性的卑下地位提出了质疑。林语堂的小说人物源自他对历史和文学留下的标引符号的不同理解，这提醒我们每个故事总有其另一面。警惕单一的声音并意识到在言语和视觉符号中都体现出的社会细微差别是保持积极有效的性别关系对话的唯一途径。林语堂的文学描写标志着他与社会不公和性别歧视的持续斗争。通过在其虚构的世界中恢复从历史记录中被选出的中国女性，并通过纠正传统文学中被扭曲的女性形象，林语堂证明了他对不随波逐流的女性的拥护。

在阅读林语堂的小说时，我逐渐意识到，鉴于他在中国现代文学中的独特作用，如果要把他看成是一个严肃的、多产的、倡导改革的作家，早就该从文化、语言学和哲学等方面对他进行全面的研究了。除了代表他自己，一位对与不随波逐流的女性相关的符号进行深思熟虑的解读的读者，他谁也不代表。通过说出自己的想法，他呈现了自己对差异和男女之间的共同利益的理解。林语堂的力量和他在女性文学描写中的局限性是他对其不受限制的、在削弱从属于某些个体的社会建构中的个人才能和作用的信念。就如某些人所认为的那样，林语堂在理解女性方面存在矛盾，这是他在没有适当处方的情况下不断暴露出人类不完美的另一个例子。他嘲笑自己和其他人在不断面

---

75 Rosalind Delmar. "What Is Feminism?" In Anne C. Herrmann and Abigail J. Stewart eds. *Theorizing Feminism: Parallel Trends in the Humanities and Social Sciences.* Boulder and Oxford: Westview Press, 1994, p.16.

对生活困境和人性时的能力———一种非常需要帮助人们从自己的不完美中学习的"幽默"——通常被认为是他对饱受战争摧残的国人的冷嘲热讽和不敏感。对林语堂的这种看法仍然影响着我们对中国现代文学中这个复杂人物的理解。林语堂在其"眼泪和笑声"之间看到的符号仅仅代表了人类不完美的程度。以其小说中的这些符号为基础，林语堂改变了我们对人性的理解和对不随波逐流的女性的看法。

第八章　比较视野下的林语堂

　　英语世界学者也将林语堂与中外的"他者"放置在一起，从比较研究的视野将其进行了对读。本章选取了六种比较研究成果，旨在让读者对林语堂与"他者"在思想、创作、文化传递、身份寻求等方面的相似与差异作细致的了解。这六种成果为：（一）阿尔弗雷德·奥尔德里奇的期刊文章《白璧德与林语堂》；（二）韩若愚的期刊文章《食人主义的必要：蒙田《随笔》·林语堂《生活的艺术》·中国性·文化翻译》；（三）Chen Lok Chua 的期刊文章《美国梦的两个中文版本：林语堂与汤亭亭的金山》；（四）Meng Hui 的博士论文《文本的迁移与身份的转变：林语堂、张爱玲与哈金的双语作品自译》；（五）Shen Shuang 的博士论文《自我、民族与离散：重读林语堂、白先勇与赵健秀》；（六）L. Maria Bo 的博士论文《书写外交：翻译、政治与太平洋彼岸的冷战》。

一、白璧德与林语堂

　　1999 年，阿尔弗雷德·奥尔德里奇（Alfred Owen Aldridge）的《白璧德与林语堂》发表在《现代》上[1]。全文译介如下：

　　尽管广为接受的是，托马斯·艾略特（Thomas Stern Eliot）是欧文·白璧德（Irving Babbitt）在哈佛大学最杰出的学生，但对于其次最优秀的学生是谁并未达成共识，通常认为可能是沃尔特·李普曼（Walter Lippmann）和范·威克·布鲁克斯（Van Wyck Brooks）。然而，如果从国际声誉的角度加以考虑的话，那这位最伟大的人文主义者，这位毋容置疑最广为人知或许也最具影响

1　Alfred Owen Aldridge. "Irving Babbitt and Lin Yutang". *Modern Age*, Vol.41, No.4, 1999, pp.318-327.

力的学生应该是华人林语堂。1919-1920 年间，他注册哈佛大学比较文学研究所，成为白璧德的学生。在美国旅居的差不多 30 年间，林语堂用英文创作了许多畅销小说和哲学著作。这些作品有的被列入了"每月读书会"的排名榜，绝大部分被译成了 10 多种欧洲和亚洲语言。1975 年，林语堂被提名诺贝尔文学奖。

在《八十自叙》（*Memoirs of an Octogenarian*）中，林语堂对他的老师白璧德进行了简短却生动的描写。这本书是 1973 年用英文创作的，1974 年在台湾《中国文化大学学报》上发表，在次年以 *Eighty: An Autobiography* 为书名重新出版。他的文本证实了"20 世纪 20 年代在哈佛很常见的对一个笑话的善意嘲弄"的一部分，即，"白璧德的声誉广及全世界，实际上已经不仅仅只限于坎布里奇了。"[2]在林语堂的回忆中，他提出了许多他那个时代及其后关于白璧德和文学批评的本质的看法：

> 在哈佛，我注册进了比较文学研究所。我的教授是布里斯·皮瑞（Bliss Perry）、欧文·白璧德（Irving Babbitt）、雅奇曼（Von Jagerman，教"哥德语"）、克屈吉（Kittredge，教莎士比亚）和另外一个意大利文学的教授。布里斯·皮瑞最受欢迎，学生都喜欢他。他有几个迷人的女儿。我曾写一篇文章讨论《批评论文中的语汇变迁》（*The Change of Vocabulary in the Critical Essay*）。他相当赞赏，建议我当做硕士论文。因为我在哈佛的学业不久便中断了，没有达成心愿。

> 欧文·白璧德在文学批评上掀起了一阵暴风。他坚持批评的水准，和日后纽约社会研究所的史宾岗（J. E. Spingarn）一派相对立。白璧德是唯一只有硕士学位的教授，他学识渊博，常朗读桑塔·班夫（Sainte-Berve）的"凛然风貌"（*Port Royal*）和十八世纪法国作家的作品，并引用现代作家布伦奈特尔（Brunetierre）的名言。他整个课程都在讲卢梭和浪漫主义，把一切水准消失的原因归咎于卢梭的影响。专讲史台尔夫人（Madame de Stael）和蒂克（Tieck）、诺瓦利斯（Novalis）等早期浪漫派的广义鉴赏式批评的演进。

> 他对中国人的影响很深。娄光来和吴宓把他的想法传到中国。

2　Thomas R. Nevin. *Irving Babbitt: An Intellectual Study*. Chapel Hill: University of North Carolina Press, 1984, p.31.

吴宓外貌像和尚，和女友的缠绵爱情却可以写成一部小说。吴氏和娄氏中文都很好，他们的观念较正统，不太支持名叫"文学革命"的白话文。他们和我同坐一条板凳，我不得不借"凛然风貌"来看一眼。我不肯接受白璧德的批评规范，有一次曾毅然为史宾岗辩解，结果和克罗齐将一切批评起源视为"表现"的看法完全吻合。其他的解释都太肤浅了。我反对中国的体裁说，他们把一切好作品都化为串串的章法和句法，无论是"传"是"赋"是"记"，甚至长篇小说，都依样画葫芦，岂不知苏东坡提笔的时候，心中并没有什么章法，只是像行云流水，"常行于所当行，常止于不可不止"。[3]

显然，林语堂并不认为自己是白璧德的学生之一，即便他受白璧德的影响很大。他认为白璧德是哈佛大学教授中唯一一个没有博士学位的教授在表面上看来似乎有些浅薄，并表明他并没有理解哈佛大学的用人体制，最著名的教授是不用考虑其学位的。有可能林语堂实际上是深受这样的错误理念的痛苦，他也有可能是在表达他自己对美国迷信高等学位的专制行为的有趣的反感，这点他在别的地方公开嘲笑过。在他离开哈佛不久，他把获得博士学位的人归类为"此辈在名利场中争取头衔，一以为衣食计，一以抬高社会上之身份地位。"[4]实际上，白璧德并不需要一个博士头衔来赢得他的学生和同事们的尊敬，但没有高等的博士学位有可能会妨碍他的学术发展，尤其是在其事业的早期。1896 年，白璧德的 19 世纪法国文学的课程纲要就遭到了管理部门的拒绝。这是一门与 20 年后林语堂选的课程非常相似的课程。这个否决，在白璧德的传记作者看来，有可能反映了"许多次要的原因，以及没有博士学位。"[5]除了在哈佛大学获得的对比较文学研究的洞见之外，林语堂的评论让我们对他与白璧德的批评方式的不同所产生的长远意义进行思考。二者还因指出了美国的人文主义在 1919 年中国"五四"文学革命中所起的作用而受到关注。

林语堂对哈佛大学的回忆要点中提及他反对白璧德的批评规范并为史宾岗辩解一事，这个话题与其对中国文学体裁的评价是紧密相关的。在很大程度上，林语堂在为史宾岗辩解的时候肯定是从白璧德写的一篇文章中借用了

3　Alfred Owen Aldridge. "Irving Babbitt and Lin Yutang". Op. cit., pp.318-319.

4　Lin Yutang. *My Country and My People*. Op. cit., p.227.

5　此为原文注释 1：Thomas R. Nevin. *Irving Babbitt: An Intellectual Study*. Chapel Hill: University of North Carolina Press, 1984, p.13.

"替谁打抱不平"（take up the cudgels）这个比喻。具有反讽意味的是，林语堂原本是为史宾岗辩解，但却变成了自己对他的反对。在这篇文章中，白璧德将西班牙谚语"Hay gustos que merecen palas"（并非所有的爱好都应受到鼓励）翻译为"There are tastes that deserve the cudgel"（有些爱好是值得鼓励的）。范·威克·布鲁克斯在其自传中描绘了这个时期的白璧德在他班上反复苛刻地说"有些爱好是值得鼓励的"[6]。偶然地，白璧德也成了他的第一个中国学生梅光迪将中国描绘为"西方所有陈腐的陈词滥调和可疑的意识形态的垃圾场"（the dumping ground for all the routine banalities and dubious ideologies of the West）这个比喻的素材来源。这个比喻源自白璧德在题为《天才与品位》（Genius and Taste）的文章中提出的一个问题："这个国家将会永远成为欧洲的垃圾场吗？"（Is this country always to be the dumping ground of Europe?）这篇文章是反对史宾岗和克罗齐（Benedetto Croce）的，于 1919 年发表在《国家》（The Nation）上。白璧德这篇文章的标题源自史宾岗 1917 年编的一本名为《论天才与品位的统一》（Essays on the Unity of Genius and Taste）的论文集。他发在《国家》上的评论对这些品质的所谓的统一给予了否定。然而，史宾岗并未受到冒犯，反而在后来他编辑的名为《美国的批评》（Criticism in America）第二本论文集中收录出版了白璧德的这篇文章。这本论文集中的主导文章恰好是曾经引发了白璧德发表在《国家》上的那篇评论的再版。

林语堂为史宾岗的辩解构成了一本文集，这是一本对许多表现派作家包括史宾岗、克罗齐和奥斯卡·王尔德（Oscar Wilde）等的文学批评观点的中译，在其"序言"中林语堂展示了白璧德与史宾岗之间的战线。1929 年，林语堂以《新的文评》（The New Literary Criticism）为书名出版了这部作品。这与史宾岗 1917 年出版的那本文集中那篇主导文章的标题几乎是一样的。林语堂对两种主要趋势的描绘可被用到传统的批评与 20 世纪末后现代理论之间的对照上：

> 近十数年间美国文学界有新旧两派理论上剧烈的争论，一方面

6　此为原文注释 5：比尔斯（H. Beers），一个研究英国浪漫主义的权威，在其发表在《耶鲁评论》（The Yale Review）上的一篇评论中提及马克·吐温和马修·阿诺德"曾为哈里特·雪莱说话"（taking up the cudgels for Harriet Shelley）。我也在 1914 年出版的罗伯特·特雷塞尔（Robert Tressell）写的一本深奥的英国小说《穿破裤子的慈善家》（The Ragged Trousered Philanthropists）中读到过"为自己的利益而战"（taking up the cudgels in his own behalf）。

见于对现代文学潮流的批评, 如 Stuart P. Sherman 所著 *Contemporary Literature* 一书, 一方面集中于关于文评的性质、职务、范围的讨论, 如关于批评有无固定标准, 批评是否创造等等争论。这些理论上的讨论, 可以说是以现译的 Spingarn《新的批评》一文（1910）为嚆矢。由这样的讨论, 我们也可以看出最近美国思想的一点生气, 虽然比不上法国文学界的富于创作的理论见解, 至少难免有些微的影响于美国思想界, 引起一点波澜, 来戳破那其平如镜的沉静的美国人的脑海。旧派中如 Paul Elmer More, 据说也是一位闲暇阶级, ——Sherman, Irving Babbitt, ——这些是大学教授——当然也有相当的毅力与见解。尤其是赫赫盛名的 Babbitt 教授。Babbitt 先生的影响于中国"文坛", 这是大家已经知道的——如梅光迪、吴宓、梁实秋诸先生……有些是我个人的朋友, 不过良心信仰, 是个人的自由。他的学问, 谁都佩服。论锋的尖利, 也颇似法国 Brunetiere 先生。理论的根据, 也同 Brunetiere 一样, 最后还是归结到古典派的人生观。总而言之, 统而言之, 就是艺术标准与人生正鹄的重要——所以, Brunetiere 晚年转入天主教——而 Babbitt 稍为聪明一点, 以为宗教最高尚当然是最高尚, 不过并非当人所能范臻之境, 所以转入于 Humanism（唯人论）（Babbitt 此字用法与通常所谓 Humanism［文艺复兴时代的新文化运动］不同, 他的 Humanism 是一方与宗教相对, 一方与自然主义相对, 颇似宋朝的性理哲学）。所以, 对 Babbitt 极佩服我们未知生焉知死的老师孔丘, 而孔丘门徒也极佩服 Babbitt 先生, 我并非在此作谑, 对于美国老师敢表不敬之意, 故意将他与孔子相提并论, 因为至少 Babbitt 先生的人格是我所佩服。他并不周游七十二国, 碰碰官运（自然这只是为了要"行道", 目的并非在做官！）游说于当日吴佩孚段祺瑞之门, 以求一遇。也不曾干那种"时其亡也, 阚往拜之"的玩意（当日的阳货即一年前奉系中之杨宇霆, 孙馨帅幕中丁文江, 怎样可以稍事疏忽。）

至于新派中, 在理论上自以 Spingarn 为巨擘, 不然这位教授也不至于被哥伦比亚大学辞退。Spingarn 是意大利美学家、思想家 Benedetto Croce 的信徒。十数年前 Croce 到美国演讲, 当然也加增新派思想以势力不少。本篇原是 Spingarn 在哥伦比亚大学 1910 年

3 月 9 日的演讲，1911 年由哥伦比亚大学出版部刊行，后来收入原著者的《创作的批评》一书（*Creative Criticism: Essays on the Unity of Genius and Taste* [Henry Holgt], 1917）。对于此文，Babbitt 曾在 1918 年 2 月 7 日的 *Nation* 上作一答辩，题为 "*Genius and Taste*"。

Spingarn 所代表的是表现主义的批评，就文论文，不加以任何外来的标准，也不拿他与性质、宗旨、作者目的及发生时地皆不同的他种艺术作品作平衡的比较。这是根本承认各作品有活的个性，只问他对于自身所要表现的目的达否，其余尽与艺术之了解无关。艺术只是在某时某地某作家某种艺术宗旨的一种心境的表现。——不但文章如此，图画，雕刻，音乐，甚至于一句谈话，一回接吻，一声"呸"，一瞬转眼，一弯锁眉，都是一种表现。这种随时随地随人不同的、活的、有个性的表现，叫我们如何拿什么规矩准绳来给他衡量？倘使有美学教授硬要把 Lilian Gish 与 Greta Gabo 之美拿几何学的角度来给他衡量，比较高下，甚至于要将 Greta Gabo 之美与我们个人情人之美互相比较，我们只好当一块顽石视之。

虽感觉 Spingarn 此文近于标新立异，但无可否认其影响于文学见解深长的意义。近闻新月书店将出版梁实秋先生所编吴宓诸友人所译白璧德教授的论文（书名叫做《白璧德与人文主义》），那么，中国读者，更容易看到双方派别立论的悬殊及旨趣之区别了。……可怜一百五十年前已死的浪漫主义的始祖卢梭，既遭白璧德教授由棺材里拖出来在哈佛讲堂上鞭尸示众，指为现代文学思想颓丧的罪魁，不久又要来到远东，受第三次刑戮了。[7]

林语堂参考的宋代（应为清代）表现派学者是叶燮，一个试图在定义与世界其他部分相对的自我的人。根据叶燮的理论，试图了解自己与外在世界之间关系的诗人与起源、结果、否定和中心等发生关联，这些因素与林语堂所列举的那些如情绪、位置和时间点是相似的。但诗人没在自然界的操作、成诗的过程与另一个人对一首诗的判断之间制造人为的区别。林语堂随后对白璧德与孔子之间的比较故意使其幽默，但对二者都不失尊敬。相反，它表明了林语堂对中国圣人的政治独立和白璧德对批评规范的坚定的坚持所持的崇敬之情。

7　［美］史宾岗著，林语堂译，《新的文评》，上海：北新书局，1930 年版。

　　在林语堂对史宾岗和白璧德之间的论战的概述中克罗齐的名字只出现了两次，而且其中一次还有一个小错误。克罗齐个人并没有到美国旅行，尽管他允许自己的讲演在讨论会上宣读并以专题论文集的形式出版。然而，克罗齐的理论是林语堂讨论的核心，尽管林语堂认为表现主义完全在于其价值而非这位意大利哲学家的特别的构思。我们时代最杰出的克罗齐研究学者之一，大卫·罗伯茨（David D. Roberts）指出，对阐明克罗齐的意思的诸多尝试因使用"'历史主义'这个臭名昭著的术语"而变得模糊。这个评价阐明了布里斯·皮瑞教授建议林语堂当作硕士论文来做的那篇文章《批评论文中的语汇变迁》中所描绘的过程。在一个时代意味着与别的事物形成鲜明对照的某个术语有可能在其后的时代变得可以接受，或者某些旧标签会被赋予崭新的观点或标准。史宾岗和白璧德的论文表明，在清晰、强势的语言中史宾岗和克罗齐的批评观在法则上与白璧德的是相反的。然而，现在的论文，如福尔克·利安德（Folke Leander）、克拉斯·莱恩（Claes G. Ryn）以及罗伯茨自己的文章都认为，白璧德和克罗齐有很多相同之处。林语堂有可能会幽默地说，他们是属于同一条街道的两边。这是一个要求对二者的文章都进行仔细分析的复杂文题，不在此文讨论的范围之内。因此，我将把分析限制在白璧德自己对史宾岗的批评上。白璧德是将史宾岗看成克罗齐的学生的。

　　史宾岗对作为"所有批评的引导明星"的歌德的问题"作家自己打算做什么？以及他在实施自己的计划时成功了多少"给予了肯定。林语堂在他那本《新的文评》中译本的"序言"中将其释义为"只问他对于自身所要表现的目的达否。"（the critic's only concern is to decide whether the work actually does or means what the author intended it to do or to mean）白璧德在其文章《天才与品位》（*Genius and Taste*）中进行了反驳，认为这样还不够并指出一个批评家"必须问是否根本上值得去这么做。换句话说，在评价创造的时候他必须参照某些基于他及创造者的性情之上的标准。"这是白璧德与史宾岗之间论战的核心问题，他们的文章表明二者在对待文艺的态度上是根本不同的。

　　白璧德早期的《印象派与公正的批评》（*Impressionist versus Judicial Criticism*）提出了同样的观点，认为基于标准的判断应控制个人情感。他从根本上提出了新古典主义的思想修养观："现在那为数不多的目光敏锐的判断需要通过后代的判决来得到批准。"这与民意并不完全相同，因为他警告"当一个走在街上的人……为所有的事物设立了标准，那结果常常会很难与粗俗的假设相区别。"但是，白璧德这篇早期文章的目标不是史宾岗和克罗齐，而是 19 世纪的批评家们，包括圣伯夫（Sainte-Beuve）、阿纳托尔·法朗士（Anatole France）和费迪南·布吕纳介（Ferdinand Brunetiere），这些他后来将会用来将判断与仅仅是对《法国批评大师》（*Masters of French Criticism*）做阐释之间的不同进行强调时提及的那些著名的前辈们。在一次题为《克罗齐与流动哲学》（Croce and the Philosophy of the Flux）（1925）的正面交锋中，白璧德断言，"在读了克罗齐的很多东西之后"，发现后者"融合了许多次要的优点与主要的错误，并不时有某些似乎不舒服的像中心空缺的东西。"[8]

反对"克罗齐自己认为哲学没有永恒的问题的观点"，作为一个相信需要标准和可能性的人，白璧德坚持"是存在柏拉图称之为'一'与'多'这个永恒的问题的。"白璧德断言，"没有什么比克罗齐的纯粹自然流露和不受限制的自由表达意义上的'崇拜的直觉'更浪漫的了。他倾向于将艺术减少到一种抒情的流露，这种流露不受创造者或批评家以及随后的天才与品味的识别等任何判断的永恒中心的限制。"林语堂自己的思想没有走得这么远，其有可能被看成是处在白璧德和史宾岗的观点之间，但与后者的观点更接近些。

白璧德的体系对于知识的类型明显不一致。在肯定了"哲学的永恒的问题"存在后，白璧德不仅根据克罗齐对文学与艺术体裁的有效性的否定而且根据他最后将宗教与哲学等同以及哲学反过来与历史等同的观点而拒绝他的"边域的合并"（merging of frontiers）。对这种知识边域的合并的反对似乎与他在《民主与领导》（*Democracy and Leadership*）中提出的著名观点是相反的："会发现经济问题将会陷入到政治问题中，政治问题反过来会陷入到哲学问题中，而哲学问题本身最终不可避免地会与宗教问题结合在一起。"[9]

尽管克罗齐的这种关注可能使我们远离林语堂和史宾岗，但待解决的文学法则都是这三个批评家的核心问题。正如白璧德自己对克罗齐-史宾岗关系的描写，"研究大师对法则进行夸张时所犯的错误"是可能的。当然，林语堂并没有像他的当代辩护者们所识别的那样更深入克罗齐的思想，而是相反，他支持像史宾岗所描绘的表现主义的更低级更个人的那些方面。对林语堂来

8　此为原文注释 10： *Yale Review*. No.14, 1925, p.378.

9　George A. Panichas ed. *Irving Babbitt: Representative Writings*. Lincoln: Neb., 1981, p.xxii.

说，白璧德代表了某种僵硬的新古典主义，它与情感的豪爽恰好是相对的。然而，林语堂的观点并不仅仅是青春的浪漫激情，而且也是对那时发生在其中国本土语言中的主要论争的反映。林语堂对史宾岗的翻译出现在 20 世纪中国最重要的文学事件即所谓的"五四"运动之后。

全中国的作家们和学生们多年来就文学作品是应该继续以古老的正规文体出版还是应该以人们的日常语言的形式出版进行了论争。1919 年 5 月 4 日，白话文的支持者，在北京宣告赞成进行语言改革，之后白话文逐渐作为表达的标准工具被接受。白话文逐渐被介绍，先是通过用新的韵律替代旧的韵律，之后是通过用白话将欧洲作家的作品进行重新翻译。林语堂热心倡导使用新的民族语言，但他在白璧德班上的中国同学，尤其是他前面提及过的娄光来和吴宓，仍然对传统持忠贞的态度。这不是一个关于年代或生活方式的问题，而是关于语言的问题，因为林语堂和他的保守派朋友们年龄相当而且背景相似。

在中国，构成作文法则与句式结构的一致与在美国构成规则与标准之间的一致之间的对比，当然不是以相同的特征而是像常常引用的苹果与橘子的比较为基础的。"五四"运动时期林语堂个人致力于白话文绝不是对白璧德的否认，尽管问题与白璧德的中国学生在普通话和文学语言的一致上追随他的法则是相关的。然而，林语堂支持克罗齐和史宾岗的表现主义，并倡导在中国文学中使用白话文。

用林语堂自己的话说，他将白璧德的美学标准与"中国的风格理念"相融合。那个时候，有可能林语堂对克罗齐的思想的熟悉并不比他从白璧德和史宾岗的论文中获得的更多，但他将传统的中国"作文法则"与西方的文学传统诸如新古典主义和文类相联系。他对僵硬的文学风格的概念的反对与克罗齐对文类概念的固有限制的抵制有些相似。从这个角度看，林语堂与克罗齐之间是具有可比性的。

他们共有的另一个主题是依照自己的心愿这个意义上的表现主义。林语堂发现这个法则反映在 11 世纪的诗人苏东坡的生活和作品中，他曾以《苏东坡传》（*The Gay Genius: The Life and Work of Su Tung Po*）为名写了一本虚构的传记。书中，林语堂称"苏东坡是个秉性难改的乐天派，是悲天悯人的道德家，是黎民百姓的好朋友，是新派的画家，是伟大的书法家，是酿酒的实验者，是工程师，是假道学的反对派，是瑜伽术的修炼者，是佛教徒，是士大夫，是皇帝的秘书，是饮酒成瘾者，是心肠慈悲的法官，是政治上的坚持己见者，是月下的漫步者，是诗人，是生性诙谐爱开玩笑的人。"从这个描绘中可以看出，苏东坡似乎与古罗马诗人奥维德（Publius Ovidius Naso）有某些相似之处。出版商大肆宣传"要在西方找到与其相似的人，那唯有达·芬奇（Leonardo da Vinci）或本杰明·富兰克林（Benjamin Franklin）。"

1934 年，林语堂在一篇题为《论文学》的文章中为史宾岗做了辩解。这篇文章是在与赛珍珠那次导致他旅居美国的会面之后不久发表的。

写作是对个体精神和思想以及那些仅为他自己所知而不为其父母或配偶所知的因素的表达。因而，文学的根本，是对个体性情的表达。接受这些法则的作家不能模仿古人，即便有模仿的可能他们也没有去模仿的动机。通过拒绝规则和传统的模式，他们发现了文学的本质。文学的创造者与文学的墨守成规者之间的冲突在东西方都存在。在中国，因循守旧是与写作风格、句式结构以及分段相关的。而在西方，因循守旧则是与规则或标准相关的。这是哈佛大学白璧德教授的美国近代人文主义与其反对者之间论争的焦点。白璧德教授的信徒将其富有感染力的思想介绍到中国，但是"规则"这个概念已经与个人主义极其相悖。这没什么好新鲜的。1755 年，评论家爱德华·扬（Edward Young）在其《试论独创性作品》（Conjectures on Original Composition）中明确指出，文学的本质产生于个体的感受，而非对他者的模仿。扬说："作品是长出来的，而非制造出来的。""我们模仿古人越少，那我们就更与古人相像。一方面，由于我们没有时间，我们拒绝模仿古人。另一方面，古人写的也是他们自己的思想和感受。"[10]林语堂所参考的爱德华·扬的观点并没有表现出扬对 18 世纪英国文学的值得注意的认知。实际上，林语堂是在追从白璧德自己在《天才与品位》中对史宾岗和克罗齐的反应。

在为其 1935 年左右用中文写的《四十自叙诗》的"序"中，林语堂用了三、四个句子来提及白璧德把近代欧洲文明之罪归咎于卢梭的浪漫主义并公开宣称他自己偏向于意大利的克罗齐的思维方式。在下面对该诗的选引中，Babbitt 的中文名字是与其同音的"Bai Pi-De"（白璧德）：

> 出洋哈佛攻文学，
>
> 为说图书三里余。
>
> 抿嘴坐看白璧德，

---

10 Reprinted in *Lin Yutang Wenxuan*. Taipei, 1962, pp.34-35.

开棺怒打老卢苏。[11]

I went abroad to Harvard and studied literature./

It was said that the books there were more than three miles long./

We sat and kept our mouths shut, looking at Bai Pi-De./

We opened the coffin and angrily beat the old Rousseau.

（陈淑芬译）

"怒打卢梭"这个笑话是对林语堂 1929 年的论文《新批评》（*The New Criticism*）的重复。除此之外，我不知道还有其他任何语种的诗描绘白璧德的特征。林语堂将白璧德写进了自己的《四十自叙诗》和《八十自叙》中，这似乎是白璧德对其有着强烈影响的真凭实据。

苏迪然（Diran John Sohigian）在其林语堂传记中把林语堂与白璧德当成了欧洲文化的两个诋毁者。他指出，在去美国之前，林语堂已经受到"中国最伟大的欧洲冲击者辜鸿铭的影响"。而白璧德，作为"自让-雅克·卢梭以来美国最伟大的近代欧洲思想的冲击者之一"，促进了林语堂对欧洲的敌意[12]。苏迪然总结说，林语堂"分享了白璧德的道德现实主义观"。尽管我会将白璧德对近代欧洲思想的反对限定到某些趋势尤其是卢梭、亨利·柏格森（Henri Bergson）和克罗齐代表的极端个人主义上，但这是一个有效的一般结论。毫无疑问，林语堂分享了白璧德对崇高的道德和价值观的尊敬，但他也引用了门肯的很多幽默的、关于打破旧习的观点，这些被白璧德谴责为"知性杂耍"（intellectual vaudeville）和"对我们当代的生活和文学造成了恶劣的影响。"[13]

在其旅居美国期间出版的几种英文著作中，林语堂同时赞扬了白璧德并阐释了他的一些主要概念。在这些著作的第一本《吾国与吾民》中，林语堂将白璧德的名字转换成一个形容词"Babbittian"（白璧德的）来描绘其知识体系，这是早期或许也是第一次这样用。如此，林语堂再一次将白璧德与孔子做了比较。他认为"孔教的普通感性固轻蔑着超自然主义，认为都是不可知的领域，直不屑一顾，一面却竭力主张于心的制胜自然，更否定放纵于自然

11　此为原文注释 15：林语堂，"'四十自叙诗'序"，载《传记文学》1967 年第 10 期，第 9-10 页。该诗于林语堂 40 岁后 30 年才发表出来。

12　Diran John Sohigian. "The Life and Times of Lin Yutang". Ph. D. dissertation, Columbia University, 1991, p.269.

13　Thomas R. Nevin. *Irving Babbitt: An Intellectual Study*. Op. cit., pp.45 and 157.

的生活方式，或自然主义。"[14]在林语堂看来，儒家的"天、地、人"理念是为"宇宙之三才"（the three geniuses of the universe）。于是他说，"这个区别，仿佛巴比伦之三重区别：超自然主义、人文主义、自然主义。"[15]

在其后来的著作《中国印度之智慧》中，林语堂更是用一个短语"中国的人文主义或孔教"（Chinese humanism or Confucianism）将孔教与人文主义做了更加明确的关联。他将中国人文主义的本质定义为"是根据人为动机心理学，通过对于人类价值的正确评判，来研究人类关系，其目的是我们可以作为理性的人那样行为。……儒学的观点，政治必须隶属于道德，政府是随波逐流的权宜之计，法律是秩序的肤浅工具，警察是道德不成熟的个体的愚蠢发明。"[16]在其题为《中西方的人文主义教育》（Humanistic Education in China and the West）的文章（该文发表在 1921 年的《中国学生月刊》[Chinese Students Monthly]）以及于 1930 年发表的《人文主义的定义》（Humanism: An Essay at Definition）中[17]，白璧德与孔子持相似的观点。1918 年 4 月，白璧德写信给斯图尔特·谢尔曼（Stuart P. Sherman），说他"此刻正试图通过将自己沉浸在远东圣人孔孟的思想中以恢复我对人类本性的尊敬。论及道德的最后胜利，从未有人有过比这俩老顽童更坚定的信仰。"[18]

除在根本上不赞同史宾岗和克罗齐的表现主义外，白璧德和林语堂在人文主义的两个重要方面有着不同。一是道德方面，另一是纯粹的理智方面。道德方面关注生活中身体的享受，白璧德对此持一种有些严格的感官清醒的态度。他反复坚持生活的目标不是束缚或享乐，工作或智力活动会带给人超级的享受，最大的满足感可以在"更高的心愿"中找到。在林语堂几乎全部的著作中，对好生活各方面的提及都是具有地方特色的。他的享乐主义的态度戏剧性地呈现在一本乌托邦式的小说《远景》（Looking Beyond）中。书中

---

14 原文无注。可参见林语堂，《吾国与吾民》，前面所引书，第 90 页。本书作者注。

15 同上。原文无注。可参见林语堂，《吾国与吾民》，前面所引书，第 90 页。本书作者注。

16 Lin Yutang. *The Wisdom of China and India*. New York: Random House Inc., 1942, p.5.

17 此为原文注释 18：In Norman Foerster ed. *Humanism and America: Essays on the Outlook of Modern Civilization*. New York: Farrar and Rinehart, 1930.

18 此为原文注释 19：Thomas R. Nevin. *Irving Babbitt: An Intellectual Study*. Op. cit., p.109. 白璧德说孔子和孟子像"老顽童"多少有些反常，因为这是对与"孔子"同时代的"老子"名字的字面意思的理解。白璧德在其随后的《卢梭与浪漫主义》（*Rousseau and Romanticism*）一书中蔑视地将老子的道家思想体系等同于浪漫的主情主义。1918 年，白璧德才刚刚跨入中国哲学的门槛。

他仍然是用美酒、音乐、美食和女人来组成"任何过得去的生活方式的十分之九"。

白璧德和林语堂的不同还在于对人文主义与科学方法的关系的理解上，尽管他俩各自坚持认为自己并不反对科学的进步。白璧德在其《人文主义的定义》一文中简洁地宣称："不言而喻，人文主义者对科学本身并没有敌意，而仅仅是对超越了其边界限度的科学怀有敌意，而且是从总体上来说对自然主义的每一种形式（不管是理性的还是感性的）建立起一种可代替宗教领域的人文主义的科学。"而林语堂，则用强硬的话来反对那些"只要机械的技巧和物质主义的方法"的大学教授[19]。林语堂并不反对能够使生活变得更方便更舒适的物质的进步，但他强烈反对"科学物质主义作为一种方法、一种技巧、一种视角，已经毫无希望地使欧洲的人文学陷入了瘫痪状态，使它陷入了完全的嘈杂与混乱之中。"[20]在通过谴责人文学教授"发现机械法则统治人类行为"[21]来反对科学的姿态上林语堂比白璧德走得要远得多。

当论及"科学方法被偷用于人文学时，天真的想法是我们开始使人文学成为真正的科学，那个非道德的客观方法随之而来。但是在自然科学中，公正性被认为是美德，而在人文学科中，它是而且一定是罪过"[22]时，白璧德的文中没有像林语堂的观点那么极端的段落。他的观点几乎与林语堂的相反："我认为，一个人不仅应该欢迎从事科学研究的人尽其最大的努力将自然法则放在积极的、重要的基础上，同时在处理自然法则时还应该努力模仿它，并因此成为一个彻底的实证主义者。"[23]白璧德阐明了他对"民主"和"领导"的意思的理解，他认为"自然科学，当其处在恰当的地方时是很出色的。但当其脱离了这个地方，就变成了最丑陋的最有害的偶像，而在此之前人类还满足于让自己臣服。"[24]

白璧德宣称人应该努力成为一个"彻底的实证主义者"的观点仍然存在争议。正如我对此的阐释，它与其对史宾岗的表现主义的反对以及他自己对

---

19 Lin Yutang. *The Wisdom of China and India*. Op. cit., p.6.
20 Lin Yutang. *The Wisdom of China and India*. Op. cit., p.6.
21 Lin Yutang. *The Wisdom of China and India*. Op. cit., p.7.
22 Lin Yutang. *The Wisdom of China and India*. Op. cit., p.6.
23 此为原文注释 21："Introduction" In Irving Babbitt. *Rousseau and Romanticism*. Boston: Houghton Mifflin, 1919.
24 此为原文注释 22：George A. Panichas ed. *Representative Writings by Irving Babbitt*. Lincoln: University of Nebraska Press, 1981, p.148.

与"多"相对的"一"的坚持是紧密相关的。"实证主义"源自奥古斯特·孔德（Auguste Comte）的观点，认为人对自然界普遍法则的理解会经历一系列阶段，从对数学的真相的理解开始，发展至对社会组织的真相的理解。在艺术和道德中，这些真相等同于判断的严格标准。在文学领域，与批评标准相反，在白璧德的时代和今天，都认为没有设计出能客观地、明确地检验伟大著作的标准，而且所有的批判标准都是相对的或模棱两可的。像史宾岗这样的利己主义者肯定了个体反应的优越的有效性。作为一个因循守旧者，白璧德依赖标准，同时也认识到标准的概念需要"在'一'与'多'之间进行难度更大的调解。"对于道德与美学的相对性之绝对怀疑这个概念，他认为积极的知识或许会在这些领域以及科学和社会领域支配它。

林语堂对美好生活的辩护恰与白璧德的工作伦理相对，这从中国哲学的角度是可以理解的。快乐法则是道家的信条，是一种与儒家思想形成竞争的哲学。白璧德在其《卢梭与浪漫主义》（*Rousseau and Romanticism*）中因为其所谓的对自然和原始的依赖而对它予以了强烈谴责。但是，林语堂对这两种体系给予了平等的对待。他对白璧德的思想与孔子的思想充满崇敬的比较有可能恰与艾略特对白璧德"对孔子哲学的着迷"所持的尖锐态度形成鲜明的对照。艾略特在这种关联中评论说他"看不出任何人如何能够不用了解中国文化和中国历史就能理解孔子的。"[25]这种仅仅为了理解一种中国哲学而让美国人了解中国语言的要求相当于是在说，除非他了解古希腊和希伯来，否则一个中国的基督徒是不可能理解他宣称信奉的宗教的。

林语堂对孔子的阐释在根本上与白璧德对孔子的阐释是相同的。他对自己能力的判断要比艾略特充分得多。相反，林语堂也可能被看成是白璧德人文主义理念的虔诚信徒，尽管在其早期他是以一定程度的幽默的方式来对待白璧德的，并且因为为史宾岗辩解而对白璧德持反对态度。

二、食人主义的必要：蒙田《随笔》·林语堂《生活的艺术》·中国性·文化翻译

2012 年，美国明德大学韩若愚（Rivi Handler-Spitz）的文章《食人主义的必要：蒙田〈随笔〉·林语堂〈生活的艺术〉·中国性·文化翻译》发表在

---

25 T. S. Eliot. *After Strange Gods: A Primer of Modern Heresy*. London: Forgotten Books, 1934.

《编译论丛》上[26]。该文首先介绍了法国散文家蒙田的著作《随笔》在中国的翻译史，然后介绍了深受此书影响的林语堂著作《生活的艺术》以及《生活的艺术》一书是如何针对美国读者用英文写作的出版背景。最后，该文对林语堂接触过蒙田著作的可能性进行了探讨。通过比较《随笔》和《生活的艺术》的风格和主题，作者发现这两本书具有许多共同点并由此推测林语堂很有可能接触过蒙田的著作。然而，虽然林语堂运用如蒙田一样闲适的文笔，并且像蒙田一样经常引导读者反思他们对外国根深蒂固的偏见，但林语堂在《生活的艺术》一书中却从未提及蒙田的大名，反而强调他的文学风格深受中国文学传统的熏陶。林语堂为何要遮掩蒙田对他的影响呢？通过研究林语堂与他的两位美国编辑赛珍珠和理查德·华尔希的往来书信，作者发现其中暗示了林语堂试图回避蒙田的原因可能是基于出版策略的考虑：掩盖蒙田的影响能使林语堂在与美国读者产生共鸣的同时以正宗的中国人的身份自居。

（一）对蒙田的早期翻译：梁宗岱

第一个把蒙田译介到中国来并严肃推荐其随笔的是梁宗岱。他于 1933 年 7 月在上海《文学》期刊上发表了一篇题为《蒙田四百周年生辰纪念》的文章。文章简要概述了蒙田的生活，随后梁宗岱将蒙田的随笔《进行哲学思考就是学习如何去死》（*To Philosophize Is to Learn How to Die*）译成了白话文。随后，梁宗岱继续翻译蒙田的随笔，并于 1936 年将 21 篇蒙田译文交给了郑振铎主编的《世界文库》。该文库含有多卷，是一项雄心勃勃的世界性使命，旨在让中国读者有机会接触世界名著。在这些卷中，梁宗岱汉译的蒙田随笔与其他人汉译的尼采、夏洛特·布朗蒂（Charlotte Brönte）和米格尔·塞万提斯（Miguel de Cervantes）的作品相并列。随后的几年里，从 1938 年至 1943 年，梁宗岱和包括陈占元、伯符在内的其他许多学者继续翻译蒙田的随笔，并将其发表在诸如《星岛日报》（*Star Island Daily*）和《文化先锋》（*Cultural Vanguard*）等香港刊物上。

但是，尽管有这些分散的、部分的翻译，鉴于 20 世纪 30 年代短篇散文在中国的广泛流行，蒙田的随笔在中国没有受到预期的热烈欢迎。当代学者

---

26 Rivi Handler-Spitz. "The Importance of Cannibalism: Montaigne's Essays as a Vehicle for the Cultural Translation of Chineseness in Lin Yutang's The Importance of Living". *Compilation and Translation Review*, Vol.5, No.1, 2012, pp.121-158.

钱林森认为对蒙田的回应相对来说不够热烈的原因有两个：一是，由于许多中国知识分子，甚至那些在国外留过学的，除了精通英语外对其他的西语不那么娴熟，不能阅读蒙田用法文写的文章。二是，在此期间，当代中国学者倾向于寻求并拥抱所有形式的新事物而非去复兴旧有的形式[27]。

为了更好地理解为什么当代中国学界对一个对他们来说有重大意义的作家持如此冷漠的态度，我们必须对梁宗岱选译的文章加以考虑。梁宗岱的蒙田《随笔》(I) 译文全都被收入《世界文库》中。这些作品，创作于 1571-1580 年间，是蒙田学术发展的最早期。实际上，《随笔》一开始收录的不过是普通书籍的条目，是对蒙田当时正在阅读的作者们的观点引用的一个记录。蒙田在《随笔》中添加了不少个人的评论和思考。但这些文章，总的说来，是最枯燥、最严肃且与《蒙田全集》最不密切相关的。在随后的几年里，蒙田把他的《随笔》扩充了一半多，在最初的这些文章中加入了他个人的思想并增添了全新的文章。这样，蒙田的判断会更成熟，而且更愿意多发出自己的声音而对古代权威人物的依赖变得越来越少。梁宗岱只选译蒙田的早期随笔，由此不能抓住使蒙田在西方变得最为出名的那种温馨的风格。实际上，梁宗岱描绘的是一个相对古板和没有创新的典籍收藏家的蒙田形象。

在寻求蒙田对现代中国的影响时，钱林森是以 1935 年郁达夫的观点为根据的，并得出结论说，现代中国那些试图从西方获取灵感的作家们，主要转向英语传统，像培根（Francis Bacon）、兰姆（Charles Lamb）和艾迪生（Joseph Addison）这些曾从蒙田那里获得灵感的作家们。因此，蒙田的影响就这样非直接地、主要通过英文文章作中介像涓涓细流一样流进中国。实际上，尽管梁宗岱翻译的蒙田随笔是英文的而非法文的，但它们最直接地影响了中国现代散文的发展。

我们能从更宽泛的角度开始看出蒙田对林语堂创作的影响来。在林语堂在美国创作的第一本书中，他编列了许多蒙田的主题和风格手法来创作自己的作品，并在其中传递蒙田风格和思想的主要方面，尽管林语堂既没有称其为翻译甚至也没有提及蒙田的名字。在分析林语堂《生活的艺术》一书中所蕴含的蒙田成分之前，先来介绍正在讨论的这个问题并对这部著作的创作背景予以解释。

---

27 钱林森，《法国作家与中国》，福州：福建教育出版社，1995 年版，第 35 页。

（二）林语堂《生活的艺术》

林语堂《生活的艺术》一书是一本个人文集，于 1937 年由纽约 Reynal and Hitchcock 出版社出版，该书是由华尔希和其夫人，即著名的小说家赛珍珠编辑的。其目的是向美国人介绍"中国人的思想"。在该书的一开始以及整本书中，林语堂都不时提醒读者他是"以中国人的立场说话"，"表现中国人的观点"。他甚至宣扬文化的本质观点，要不然对他来说是不可能的，因为"我们要了解西方人的生活，就得用西方的眼光，用他们自己的性情，他们自己的物质观念，和他们自己的头脑去观察。"[28]

在林语堂为美国读者创作的著作中突出其中国身份这个决定是深刻地受其编辑影响的。赛珍珠和华尔希为林语堂整个创作生涯提供评论和批评，反复敦促他要强调他的"中国性"（Chineseness）。例如，赛珍珠在其为林语堂为美国读者创作的第一本书《吾国与吾民》的"序"中强调，林语堂与其同时代的许多中国人不同，那些人为自己民族的过去感到羞愧并急着拥抱西方的传统，但是林语堂却展示了他对自己根植其中的中国传统文化的深刻了解和欣赏[29]。

作为批评家，苏真（Richard Jean So）和钱锁桥令人说服地认为，赛珍珠和华尔希决定利用林语堂的中国性很大程度上是因为市场的关注，因为编辑们相信林语堂在美国获得经济成功的最大潜力依赖于他贡献中国智慧的金块并向美国公共读者提供看一眼就能在最大程度上感受到一种异国情调的、完全未知的文化的能力[30]。因而，华尔希和赛珍珠的市场策略是把林语堂包装成"对数百万美国中产阶级而言一个中国的哲学家"，并将其作为中国文化的虚拟化身和先知呈现给美国人[31]。

然而，令林语堂感到懊恼的是，他想编辑一本关于翻译的书的想法遭到了华尔希的反对。编辑坚持认为，林语堂的书应该表现出他个人的观点。林语堂的一位传记作者说，他"从心底里默许了"华尔希的建议，创作出了一

28　Lin Yutang. *The Importance of Living*. Op. cit., pp.2-3.

29　Pearl S. Buck. "Introduction" to Lin Yutang's *My Country and My People* In Qian Suoqiao. *Liberal Cosmopolitanism: Lin Yutang and Middling Chinese Modernity*. Op. cit., p.181.

30　Richard Jean So. "Collaboration and Translation: Lin Yutang and the Archive of Asian American Literature." Op. cit., pp.40-62.

31　Qian Suoqiao. *Liberal Cosmopolitanism: Lin Yutang and Middling Chinese Modernity*. Op. cit., p.178.

本手稿，这本手稿并非完全没有翻译，但在其中巧妙地加入了大段大段的林语堂自己的观点。而且，林语堂在《生活的艺术》一书的"自序"中告诉其读者他决定"我也想以一个现代人的立场说话，而不仅仅以中国人的立场说话为满足。我不想仅仅替古代做一个虔诚地迻译者。"[32]以这些方式，林语堂接受了华尔希的建议，因为《生活的艺术》不再是原本普通意义上的字词的翻译。即便是在段落中林语堂宣称其译自明清小品，他也在其英文阐释中有着宽泛的自由，为英文的可读性而牺牲了对原文的忠实。

然而，如前所认为的，《生活的艺术》一书最好被看成是一种文化翻译，因为林语堂的使命是向美国人介绍中国的"智慧"和文化价值。作为一个文化翻译者，林语堂起着中介的作用。他必须不仅仅将自己呈现为一种外国文化的代表，而且同时在某种程度上对其读者来说又很熟悉。为了获得成功，他不能将自己和中国描绘成对西方来说是完全不相称的，因为完全相异的地方，翻译是不可能的。相反，林语堂需要用美国读者熟悉的、可理解的术语来描绘中国，这就意味着在读者和作者／译者之间建立一种共同的基础，偶尔暂时退出其文化"他者"的角色并采取一种西方风格的观点来看待中国文化，将中国看成是非同寻常的、异国情调的而且甚至是令人不快的。这些策略不仅使林语堂能够获得读者的信任，而且在读者与作者／译者之间培养了一种亲密感和个人关联[33]。

（三）林语堂是如何接触蒙田的：几种猜测

在争论林语堂的《生活的艺术》一书是对蒙田的微妙的翻译之前，我们必须试图证明林语堂确实读过蒙田的东西。对此是毋容置疑的。至迟到1950年，林语堂的英文著述的参考文献中开始出现蒙田的作品。但对林语堂的《生活的艺术》一书进行文本考证可以看出林语堂阅读蒙田的时间明显要早于此。考虑到林语堂自己的声明，即他很少讲法语，那他又是怎样？在什么情况下接触蒙田的呢？对此，只能提供几种猜测。

尽管有可能林语堂在郑振铎编辑的那本《世界文库》中读到过梁宗岱翻译的蒙田《随笔》，但更可能的设想是林语堂在其年轻时读了蒙田《随笔》的

---

32 Lin Yutang. *The Importance of Living*. Op. cit., p.xiii.
33 钱锁桥简洁地表达了这个观点："翻译被称为他者的异质文化成功的关键在于在一致性和差异性的呈现上获得一种微妙的平衡。"See Qian Suoqiao. *Liberal Cosmopolitanism: Lin Yutang and Middling Chinese Modernity*. Op. cit., p.178.

英译文本。在英语世界国家要获得蒙田《随笔》的英译文本是现成且方便的，蒙田《随笔》的第一个英文全译本在 1603 年由约翰·弗洛里奥（John Florio）完成，且随后还有其他对蒙田《随笔》的系列英译。而且，到 20 世纪初，蒙田已经在西方文学经典中建立了很好的地位。在包括瓦尔特·佩特（Walter Pater）和弗吉尼亚·伍尔夫（Virginia Woolf）在内的西方现代派中蒙田也是很受欢迎的。尽管我们不能确切地知道林语堂是否在读书时接触过蒙田。林语堂在圣约翰大学读书期间的课程没有保留，而且尽管在哈佛大学读书时林语堂注册了一门叫"法国文学批评"（Literary Criticism in France）的课程，但蒙田《随笔》也不是这门课所要求的文本。

　　同样可能的是，林语堂是在对宗教进行快乐解读的时候接触到蒙田的。据林语堂女儿林太乙的《林语堂传》中的一个描述说，林语堂常常对学校的功课感到厌烦，并挑战自己读完圣约翰大学图书馆里 5000 多册的藏书[34]。在读研究生期间他继续如饥似渴地阅读，如下文所证实的那样。文中，他把自己比喻成一只散漫地徜徉在哈佛大学卫登诺图书馆里的猴子，并声称说自己最棒的阅读是在课外完成的。他写道：

　　　　我一向主张：大学应该像一处坚果丰富的丛林，任猴子到它想爬的树上去选取和摘食，然后，荡个秋千，跳到别的枝头去，猴子的本性会告诉他哪一个坚果美味可食。我正要享受一场盛宴。对我来说，卫登诺图书馆就等于哈佛大学，哈佛大学就等于卫登诺图书馆。[35]

　　蒙田也是这场盛宴中的一个吗？尽管仅凭历史证据是不能得出结论性的答案的，但似乎林语堂有可能在其学习期间或在西方逗留的时候接触到了蒙田。然而，林语堂读过蒙田最有利的证据源自文本本身。

（四）蒙田与林语堂：文化阐释者与文化批评家

　　林语堂的文章与蒙田的文章在目的和修辞策略上都形成了共鸣。两个作者都肩负着西方文化翻译和批评的大胆使命。他俩不仅向其读者介绍了一种外国文化，而且同时对其隐含的读者所持的最根本、最深厚（尽管常常是未经检验的）的信仰进行了微妙但却具有穿透力的批评。对蒙田来说，这种翻译和批评经常出现在他关于新发现的南美食人部落的文章中。他的文章让读

---

34 林太乙，《林语堂传》，前面所引书，第 18 页。
35 Lin Yutang. *Memoirs of an Octogenarian*. Op. cit., p.40.

者们了解一种其有可能倾向于认为是原始的、暴力的、格格不入的外国文化。但是通过以意想不到的方式来操控视角，蒙田呈现了一幅关于食人族的令人惊讶的、不偏不倚的画面，并鼓励读者，如果他们甚至不能认同这种外国文化的代表时要忍受。这样，文章使读者对其本土文化感到陌生，并促使他重新思考其之前未经检验的、关于西方文化优越性的假设。

林语堂的《生活的艺术》一书中的几篇文章都采用了相似的策略，即，通过介绍外国文化，扰乱读者的西方偏见。但是，林语堂呈现的外国人，在很大程度上，并不是野蛮的、不守规矩的巴西食人族，而是中国人[36]。20 世纪 30 年代，美国人确实没有将中国人看成像 16 世纪法国人眼中的食人族那样的令人厌恶和恐惧。但是对很多美国人来说，中国仍然是普遍未知的，而且与不文明的行为相关。在呈现中国时，林语堂试图以打破根深蒂固的刻板印象和促进跨文化理解的方式来描绘这个国家。因而，尽管蒙田是从一个文化局内人，一个受过教育的法国贵族对其他法国人讲话的角度来写随笔，而林语堂则是从一个文化局外人，一个用外语来写作并试图让美国人了解他那被严重低估的文化背景的华裔移民的角度来写论说文，但两位作者都在从事相似的计划，即，不仅努力促进对其他文化的了解，而且在此过程中推翻（或者至少审问）西方读者的一些文化假设。

很少能找到林语堂的文章中含有对西方文化的深刻批评。当然，林语堂的大部分同时代人把他那些缺乏任何严肃的政治或社会内容的论说文和小品文看成是轻松的、转移人的注意力的[37]。实际上，林语堂 20 世纪 30 年代的论

---

36 林语堂偶尔会特别提及食人族。当他提及食人族的时候，他采取了一种与蒙田非常相似的态度。他写道："考据我们的人类学，证明确有人吃人的习俗，而且非常普遍。我们的祖先便是这种肉食的动物。所以，在几种意义上——个人的、社会的、国际的——如说我们依然在互相吞食，并不足为怪。蛮子和杀戮好像是有连带性，他们虽承认杀人是一种不合情理的事，是一种无可避免的罪恶，可是依然很干脆地把已杀死的仇敌的腰肉、肋骨和肝脏吃掉。吃人的蛮子吃掉了已死了的仇敌，而文明的人类把杀死的仇敌埋葬了，并在墓上竖起十字架来，为他们的灵魂祷告。我们实在自傲和劣性之外，又加上愚蠢了。"（Lin Yutang. *The Importance of Living*. New York: William Morrow, 1996, p.49.）除了让人回想起蒙田关于食人族的文章，林语堂暗示人类社会上的互相残杀还强烈地让人想到鲁迅 1918 年的短篇小说《狂人日记》。

37 或许，攻击小品文为"小摆设"最著名的文章要数鲁迅的《论小品文的危机》，载《鲁迅文集》（第二册），北京：人民文学出版社，1981 年版。这篇文章的英译可参见 Lu Xun. *Selected Works of LuXun*. Translated by Gladys Yang and Hsien-yi Yang.

说文常常与他同时代人的文章是有明显差异的。他们的散文更直截了当地提出那个时代的社会问题，而林语堂的论说文则主要关注的是诸如喝茶、赏花这样实际上显得很琐碎的休闲活动。然而，我赞同苏真的观点，认为在这浮华的外表下隐藏着实质性的批评，如果不是对中国的批评，那一定是对西方的批评[38]。

在创作《生活的艺术》一书的早期，林语堂毋容置疑地认为该书是对西方的批评。在一篇题为《关于〈吾国与吾民〉及〈生活的艺术〉之写作》的文章中，他记述了自己是如何在自己写了 200 多页后把整个手稿付之一炬的。他给出的解释是"因原来以为全书须冠以西方现代物质文化之批评，而越讲越深，又多辩论。"[39]此引文表明，在其写作的开始，他是打算对西方文化进行批评的，但他同时也对这么做的可行性有某种程度的保留。

（五）文化批评与文化翻译：蒙田的食人族

蒙田论食人族的文章是为一个隐含的读者而写的，这个读者无知地相信他能明确地区分文明与野蛮。甚至在提及南美洲的野蛮人之前，蒙田的文章一开始就提及两种被广泛认为是西方文明之本源的古老文化——希腊文化和罗马文化：

> 当皮鲁斯国王进入意大利的时候，当他注意到罗马人已经在此之前就派到他面前的军队的卓越队列后说道："我不知道这些是什么野蛮人。"（因为希腊人把所有外国人都称作野蛮人）"但是我看不出军队的排列组合有任何野蛮的行为。"[40]

这样的开场白在很多层面上让人感到惊奇：对文艺复兴时期的读者来说，当蒙田暗示在希腊人眼里，罗马人是野蛮人时，第一个震惊就出现了。这样

2nd edition. Vol.3. Beijing: Foreign Languages Press, 1964, pp.305-308. 对小品文的这些攻击的讨论，可参见 Charles Laughlin. *The Literature of Leisure and Chinese Modernity*. Honululu: University of Hawaii Press, 2008, p.135.

38　Richard Jean So. "Coolie Democracy: U.S.-China literary and Political Exchange, 1925-1955". Op. cit., p.174.

39　林语堂，《语堂文集》（第二册），台北：台湾开明书店，1978 年版，第 876 页。英译可参见 Qian Suoqiao trans. *Liberal Cosmopolitanism: Lin Yutang and Middling Chinese Modernity*. Op. cit., p.178. 本书作者注。

40　此为原文注释 25：M. D. Montaigne. *Les Essai*s. Pierre Villey ed. Paris: Presses Universitaires de France, 2004, p.203.

的观念，在蒙田的同时代人中并不普遍，与读者的习惯性观念也并不协调，因为他们通常都认为罗马是非常令人尊重的。这由此表明了蒙田要求读者思考如"野蛮"与"文明"这样的范畴的相对性的第一次尝试。

如果说蒙田文章的开篇将读者推出其舒适区域的话，文章很快就使其回归到一个更加稳定的点，因为蒙田似乎对主流的人文主义观点持赞同的态度，即希腊文明和罗马文明都是伟大的文明。他选择将皮鲁斯国王作为一个异常敏锐的希腊人，他与其同时代人不同，从罗马军队的队列认识到了罗马文化的价值。皮鲁斯国王的观点因此与隐含的读者（人文主义的读者）是一致的，但又不完全一致，因为尽管皮鲁斯国王对罗马的尊重与人文主义的观点巧合，但是这些观点的上下文语境的发展却不同。

蒙田使其读者处于一个尴尬的境地：一方面，他赞同文艺复兴是其人文主义的观点，认为不应该把罗马称作是野蛮的，但他同时又对其隐含的读者对这些观念的赞同进行攻击，并鼓励他对这些问题进行独立的思考而非急急忙忙对公众意见表示认同。实际上，蒙田断言："没有任何人是野蛮的，但每个人都会把自己不习惯的东西称作是野蛮的。这与我们除了我们自己国家的观念和习俗的例子和形式外没有其他衡量真理或正当理由的标准是一样的。"[41]因而，认为谁野蛮和谁文明的问题变得完全开放。而且，这个问题导致了许多关于个人身份和文化身份的关注。

实际上，蒙田对希腊和罗马的讨论对这篇文章的重点来说仅仅只是一道开胃菜，一个切入巴西的食人族的调查。与他对待希腊人和罗马人一样，蒙田对食人族的评价在相互矛盾的观点之间摇摆。他短暂地赞扬"我们欧洲人实际上是能够根据理性的法则称那些食人族是野蛮人的。"[42]为了证明此观点，在详细地描绘了食人族喂食和娱乐他们的俘虏、给他们提供舒适的物质，然后把他们砍成碎块并烤食的行为后，蒙田宣称："注意到像他们那样的行为的残暴，并不让我感到悲伤。让我感到悲伤的是，在正确判断他们的错误行为的时候我们没有注意到我们自己的行为。"对此，蒙田阐释道：

　　　　我认为吃活人比吃死人更残暴。攻击和折磨一个还完全有感
　　知的人，一点一点地活烤他并把他打得遍体鳞伤比在他死后吃他

41　此为原文注释 27：M. D. Montaigne. *Les Essais*. Pierre Villey ed. Op. cit., p.231.
42　此为原文注释 28：M. D. Montaigne. *Les Essais*. Pierre Villey ed. Op. cit., p.236.

更残暴。[43]

在这些段落中，蒙田表现出欧洲人固有的野蛮人的形象。他断言，欧洲人实际上是残忍的、野蛮的等等。但与此同时，他又在利用他对食人族的讨论以产生对其根本传统予以严肃批评的效果。食人族让蒙田揭示出 16 世纪中叶的法国因新教徒和天主教徒之间的宗教战争而导致的残暴，并由此让蒙田能够开始打破欧洲自鸣得意的文化优越论。简言之，从蒙田的观点来看，食人族可能是野蛮的，但欧洲人更野蛮。

蒙田在其《随笔》的其他地方也论及食人族这个话题，他表达了对食人族的诚实、直率和勇猛的崇敬，并在好几处将自己与他们进行比较，比如说他在文中坦率地说自己的想法，并大胆地宣称他将乐于将自己"赤条精光"[44]。这些例子表明食人族代表了蒙田最珍视的价值的某些方面。但是在《论食人族》（*On the Cannibals*）一文的末尾蒙田突然对欧洲沙文主义予以了强烈的申明："那也不全是坏事。"他宣称，对食人族复杂的诗歌进行了表扬，"唉，可是他们不穿短裤。"[45]这个出了名的高深莫测的结尾引出了许多问题：这是否暗示着，尽管蒙田全篇都在暗示食人族与隐含的欧洲读者有着共同的、不可分割的人性，但他仍然带有某些反对他者文化的欧洲偏见？或者是否最后的语句代表了一个潜在的读者，这个读者对蒙田对文化相对主义的赞同持怀疑态度？与古代的怀疑论者一样，蒙田对这些怀疑论者的哲学思想是崇拜的，他暂未作出判断。因而读者也必须像他一样，不作出判断。但是不管读者怎样和是否对食人族作出判断，这个事实仍然是存在的，即，蒙田的文章介绍了一种外来文化，其中隐含的读者最初倾向于厌恶地看待它，以一种令人惊讶的、同感的方式详述它的风俗，并通过这些手段对西方进行批评。这样，它激发读者重新思考其关于文化优越性的天真假设。

（六）中国：东方的食人族

对于食人族，林语堂比蒙田更加明确地对其美国读者与他所写的其他文化之间的共性给予了强调。通过将惠特曼与明代大批评家金圣叹在《西厢记》

---

43 此为原文注释 29：M. D. Montaigne. *Les Essai*s. Pierre Villey ed. Op. cit., pp.235-236.
　　正如前面所指出的，一个惊人相似的段落出现在林语堂的《论肚子》一文中。考虑到这些段落之间的相似，很难想象当林语堂创作《生活的艺术》一书时他对蒙田《随笔》不熟悉。

44 此为原文注释 31：M. D. Montaigne. *Les Essai*s. Pierre Villey ed. Op. cit., p.3.

45 此为原文注释 32：M. D. Montaigne. *Les Essai*s. Pierre Villey ed. Op. cit., p.241.

的批语并置引证，林语堂将两种文化放在了一个平等的位置上并开始逐步消除文化等级制度以便"表明中国人和美国人的观念是相同的"[46]。此外，林语堂还运用修辞策略来反复强调他的信念，断言在传统的基督教观念、古希腊的异教徒观念和中国人的道教和孔教观念之间，存在着共同关注的东西。他这样写道："这些观念，由它们深湛的讽喻意义上说来，并没有什么分别。"[47]实际上，在《生活的艺术》这本书的"自序"中林语堂就指出，"人类心性既然相同，则在这个国家里能感动人的东西，自然也会感动别的国家的人类。"[48]这个观点几乎一字不差地在其另一篇题为《论肚子》的文章中加以重复，"因为我始终相信人类天性是大抵相同的，而同在这皮肉包裹之下，我们都是一样的。"[49]这些观念表明了林语堂想要呈现中国和西方两种文化并平衡两种不同文化而非哪一种文化更优越的诚挚愿望。

像蒙田一样，林语堂也常常运用美国著名文学批评家韦恩·布斯（Wayne Booth）在其《反讽修辞学》（*A Rhetoric of Irony*）中所谓的"不稳定反讽"（unstable irony）。实际上，当我们把林语堂在《论肚子》一文的上下文加以考虑的话，其意思就会变得相当难以理解。在对"在中国，我们常设宴以联欢"进行了自我批评式的描绘，并宣称在中国，如果有人去做统计的话会发现，一个人宴客的次数与他升官的速度之间存在着一种绝对的关系后，林语堂从修辞学的角度问道：

> 可是，我们既然天生如此，我们又怎能背道而行呢？我不相信这是东方的特殊情形。一个西洋邮务总长或部长，对于一个曾请他到家里去吃过五六次饭的朋友或私人请托，怎么能够拒绝呢？我敢说西洋人是与东方人一样有人性的。那惟一的不同点，是西洋人未曾洞察人类天性，或未曾按着这人类天性去合理地进行组织他们的政治生活。我猜想的西洋的政治圈中，也有与这种东方人生活方式相同的地方，因为我始终相信人类天性是大抵相同的，而同在这皮肉包裹之下，我们都是一样的。[50]

如果前面的例子显示出林语堂至少有口口声声说中国和西方的公道话的

46 Lin Yutang. *The Importance of Living*. Op. cit., p.128.
47 Lin Yutang. *The Importance of Living*. Op. cit., p.15.
48 Lin Yutang. *The Importance of Living*. Op. cit., p.1.
49 Lin Yutang. *The Importance of Living*. Op. cit., p.44.
50 Lin Yutang. *The Importance of Living*. Op. cit., p.44.

倾向的话，那么下面的例子则表明了他将中国描绘成与西方截然相反的倾向。正如蒙田所认为的，在食人族社会中，他建议那些颓废的欧洲人最好仿效某种纯洁和诚实，林语堂也将中国社会描绘成通过以其所谓的简单为条件，通过有利于身心健康的训练以治愈当代西方社会的毛病。在下文中，林语堂的语言，通过连续使用否定从句，让人强烈地想到蒙田将食人族社会描绘成欧洲的反面形象。林语堂写道：

> 所以，中国即成为一个人人不很致力于思想，而人人只知道尽力去生活的区域。在这里，哲学本身不过是一件简单而且属于常识的事情，可以很容易地用一两句诗词包括一切。这区域里没有什么哲学系。广泛地说起来，没有逻辑，没有形而上学，没有学院式的胡说，没有学院式专重假定主义，较少智力的和实际的疯狂主义，较少抽象的和冗长的字句。机械式的惟理主义在这里是永远不可能的，而且对于逻辑的必须概念都抱着一个憎恶的态度。这里只有着一种对生活的亲切感觉，而没有什么设计精密的哲学系。这里没有一个康德或一个黑格尔，而只有文章家、警语作家、佛家禅语和道家譬喻的拟议者。[51]

但是，担心这些对文化差异的微妙暗示会使迟钝的读者不知所云，林语堂又用了另外的段落来对欧洲人给予更直接的批评。其中一个例子出现在他幽默地题为《几件奇特的习俗》的文章中。文中林语堂反复说西方人握手的习俗特征是"野蛮的"，而与此相反，中国人喜欢拱手作揖这个习惯更卫生[52]。同样，在另一篇题为《西装的不合人性》的文章中，林语堂嘲笑西方人的马甲和硬领，称它们是"离奇的"，并指出它们束缚了人的身体以致于人不能自由运动。他明确地将西装与中国传统的服装相对照，并将中国服装称为是"世界上最合人性的衣服"，因为它可以让人的身体灵活自如[53]。而且深信，西方人对于身外之物有了更大的进步后，终有一天西方的衣服会"改良"得更中国式。然后"一切累赘的衣带会被废除……马甲将被废弃……将以舒适自在为基本原则。"[54]

林语堂常常在提及他自己的族裔背景时反复强调文化差异，用诸如"对

51　Lin Yutang. *The Importance of Living*. Op. cit., p.414.
52　Lin Yutang. *The Importance of Living*. Op. cit., p.254.
53　Lin Yutang. *The Importance of Living*. Op. cit., p.257.
54　Lin Yutang. *The Importance of Living*. Op. cit., p.261.

一个东方人来说"和"至于中国人"的短语来表示，似乎可以看成是对其文化翻译计划的妥协，并通过招致将中国和西方分割开一条不可逾越的鸿沟的危险而减弱这种妥协。但是，在强调这种差异的同时林语堂也使文化翻译成为可能，因为只有在两种文化被视作一种可见的差异时，才需要译者来加以翻译。同样，林语堂的断言，认为中国与西方存在文化上的相似性，如"同在这皮肉包裹之下"，对文化翻译的使命而言，既是一种威胁也是一种促进。这种威胁产生于在相似或统一的情形下是不需要翻译或调停的。但是，即便在差异大量存在的地方，两种文化之间的一些基本的雷同必须加以保存以便将易于理解的翻译传递给读者并建立一种翻译的可信性。与蒙田一样，林语堂经常转换视角使得他可以缓和文化的差异性和相似性这两极。

（七）信任的建立

在《谈话》这篇题目会让人想到蒙田的《对话的艺术》的文章中，林语堂写道："好的谈天等于一篇好的通俗文章，"并进一步解释说："两者之间的体裁和资料都相仿，……它之所以类似文章，即在体裁的通俗。……方能悠闲地发表我们的意见。"[55]在其更具理论性的关于随笔的中文文章中，林语堂常常重复作文与交流之间的这种比较："我最喜欢小品，因读来如至友对谈，推诚相与，易见衷曲。"[56]我们已经见识到林语堂努力采用一种让读者感受到其自信的"解衣"风格。他进一步解释说建立读者与作者之间的这种信任能够让作者"启人智慧，发人深思。""一语道破，登时妙悟。"[57]林语堂在其书中选择采取这种无防备的直接风格，其秘密任务在于批评美国社会。这应该被看成是林语堂的一种策略，因为他对话式的口吻减少了读者的防备心，并将他们放在了一个能让其认识到自己生活其中的社会的弱点与失败的思想框架中。

有趣的是，事实上林语堂采用来制造读者与作者之间的这种轻松感和信任感的所有策略都出现在蒙田的《随笔》中。与《生活的艺术》一样，蒙田的随笔漫谈、离题，涉及到包括"气味"、"穿衣习俗"、"对于同一件事我们该如

---

55 Lin Yutang. *The Importance of Living*. Op. cit., p.211.

56 林语堂，《小品文之遗绪》，载《语堂文集》，台北：台湾开明书店，1978 年版，第 810 页。

57 林语堂，《小品文之遗绪》，第 811 页。

何哭与笑"在内的一些似乎琐碎的宽泛论题。蒙田的文本中充满了地域性的法语方言，混杂着许多诸如作者对让其疼痛的肾结石的收集、思考问题时喜欢踱来踱去的嗜好等个人琐事。蒙田宣称"希望读者能看见其简单、自然和日常的风格"[58]，并吹嘘他的写作风格是"粗俗的"（grossier）和"没有形式"（informe）[59]的。这些评价让人想到林语堂宣称自己的散文是"自然的"、"实事求是的"，并对蒙田和林语堂两位作者都是在以认真的方式说话这个印象起到了支撑作用。

为努力从一开始就建立其信任感，蒙田在其《随笔》"序言"的开篇写道："亲爱的读者，你在这里所读的是一本值得信赖的书。"[60]我们来比较一下蒙田的话与林语堂《生活的艺术》"自序"中的开篇语："本书是一种私人的供状，供认我自己的思想和生活所得的经验。我不想发表客观的意见。"[61]二者的开篇文字都强烈地表明随后的文本中提供的东西的真实性。实际上，两本书至始至终都在反复提及他们信奉自己坚持所言皆忠实诚挚的诺言。蒙田公开宣称他"只会与读者认真对话"[62]，揭示他生活的细节，并有策略地不时以低调的姿态将其呈现出来。这些技巧意在激发读者的信任感，将读者置于作者的信任之中，并为随后的意气相投的对话奠定基础。

尽管与林语堂不同，但蒙田从未坦率宣称友好的谈话与随笔形式之间的联系，这两种对话形式在蒙田的随笔实践中是密切相连的。在创作《随笔》时，蒙田令人满意地对不同意见进行了"检验"，对文本进行了相互衡量并与各自支持不同观点的古代与近代作者的引文进行了融合。因此，蒙田的随笔充满了很多相互矛盾的地方，并表现出巴赫金（Mikhai Bakhtin）所谓的"复调"（polyphony），显示出作者似乎是从许多角度对一个主题进行论争的观点或声音的多元。

蒙田的《随笔》也被阐释为是他与自己之间的对话，因为在每一版出现后（1580,1588），蒙田都会返回去用一种新的眼光来审视文本并对其作重新编辑。这种重新审读常常会促使蒙田追求一种新的视野，这种视野是他之前无法达到的，或者让他更远地思考其最初的观点并对其之前提出的观点进行反

58　此为原文注释 41：M. D. Montaigne. *Les Essai*s. Pierre Villey ed. Op. cit., p.3.

59　此为原文注释 42：M. D. Montaigne. *Les Essai*s. Pierre Villey ed. Op. cit., p.637.

60　此为原文注释 43：M. D. Montaigne. *Les Essai*s. Pierre Villey ed. Op. cit., p.3.

61　Lin Yutang. *The Importance of Living*. Op. cit., p.v.

62　此为原文注释 44：M. D. Montaigne. *Les Essai*s. Pierre Villey ed. Op. cit., p.637.

驳。在描绘其创作过程时蒙田宣称:"我做调整,但并不改正。"[63]他在《附录》(*allongeails*)中,介绍了文本中的细微差别、互相矛盾之处和许多诱人的题外话。他对这些不连续进行了有力的补充,加强了阅读的乐趣,促使读者不仅对作者自相矛盾的观点之间的联系进行思考,而且对其自己的观点进行思考。因此,蒙田的文本是将古代和与其同时代的作者放在了彼此的对话中。蒙田也与他自己对话,而且读者也在与蒙田进行讨论。

(八)建立一种智力谱系

实际上,林语堂采用了一种完全不同的文学谱系来解释他那让心解除防备的风格起源。林语堂认为,他的风格源自悠久的与明末清初的公安派和竟陵派相关的中国本土传统。这种风格即为小品文,其特征是"趣"和"真"的美学价值。"趣"即"味"或对生活中那些似乎不太重要的细节的着迷。"真"即"真实"或对自己的真实情感的不受约束的表达。最著名的实践者是袁氏三兄弟(即袁宏道、袁中道和袁宗道)、张潮、屠隆、李笠翁、李卓吾和金圣叹。这些人在林语堂的《生活的艺术》一书中常被提及,而且其中有好几位的作品被选译或翻译。通过借用袁宗道用来阐释小品文形式的诸多极为有名的理论文章中的一章的标题,林语堂进一步加强了他与这些作者之间的联系。毋容置疑,林语堂的对话风格与公安派和竟陵派的表现美学之间有着许多的相似。

然而,林语堂在这种传统中对其散文风格进行溯源的时候,他仅仅只是重复,或者至多是在对什么正在成为中国近代散文思想史的标准叙事进行详细说明。1932年,林语堂出版了一本题为《近代散文抄》的散文集。该集子收录了数个世纪以来一直被忽略的那些重要的明末清初的散文。这个集子以收录袁氏三兄弟、李笠翁以及林语堂喜欢的许多其他作家的著作为显著特征。在这本集子的"序"和"后记"中,周作人和该集子的编辑沈启无极力捍卫其出版,认为其收录的是当代中国散文的开篇之作。沈启无在该书的"后记"中坦承:"现代的散文差不多可说即是公安派的复兴。"[64]

然而,尽管林语堂宣称他的散文源自明末清初的"小品文",但钱锁桥指出,林语堂的对话式的散文风格实际上早于他对公安派和竟陵派的认识。林

---

63 此为原文注释 46: M. D. Montaigne. *Les Essais*. Pierre Villey ed. Op. cit., p.963.
64 沈启无主编,《近代散文抄》,北京:东方出版社,2005 年版,第 268 页。

语堂是在美国文学学者和哥伦比亚大学教授史宾岗的影响下倡导他那"不受约束的"散文风格的，他只是在后来才与明清的表现美学相遇。钱锁桥告诉我们，林语堂读《近代散文抄》并在其中发现了公安派和竟陵派的快乐与他对之前自己已经感觉到了的他们的那些文学理论的认同是一种巧合。由于这些原因，我们应当将林语堂的散文风格与公安派和竟陵派的散文风格之间的一致当成一种偶然的融合来加以思考。林语堂并非仅仅只是回归到本土的影响，他是在锻造一种基于重新发现和融合过去的文学归属。实际上，没有理由相信仅仅只因为林语堂更常引用这些帝国晚期的作者的作品他们就对他产生了比西方的作者如蒙田更强烈或更具塑造性的影响。

有人可能试图认为，由于没有明确提及蒙田反而进一步表明了林语堂的散文受到了蒙田传统的影响。因为在其散文中，蒙田众所周知地挪用了古代和当代作者的思想和观点，并将这些思想和观点整合进他自己的创作中而不承认。他甚至吹嘘：

> 至于我移植到我自己的土壤并与我的东西融为一体的那些推理和原初的观点，我有时故意忽略其作者的名字以便能驾驭那些贸然攻击任何一类创作的批评……我不希望读者因为我的缘故而误弹普鲁塔克（Plutarch）的鼻子，或者因塞涅卡（Lucius Annaeus Seneca）而侮辱我并因此让他们自己受伤。[65]

蒙田引用或释义别的作者的智慧而不加说明的习惯导致了好几个学者将蒙田的这种行为称为食人主义。正如食人族吸食其俘虏的血肉并不着痕迹地将其融入其身体那样，蒙田通过其广泛的阅读，用他喜欢的作者的思想和话语来为自己提供营养。蒙田对别的作者观点的这种融合有时非常彻底，他甚至说"不能分别出他是从哪里借用的"。[66]

尽管蒙田常常省略其思想来源的标题，但他一般情况下至少提供了他借用来插入其作品中的文本作者的名字。而且，从印刷上讲，蒙田《随笔》中拉丁文和希腊文的文本引用是通过引文前后的空行与其文本主体相独立的。因此，蒙田对古代作者思想与观点的挪用从语言和印刷上来看大部分都是未经过加工处理的，它们只是被部分消化并不太完整地被融入进了蒙田文本的主体中。

65　此为原文注释 52：M. D. Montaigne. *Les Essais*. Pierre Villey ed. Op. cit., p.408.
66　M. D. Montaigne. *Les Essais*. Pierre Villey ed. Op. cit., p.458.

如果说蒙田的文本代表了对他人思想吸收的初级阶段，即一个一堆还未被消化吸收的思想来源仍然还能辨识出来的时期，那么林语堂的文本则代表了引用文本被消化吸收的后一个时期。在一定程度上，林语堂对公安派和竟陵派作品的翻译片段的融合与蒙田对古希腊罗马作者思想的吸收融合是相似的。《生活的艺术》既包含了对中文引文段落式的简介翻译也包括了整章整章的翻译。与蒙田一样，林语堂更常提及引用文本作者的名字而非其来源。但与蒙田不同的是，林语堂是在翻译。这很重要。因为在将每个中文段落译成英语时，林语堂需要挪用并重新配置其思想来源，这在蒙田《随笔》中是未曾达到的程度。

如果说林语堂消化吸收了他所翻译的公安派和竟陵派作者的思想和观点的话，那他对蒙田的消化吸收和同化则更彻底。实际上，林语堂对蒙田的融合似乎相当完全以致于使得他成了自己无法辨别的一部分。二者间在风格和修辞策略上有着许多不被承认的相似。林语堂对这些相似的不承认可能是由于他根本不了解蒙田造成的。我在前面已经表明，还未曾有历史证明1937年前林语堂读过蒙田的著作。更可能的设想是，林语堂从一开始就与蒙田在本质上有着相似，或者是在他开始创作《生活的艺术》时开始完全受到蒙田的影响以致于他自己不能区分他自己与这种形式上的影响之间的差别。然而，在林语堂的著作中（正如，偶尔在蒙田的著作中），相似的话语和影响是互相交织的。而且，比这更有可能的是，我们在蒙田和林语堂的散文风格之间发现的这种共鸣有可能是由这两种因素共同导致的。

与蒙田一样，林语堂常常把饮食与读书相类比，并认为他是从之前的那些思想中获得营养，他表现的观念并不是他的创作。将思想与物质需求相比强调了林语堂写作的合成的或派生的本质。林语堂不害臊地宣称：

> 我并不是在创作。我所表现的观念早由许多中西思想家再三思虑过，表现过……但它们总是我的观念，它们已经变成自我的一部分。它们所以能在我的生命里生根，是因为它们表现出一些我自己所创造出来的东西。当我第一次见到它们时，我即对于它们出于本心的协调了。我喜欢那些思想，并不是因为表现那些思想的是什么伟大人物。……如果文学教授们知道了我的思想来源，它们一定会对这么一个俗物显得骇怪。但是在灰烬里拾到一颗小珍珠，是比在

珠宝店橱窗内看见一粒大珍珠更为快活。[67]

这一段的语言，以及它对学究和大学教授们不屑一顾的态度，与前面所引的蒙田《随笔》的段落是相呼应的。更为重要的是，文中摘录的林语堂段落在话语的影响力（以作者及其诸多来源之间的最初的差别为基础）与话语的相似性之间摇摆。"我所表现的观念……已经变成自我的一部分"和"生根"这两个短语表明林语堂想象他自己是被外在影响同化了的。但"它们表现出一些我自己所创造出来的东西"则表明了林语堂与其思想来源之间的内在相似性。如果林语堂是在附和其之前的作者们的思想，那他在这里暗示，这主要是因为他们使得他能更艺术或更准确地表达自己。换句话说，正如蒙田所言："我引用别人的观点，只是为了更好地引用我自己的观点。"[68]

林语堂特别强调了后一点。他认为在他读书的时候偶尔"会常常在惊奇中发现另外一个作家也曾说过相同的话，或有过相同的感觉，其差别只不过是它的表现方法有难易或雅俗之分而已。"[69]在这种情况下，林语堂说，在作者与读者间发展了一种精神上的相似。林语堂将他感觉到与其有关联的作者称为"合作者"（collaborators）。在《生活的艺术》一书的"自序"中林语堂指出：

> 当我写这本书时，有一群和蔼可亲的天才和我合作。我希望我们互相亲热。在真实的意义上说来，这些灵魂是与我同在的，我们之间的精神上的相同，即我认为是惟一真实的相通方式——两个时代不同的人有着同样的思想，具有着同样的感觉，彼此之间完全了解。我写这本书的时候，他们藉着贡献和忠告，给我以特殊的帮助……。[70]

意味深长的是，林语堂说到了他"吸收"了这些古代"朋友们"的思想，并宣称"这些人物也许有几个在本书内不曾述及，可是他们的精神是同在这部著作里边的。"[71]这个声明的主体含义是，林语堂在对其思想来源表示感谢，表明林语堂的著作其实是对其前那些作者们文本的重新组合而已。而且，这

---

67 Lin Yutang. *The Importance of Living*. Op. cit., p.vi.
68 此为原文注释 54："Je ne dis les autre, sinon pour d' autant plus me dire" In M. D. Montaigne. *Les Essai*s. Pierre Villey ed. Op. cit., p.148.
69 Lin Yutang. *The Importance of Living*. Op. cit., p.vii.
70 Lin Yutang. *The Importance of Living*. Op. cit., p.ii.
71 Lin Yutang. *The Importance of Living*. Op. cit., p.viii.

种重新组合反过来促进了"创造性转换"这个理念。安托瓦纳·贝尔曼（Antoine Berman）认为这种"创造性转换"是翻译的本质[72]。换句话说，林语堂对这些人物观点的融合可被看成是翻译的一种特别形式，或者可被看成是翻译的一面，其中，译者表达的观点最终有助于提高原作者（而非译者）的声誉。这里，林语堂承认有时省略了自己借用了其观点的原作者的名字，并由此占用了这些原作者的权威。

尽管事实如此，但林语堂的确提到了许多他不胜感激的作者的名字。上面引的那个句子是在冒号之后的：

> 第八世纪的白居易，第十一世纪的苏东坡，以及第十六、十七两世纪那许多独出心裁的人物——浪漫潇洒、富于口才的屠赤水；嬉笑诙谐、独具心得的袁中郎；多口好奇、独特伟大的李卓吾；感觉敏锐、通晓世故的张潮；耽于逸乐的李笠翁；乐观风趣的老快乐主义者袁子才；谈笑风生、热情充溢的金圣叹——这些都是脱略形骸不拘小节的人。[73]

尽管西方作家及其文化偶像常常出现在这本书中——尽管林语堂提到了莎士比亚、莪默·伽亚谟（Omar Khayyam）、卢梭、伏尔泰、柏拉图、牛顿（Isaac Newton）、欧里庇得斯、安徒生（Hans Christian Andersen）、希特勒、罗丹、马克思、黑格尔、耶稣、弥尔顿（John Milton）、斯威夫特（Jonathan Swift）、乔叟（Geoffrey Chaucer）、爱因斯坦、爱迪生、凯撒（Julius Caesar）、贝尔福勋爵（Lord Balfour）、墨索里尼和琼·克劳馥（Joan Crawford），仅例举几个——但他挑选出来当成"合作者"的无一例外都是中国人。蒙田没有列入其中。考虑到我们所看到的两者散文风格间极度的相似，这种省略是值得注意的。

（九）结语

我们已经考察了为什么《生活的艺术》中蒙田的名字被忽略的几个可能的原因。首先，林语堂完全同化了蒙田的风格以致于他不再将其看成是一种要求加以明确确认的外在影响。其次，林语堂与蒙田有着非常相似的性格特

---

72 Antoine Berman. *L'épreuve de l'étranger: culture et tradution l'Allemagne romantique: Herder, Goethe, Schlegel, Novalis, Humboldt, Schleiermacher, Hölderlin.* Paris: Gallimard, 1984, p.190.

73 Lin Yutang. *The Importance of Living.* Op. cit., pp.vii-viii.

征以致于两者的随笔风格自然彼此相似。还有第三种可能性，那就是，在其美国编辑的要求之下，林语堂故意不提及蒙田的名字。很不幸，林语堂在写作《生活的艺术》期间与华尔希和赛珍珠之间的通信没有保存下来。然而，其在 40 年代早期的信件往来显示出这种趋势。1942 年 5 月，在林语堂交出了他刚刚开始创作的一本随笔的前 35 页后，赛珍珠以声明的方式回复道：

> 该书的四分之三在我看来是衍生的，这一点读者随处都能看出来，并常常能看出你读过哪些书。有的地方会让读者想到爱伦坡、朗费罗或乔伊斯。如果写一本关于中国素材的书那它将会具有明显的价值。我们对西方的这些东西太熟悉了，它们已经很陈旧。但是中国的东西他们并不了解。如果这本书是关于中国人的思想、中国人的智慧、中国的哲学思想的话，那它可能是新鲜的、具有创新性的。[74]

华尔希的回复与赛珍珠的相似：

> 你（林语堂）显然是在两种影响下创作的，一是尼采，另一是惠特曼。对随处拈来的某个段落来说可能没关系，但我认为你在任何西方的影响下，不管是西方的思想还是西方的风格，去写一整本书是会犯大错误的。你是一个中国人。你在美国的声望是建立在你以一种中国方式呈现中国思想的技巧，即便你是用英文写的。当你用西方的或美国的方式写作时，那你就是在步吴经熊（John Wu）之后尘，你们的著作是不可能在美国出版的。受过西方教育的中国人常常被指控做这样的事情，而你至今成功地避免了。[75]

该段中华尔希最后的看法表明，他没有发现林语堂之前的著作，大概也包括《生活的艺术》，过分依赖西方的来源。但是他和赛珍珠不希望林语堂的作品与西方经典作家的作品间有着相关的东西。而且，华尔希和赛珍珠的出版社正急切地试图抹去他们之间的任何的相关性以便为美国读者创作出一种更加纯粹的"东方的"阅读体验。在此情形下，我们可以想象，如果华尔希和赛珍珠阅读林语堂的《生活的艺术》的初稿时注意到了林语堂的散文与蒙田《随笔》之间的相似性的话，他们很可能是会阻止其作者林语堂提及他的法

---

74 Pearl Buck. "Report on Y. T.'s Book Manuscript", May 31, 1942. The John Day Company Archive. This passage is cited in Qian Suoqiao, 2011, p.184.

75 Richard Walsh to Lin Yutang, March 9, 1942, the John Day Company Archive. This passage is also cited in Qian Suoqiao, 2011, p.183.

国前辈蒙田的。显然，华尔希和赛珍珠想象，林语堂在美国的成功有赖于他利用其中国人身份的能力，明显地参考西方作者或过度依赖西方的风格会阻碍林语堂达到自己的目的。

不在其《生活的艺术》中提及蒙田使林语堂固化了华尔希和赛珍珠想要他呈现的真实的中国人的形象。这样做能使他以一个外国人的形象出现并说服其美国读者他的书为他们提供了一个极具个性的异质文化的视角。但是华尔希和赛珍珠失掉的似乎是，作为一个文化阐释者，林语堂不能仅仅将其作为一种异质文化的代表来呈现，他还需要将自己作为与其读者的相似物来描绘自己。假如林语堂的书仅仅只是将中文经典译成英文，或者仅仅只是传递林语堂个人对中国传统文化的理解，那它绝不可能获得华尔希和赛珍珠为林语堂在美国寻求的那种异乎寻常的成功。

这里，林语堂对蒙田的拼修变得极具意义。尽管林语堂多次断言自己的散文风格主要是源自中国本土的"小品文"传统从而掩盖自己对西方"随笔"传统的借鉴，但是他微妙地借用了蒙田随笔的技巧，一种无拘束的、对话式的口吻，并以同情和公开批判的态度从一系列对比的视角理性地呈现了一种"异质"文化。如此，林语堂利用了他的西方读者熟悉的修辞技巧。他的风格由此让其散文能被西方读者接近，使读者与作者间产生一种深层的亲和力，这种亲和力是林语堂的读者和编辑都不能完全理解的。因为如果华尔希和赛珍珠注意到了林语堂的《生活的艺术》中充斥着蒙田的影子，他们可能会狠狠地责备林语堂吸纳了太多西方的影响或没能保留其重要的中国性。

但是我认为，林语堂的中国性不但完全没有被削弱，其吸引美国读者的能力没有被减损，林语堂的散文风格与蒙田随笔风格之间那种无法言说的相似性反而使林语堂在美国的声望得到了巩固。该结论是在同时对《生活的艺术》中明显引用的原始资料和蕴含在《生活的艺术》文本内那已经半消化却不被林语堂承认的影响进行考证后得出的。分析林语堂《生活的艺术》的两个方面表明，通过将西方文学中的食人因素巧妙地注入他对中国文化更明显的呈现中，林语堂成功地将自己同时作为一个异质的他者和熟悉的自己人介绍给了美国读者，并由此起到了一个文化阐释者的作用。

三、美国梦的两个中文版本：林语堂与汤亭亭的金山

1981 年，Chen Lok Chua 的文章《美国梦的两个中文版本：林语堂与汤

亭亭的金山》发表在《美国多族裔文学》上[76]。现译介全文如下：

中国早期移民分享了一个美国梦的版本，即，"金山"（Golden Mountain, Kum Sum）。"金山"是这些移民称呼美国时用的俗名，而且现在还仍然这么称呼美国。当然，"金山"这个名字源自中国移民的历史时刻，即全世界范围的加利福尼亚淘金热。1848年，移民到加利福尼亚的只有三个中国人。到1851年，有25,000人。而到了1884年，加利福尼亚农场上的工人有一半是中国人。由此，"金山"一词概括了第一批到美国追求物质财富的中国人的梦想，即迅速致富然后叶落归根。然而，一旦跨上了美国的土地，尽管有归家的本能和美国法律的排外，但许多中国人还是在美国定居下来，而且，他们原初的追求物质富裕的梦想也经历了变化，呈现出细微的差别和不同的理想。旅居美国的林语堂和美国土生土长的汤亭亭（Maxine Hong Kingston）这两位华裔美国作家，阐明了这些中国移民原初的梦是如何被细致入微地加以描绘的，并通过一代代华裔美国人从旅居者演进为移民、从定居者演进为美国本土居民对其加以了拓展。

林语堂1948年出版的小说《唐人街》（Chinatown Family）讲述的是20世纪30年代冯家在纽约被同化的故事。林语堂描绘了引发移民的物质梦与家庭的儒家理想之间的冲突。小说通过几种思维方式的不同视角对这种冲突进行了考证：基督教、利己的物质主义、儒家思想和道家思想。

在他处，林语堂把家庭描绘成"中国社会的根"[77]，把中国人描绘成"是家庭生活巨流中的一个必须分子。"[78]（通过这个道家的比喻同时暗示了一种固定的身份和一种千变万化的身份）。但到"金山"寻求财富的梦想将从这个家庭理想的"共同体"中被连根拔起而且成为一个在一种被压迫的法制-政治"结构"中的边缘人。如，当老汤姆·冯到旧金山的时候，就因为移民法而不得不与他的家人们分开。"他每五、六年回去看看他的妻子……就像鳗鱼横渡一千五百里的大西洋去产下它们的卵一样。"[79]像许多旅居美国的华人一样，老汤姆·冯重复着这种跨大平洋的漫漫旅途回到他妻子生下他们的孩子并用

---

76 Chen Lok Chua. "Two Versions of the American Dream: The Golden Mountain in Lin Yutang and Maxine Hong Kingston". *The Multi-Ethnic Literature of the United States*, Vol.8, No.4, 1981, pp.61-70.

77 Lin Yutang. *My Country and My People*. Op. cit., p.175.

78 Lin Yutang. *The Importance of Living*. Op. cit., p.188.

79 Lin Yutang. *Chinatown Family*. Op. cit., p.197.

他挣来的钱买田地盖房子的地方。但是与其他中国人一样，老汤姆·冯也"曾经被攻击、被抢劫、被赶出西海岸地区"，最后终于在纽约第 18 街一座房子的底层开了一家洗衣店。在金山有了这个立足之地后，老汤姆·冯终于通过一系列法律漏洞把他的家人接到了美国，希望实现物质富裕和家庭团聚的美国梦。

这种物质富裕的梦想可在冯太太得以第一次去购物者的"天堂""麦西之家"时幽默地看出来。乘电梯去女装部时感觉"仿佛是坐在轿子里飞上天去了。"[80]后来冯家认识到唐人街是令人振奋的，并一直认为能"在唐人街开一家餐馆是不错的选择"[81]。这个梦想最终得以实现，但付出的代价却是老汤姆·冯一次意外车祸中的"典型的美国式的去世"[82]。这个洗衣工的死亡保险赔偿费（与阿瑟·米勒的推销员相似）使这个家庭的物质梦想得以实现。冯家从一间位于底层的洗衣店搬到了位于路边的餐厅："这是一种新奇的感觉，仿佛他们踩在高跷上。"[83]

与此同时，冯家的三个儿子预示着家庭未来的理想。大儿子洛伊很孝顺，以他勤劳的父亲为榜样。然而，他与一个天主教徒、一个意大利裔的美国姑娘佛罗拉结了婚。一开始，老汤姆·冯不太信任她的信仰，因为基督教的信仰在中国是受到"排斥的"，这"大都是社会的因素，而不是宗教的因素"[84]。但老冯夫妇却完全没有干涉佛罗拉的信仰自由，冯太太甚至向圣母许了愿，请求圣母保佑佛罗拉生个男孩。在孙子出生后受洗的时候，冯太太为了表达她的感激之情，到教堂捐献了 50 元，并双手合掌以"佛教徒"的方式来祈祷[85]。

佛莱迪，冯家的二儿子，恰与冯家大儿子相反。他深深地沉浸在美国这个大熔炉中，是一个过分乐观的、虚情假意的保险推销员。他的观点是利己的、物质的。例如，他不孝地试图向自己的老父亲推销保险而让老父亲勃然大怒。他拒绝遵照家族习惯叫佛罗拉"大嫂"而是直呼其名，由此亵渎了"教名"。他与一个夜总会的演艺人、一个华裔美国姑娘席茵·透伊结了婚，这是一个很物质的女孩，一心想要的就是新车和貂皮大衣。他俩的婚姻很快因彼

---

80 Lin Yutang. *Chinatown Family*. Op. cit., p.30.
81 Lin Yutang. *Chinatown Family*. Op. cit., p.58.
82 Lin Yutang. *Chinatown Family*. Op. cit., p.204.
83 Lin Yutang. *Chinatown Family*. Op. cit., p.219.
84 Lin Yutang. *Chinatown Family*. Op. cit., pp.108-109.
85 Lin Yutang. *Chinatown Family*. Op. cit., p.201.

此的不贞而破裂。因此，尽管佛莱迪是冯家最快实现物质富裕和社会地位梦想的，但他却背离了家庭和睦团聚的理想。

汤姆，冯家最小的儿子，是《唐人街》中最丰满的人物，他对美国的物质吸引力最敏感。他为"电"着迷，对"头顶上一亮一灭的灯泡儿"着迷，也被"呼啸而过的火车"这条"飞魔"困扰。有预感地，他最后成了布鲁克林工业技术学院的一名学生。然而，他拒绝接受佛莱迪所持的电影里的主人公的那种打斗观点："你站起来跟他们打跟他们斗，他们反而会喜欢你。如果你不愿意打，他们就会看轻你。你必须了解如何来操纵他们。"[86]例如，当那些欺负人的孩子威胁到汤姆送衣服时，他换了一条街走。但佛莱迪却教导他要跟欺负他的人对打："唯一的办法就是跟他们打。我告诉你美国人喜欢好闯的人。你不回手他们就不会尊敬你。"[87]然而，他们的父亲却赞同汤姆的做法，鼓励他，用道家的智慧告诉他"水流向低处而能渗透每一个地方"。[88]

当汤姆19岁时，他遇到了艾丝·蔡并爱上她时他本能的道家思想变成了一种下意识。艾丝成了整个中国的标志，因为她在福建出生，是在上海受的教育（这与林语堂自己的情况是一样的），然后到了纽约教广东的移民们普通话。艾丝将老子的教义介绍给汤姆，为汤姆提供了精神寄托。汤姆感觉老子就像"一道耀眼的光芒"，这种光芒与电所发射出来的科技的奇迹是不同的。汤姆与艾丝的结合喻指中国家庭理想的最积极的一面与美国物质的机遇的综合：一个学技术的学生将娶一个教授中国传统与智慧的姑娘。

于是，林语堂在《唐人街》这本小说中展示出一个移民家庭的所有成员对美国梦的追求。他们拒绝糟粕，克服法律机构的阻碍，依赖儒家的过去，适应基督教的现在，通过其道家本能的灵活而幸存，并珍惜其家庭理想的共同体。

在汤亭亭生动地再创作故乡时，那些男孩子们说："我们将到海边去，我们将去金山淘金。"[89]汤亭亭难以忘怀地意识到，她的祖先们是到美国来追求其物质致富的美国梦的。但她的自传体小说《女勇士》（*Women Warrior*）和《中国佬》（*China Men*）却宣称，祖先们的梦想已经蜕变成了对她作为女性、作为作家、作为美国人的现代身份的追寻。在处理其身份的每一面时，汤亭亭建构了一个辩证的、对立的场域。在这个场域中，那个探索的自我寻求一

86　Lin Yutang. *Chinatown Family*. Op. cit., p.65.
87　Lin Yutang. *Chinatown Family*. Op. cit., p.79.
88　Lin Yutang. *Chinatown Family*. Op. cit., p.148.
89　Maxine Hong Kingston. *China Men*. New York: Knopf, 1980, p.40.

个综合的中心。这两本小说都回忆起她那作洗衣工的父亲过去常常在她们家的洗衣店里写上象形的"中"字[90]，因为中国人认为他们自己是"中国的人"（persons of the Middle Nation）[91]。但是到美国来的中国人却把他们的中心放错了位置而变成了"古怪反常的"（eccentric）的"华裔美国人"、边缘人，成为对故乡的依恋和恐惧与被同化的较量间最终被归化的美国公民。相似的是，汤亭亭的玛克辛（Maxine）也在作为奴隶的女性身份与作为圣女贞德那样的女勇士的渴望间踌躇。与林语堂一样，作为作家的汤亭亭也是跨自传体作品与小说和亚洲的讲故事与美国的回忆录等不同文类，形成了她自己的表达方式与声音。由此可见，汤亭亭的出发点在于那些被误放在了偏离文化、性别和流派中心位置的人。她的任务和成就在于在复杂而对立的力量内创造和定义新的中心。

《女勇士》中的女性分为两种辩证对立的类型。一方面，有一个传奇的不知名的姑妈，"无名女人"，即是一个可怕的例子。在其丈夫不在的时候，她非法生了一个孩子。她受到了村民的惩罚，不允许她参加家庭纪念活动，把她与自然界隔离开来。她在自家的井里将自己和孩子淹死，实际上是把井水给污染了。与此类型完全相反的是著名的、传奇式的花木兰，中国的圣女贞德。她神秘的童年和启蒙使得她与大自然之间有着道家似的融合。她领导一支由村民组成的部队，她是她家的骄傲和复仇者。与淹死"无名女人"的井不同，花木兰有一个神奇的水葫芦，这个葫芦能显示出她生活中发生的事。这两个女人，无名的与出名的，都是融合在汤亭亭的想象中的讲故事的构词。它们通过两个存在于汤亭亭的生活经验中的女人而得到了平衡。这两个女人，一个是她母亲，Brave Orchid，是花木兰的典型。另一个是她的姨妈，Moon Orchid，是"无名女人"的典型。

Brave Orchid 是一个巫师。她的"不寻常"的父亲给了她良好的教育。她以智取胜让自己的丈夫放弃了"向丈夫磕头"的仪式。在其父亲离开家到美国去淘金后，她获得了接生婆的资格，并通过将所谓的"鬼驱人"从女人的闺房赶走为自己赢得了招魂师、巫师的声誉。Brave Orchid 成了一个能治病的女赤脚医生，她能念咒驱灵，甚至能通过大声喊叫恐吓猩猩。第二次世界开

---

90 Maxine Hong Kingston. *Woman Warrior: Memoirs of a Girlhood among Ghosts*. New York: Knopf, 1976, p.137.

91 Maxine Hong Kingston. *Woman Warrior: Memoirs of a Girlhood among Ghosts*. New York: Knopf, 1976, p.136.

始的时候，45 岁的 Brave Orchid，与她在纽约作洗衣工的丈夫团聚，生养了六个孩子。显然，Brave Orchid 与花木兰这个原型是极为相似的。

与 Brave Orchid 相反，Moon Orchid 是"可爱无用的类型"中的一个[92]。在题为"在西宫"（At the Western Palace）的一节中，她是东方皇后的类比，当她的丈夫通过成为加利福尼亚的神经外科医生并秘密地与一个被西化的、把自己想象成西方皇后的中国人结了婚而做着自己的美国梦时她继续在中国呆了 30年。在姐姐 Brave Orchid 的鼓动下，Moon Orchid 试图维护自己的权利。不幸的是，在随即发生在西宫，即有空调的、噩梦般的洛杉矶的开颅诊所，这个西部最具有西方创造性的地方，Moon Orchid 和她的东方传统被彻底打败了。Moon Orchid 随即陷入了疯癫状态，"将自己放到了错误的位置"[93]，最终死去。

在这四个或英雄的或令人感到羞愧的、想象的或完全根据经验创造的女人中，汤亭亭描绘出了她的女性身份范式。显然，汤亭亭必须在这些参量中勾画出她的身份。巫师的咒语有可能让被错误放置的精神回到其主人的身体中。同样，要塑造其身份，汤亭亭必须在真实的和象征的层面上同时找到一个声音，而且这种寻求统治了《女男士》的最后一个情节。该节题为"献给野蛮的里德·里佩的歌"。这样，汤亭亭完成了她的书，并由此找到了讲述其故事、为其鬼命名的声音。

当汤亭亭的玛克辛（Maxine）还是个孩子的时候，她的母亲剪断了她的舌系带，或许是为了解放它，或许是为了束缚它。在任何情形下，玛克辛都是一个异常安静的孩子。她不能理解英语中那个自信的、立起的大写字母"I"，在她看来这个"I"与中国的那个同义的表意字"我"差别太大了。但是一个为了使其化身说话而折磨另一个不会讲话的中国女孩的可怕插曲表明了她对表达出自己声音的重要性的认识[94]。

没有声音，玛克辛就面临着被迫成为像"无名女人"或 Moon Orchid 那样的受害者的危险。这种危险体现在一个残忍的弱智男孩身上，玛克辛担心她的家人会选择让她嫁给他。重要的是，对这个男孩的描绘让人想到 Brave

---

92 Maxine Hong Kingston. *Woman Warrior: Memoirs of a Girlhood among Ghosts*. Op. cit., p.128.

93 Maxine Hong Kingston. *Woman Warrior: Memoirs of a Girlhood among Ghosts*. Op. cit., p.157.

94 Maxine Hong Kingston. *Woman Warrior: Memoirs of a Girlhood among Ghosts*. Op. cit., pp.173-182.

Orchid 的"鬼驱人"和猩猩："那个庞然大物、那个驼背的打坐人。"[95]正当 Brave Orchid 念着咒语大声驱赶鬼怪时，玛克辛说："一天晚上……我的喉咙猛然裂开了。我冲着我爸爸和妈妈……大声尖叫：'我想要那个庞然大物、那只大猩猩走开……并非每个人都认为我一无是处。我不想做个奴隶。'"[96]找到并发出自己的声音并勇敢地说出来的这一刻，玛克辛将那个庞然大物从她的心中驱逐出去，那个怪物随即神秘地消失了。

作为这次胜利的终曲，汤亭亭讲述了公元 2 世纪的中国女诗人蔡琰的痛苦故事。她被外族人俘虏并被迫嫁给了他们的一位酋长，在生了两个孩子后，蔡琰被赎回国嫁给了一个中国人。由于蔡琰是她父亲唯一的孩子，这样她的父亲就有了子嗣。蔡琰，已经受到了外族文化的同化但仍然是一个中国人。她的歌同时打动了外族人和中国人，是跨两种文化的华裔美国作家的恰当象征。而蔡琰，作为奴隶和女性，恰当地代表了女性的经历。最后，汤亭亭将中国式的讲故事和美国式的回忆录相结合的书则是一个文类的跨文化综合体。在《女勇士》的文化、性别和文类的辩证对立之外，汤亭亭用可在新世界找到的声音，为超越自己的自己而歌唱。

汤亭亭在《女勇士》中所坚持的这个新世界，是她的书中中国人所共享的那个世界。《女勇士》中对自己和中心的寻求集中在对女性和艺术家身份的寻求，而《中国佬》则集中在对中美身份的寻求。这种身份似乎被放置在四个边缘之内：沿着一种观点存在的是中国和美国的政治-文化的两极对立；而沿着另一种观点存在的是屈辱和英雄主义的社会-经济的两极对立。不用离开这些边缘，华裔美国人必须在其中放置一种身份。

在那个中国祖籍的村子中有一种卑屈，汤亭亭将其释为一种"约克那帕塔法县"式（a kind of Yoknapatawpha）的神话。在那个村子里，因其学生的胡作非为，父亲完全不能好好教书。在"危险而令人厌恶的"太平天国运动中，为躲避征兵曾祖父 Bak Goong 偷偷跑到了夏威夷。但是，在中国的这些男人中仍然存在着英雄主义。在考验智力和毅力的科举考试期间，玛克辛的父亲获得了"正义人士"的荣誉。Kau Goong，一个身高 6 尺的人，是"故事中英雄的化身"。

---

95 Maxine Hong Kingston. *Woman Warrior: Memoirs of a Girlhood among Ghosts*. Op. cit., p.200.

96 Maxine Hong Kingston. *Woman Warrior: Memoirs of a Girlhood among Ghosts*. Op. cit., p.210.

相似的是，在美国也同样存在屈辱和英雄主义。例如，有可怕的偷渡者和非法移民，这有可能是玛克辛的父亲，或者是天堂岛移民站那些受辱的新来者，他们经历了数月的任意盘问，有时甚至是自杀。或者是从阿拉斯加被大肆驱赶的中国佬，或者是充斥书中的那种对被驱逐出境的恐惧，或者是在夏威夷的甘蔗种植园里被用马鞭来抽打的曾祖父的谦卑。但是，另一方面，中国佬中也有像保罗·班扬（Paul Bunyan）那样的英雄主义，像帮助人挖地道并炸毁贯通内华达山脉的中央太平洋铁路的曾祖父。或者，再有如玛克辛的父亲那样安静的、保守的英雄主义。他被纽约一家洗衣店的合伙人所骗，并受到一个同时也试图在加利福尼亚的斯托克顿开一家洗衣店的赌场主的残酷剥削。无论是屈辱的还是英雄主义的，这些土地的耕耘者、铁路修建者以及荒野工人，也是美国的缔造者。

正如必须将玛克辛放在《女勇士》的中心，玛克辛那无名的、最小的弟弟——"在越南的弟弟"——也必须在《中国佬》那个不自在的世界里被这么处理。到这时，中国成为了共产主义的、反美国的。在题为"美国的缔造"一章中，汤亭亭让我们意识到能把这个兄弟从边缘推翻的火祸。如，有疯狂的表兄 Sao，他通过在第二次世界大战中的英勇为自己赢得了美国身份，但他遗憾的是把她的母亲留在了共产主义的中国，这让他患上了强迫症并使全家再次患上了被驱逐出境的恐惧症。还有叔叔 Bun，他发现小麦胚芽和共产主义是如此的令人着迷以致于全家再一次感觉处于危险之中。他转而对美国产生了偏执狂似的感觉，认为正在堆积起来的垃圾是用来喂养他的。由于没法净化他这种偏执狂似的感觉，Bun 不得不回到中国。

我们见到，在越南战争时期征兵时代，玛克辛最小的弟弟是一名刚毕业的高中老师。他在加利福尼亚教书的经历与他的父亲在中国的经历是一样的凄凉。对其出生的早期描写也与对其父亲的描写是平行的。这些平行的描写强调了父亲离开其故土而儿子选择不离开其故土之间的不同。因为，尽管有为了逃避征兵到加拿大的诱惑，但这位弟弟决定坚守他的美国身份，这是一种源自其故土和先辈们的胜利的、与生俱来的权利。他参加了海军，希望至少能直接参加战争。但他被下令去往亚洲。然而，他与亚洲人的相遇，证明了他同时作为亚洲民族和美国民族之个体的身份。在朝鲜，朝鲜人把他当成一个亚洲小伙来迎接但同时也看重他的美国特性的不同，称他是一个幸运的人。在台湾，他是"第一次到中国……，这个他的家庭多年前离开的古老星球。"[97]他害怕这些中国人会因为他不懂中文和中国传统的机警处世而受蔑视并称他是一个"好似鬼"（Ho Chi Kuei）[98]，如他那些年长的美国人蔑视地为美国出生的中国人所贴的标签那样。相反，台湾人也很尊重他的美国身份，说"幸运！你很幸运！"[99]（汤亭亭有可能是在说这个短语的双关反语，因为听得出带着轻蔑的"好似"与中文的"好运"之间有些微的不同。）这个弟弟于是意识到台湾不是他的"中心"[100]。那个"中心"深圳不在香港，那个据说是他的亲属们生活的地方，因为当他寻找他们的时候，明显的是，他们的地址根本就不存在[101]。

而且，这个弟弟的服役期表明他确实是一个美国人。海军想要把他送到语言学校让他做一名审讯员。这里实际上是一个安全检查所，国防部对这个弟弟的检查结论是"疑问排除……安全保密"[102]。这样，"政府证明他们全家都是真正的美国人，不是那种不确定的美国人，而是超级美国人。"[103]毫无疑问，他们是不用限额的，不用被怀疑有可能是非法移民的，也不用害怕会被驱逐出境的。

在《女勇士》的开始，汤亭亭问"美籍华人"（Chinese-Americans）："你认为你身上有哪些是中国性的？"在《中国佬》快结尾的时候，那个台湾人问她的弟弟："你是谁？"弟弟回答说："华裔美国人"（Chinese American，两个词之间没有连字符）。不再受一个复合词限定，这个弟弟实质上是一个美国人，是受一个形容词"华裔"所修饰的。他的边缘性减弱了。于是，因汤亭亭对最新一代中国人的记载，她提出了作为华裔美国人的身份问题，其中心甚至在亚洲也不再被边缘化。他们不需要再跨越边界，而是甚至希望能在亚洲打一场不道德的战争。汤亭亭的逻辑是坚定的：如果华裔美国人参与了美国曾经的缔造，那他们就必然与美国现在的各种失败密切关联。

尽管我们的思考只限制了林语堂和汤亭亭，但他们的主题也被许多其他

---

97 Maxine Hong Kingston. *China Men*. Op. cit., p.294.
98 Maxine Hong Kingston. *China Men*. Op. cit., p.295. 根据吴冰的《关于华裔美国文学研究的思考》一文，"Ho Chi Kuei"可译为"好似鬼"或"好似仔"，是第一代华人用以谴责第二代华人的用语，批评他们像洋鬼子一样。
99 Maxine Hong Kingston. *China Men*. Op. cit., p.296.
100 Maxine Hong Kingston. *China Men*. Op. cit., p.301.
101 Maxine Hong Kingston. *China Men*. Op. cit., pp.302-303.
102 Maxine Hong Kingston. *China Men*. Op. cit., p.298.
103 Maxine Hong Kingston. *China Men*. Op. cit., p.299.

华裔作家加以了探讨。如雷霆超（Louis Chu）的戏剧小说《吃一碗茶》（*Eat a Bowl of Tea*），就批判了与林语堂的小说中所描绘的相似的家庭共同体，并将这种家庭共同体看成是一种压迫性结构。与此相反，雷霆超倡导的是通过不受祖先束缚的亚当似的自由去追求幸福。同样，赵健秀（Frank Chin）的戏剧《鸡舍华人》（*Chickencoop Chinaman*），与汤亭亭的小说一样，令人振奋地寻求了华裔美国人的身份问题。但通过林语堂和汤亭亭这两个作家的三本书，我们看到，华裔美国人对更好的生活、家庭的延续以及个体和种族身份的追求，都集中在他们自己对美国梦毫无保留的追求与美国人的现实状况中。"金山"只是中国人对美国的一种称呼。它还有另一个名字——"美国"，可译为"美丽的国度"，一处安乐之所（*locus amoenus*）。

四、文本的迁移与身份的转变：林语堂、张爱玲与哈金的双语作品自译

2017 年，美国堪萨斯大学 Meng Hui 的博士论文《文本的迁移与身份的转变：林语堂、张爱玲与哈金的双语作品自译》发表[104]。作者从比较的视野对三位文学家用中英文撰写的自译作品进行了分析阐释。此节选取该论文的"导论"和"结语"做介绍。

论文作者认为，自译者将自己的作品译成其他语言，通过自译，让其成为研究文学、语言、文化和身份、迁移和交汇的场所。受不同的目的驱使，通过文本的迁移、身份的转变和文化的转移，自译者创作出一种杂交文学。为了支持该假设，作者运用了翻译目的论，以方便其对林语堂、张爱玲、哈金三位华裔文学家的历史语境、语言迁移和自译翻译技术的研究。对他们的文学作品的研究在经验上已经很充分、详尽，但是，将其文本移植到新的文化、语言和文学语境中的研究还不充分。该论文弥补了这一重大遗漏。作者用了三章，通过分析林语堂的戏剧《子见南子》以及两篇双语论文和小说《啼笑皆非》、张爱玲的三篇双语论文和小说《金锁记》与哈金的短篇小说集《落地》等双语文本，讨论了自译策略的识别、说明、评估和阐释以及双语文本分析。作者认为，自译不是次要的复制品，而是其自身就是一部作品，与常规翻译相比，这些作者可以在文本上享有更多的自由。自译还有着更复杂的目的，

---

104 Meng Hui. "Migration of Text and Shift of Identity: Self-translation in the Bilingual Works of Lin Yutang, Eileen Zhang and Ha Jin". Ph. D. dissertation, University of Kansas, 2017.

如身份的转变、文学声望的扩大、失去的读者／观众的复得以及反对政治审查的斗争。

（一）导论

有时我把自己和影子混为一谈，有时却不会。——塞缪尔·贝克特（Samuel Beckett）

我以为这就是幽默的化学作用：改变我们思想的特质。

——林语堂

在记忆与现实之间，存在着尴尬的差异。——张爱玲

很难将自己连根拔起并真正成为另一个国家的自我，但这也是一个机会，是另一种成长。——哈金

与常规译者不同的是，自译者似乎不太在意语言上的对等，而更多关注扩展、新的阶段以及对原文本的大胆改动。自译是重新铸造和重写作品的新机会。原文本及其翻译彼此交替，因此在两种文本之间建立了某种辩证的关系，其结果是，译文常导致作者修改甚至重写原文本。通过这种方式，自译改变了原文本、翻译、作者、读者和译者的范畴，并由此引发了许多与类型相关的问题。翻译目的论指出，翻译不仅是语言迁移的一种行为，而且是目的的应用。探索自译者在目标语文本中做出改变背后的动机（这些改变超出了诗学的范畴），在提供切实的成效方面是特别有用的，因为一种仅基于等价的范式是远远不够的。例如，本文作者认为在《啼笑皆非》中，林语堂采用全球和本地的各种翻译策略（包括直译、语义翻译、自由翻译和符合语言习惯的翻译）以实现各种目的时，他将考虑翻译目的论的三个规则，即目的、一致性和忠实。对于张爱玲那本在 1943-1968 年间经历过作者自译和六次改写的《金锁记》，作者将探讨张爱玲痴迷于同一作品的多种自译的目的，以加深我们对自译作为一种社会和智力实践的理解。而哈金则声称对自己的作品进行了忠实的自译，没有做任何重大改动，这一声明值得探索。

从这个意义上说，翻译目的论为林语堂、张爱玲和哈金的各种翻译活动提供了重要的理论支撑。虽然林语堂、张爱玲和哈金在翻译理论的讨论中没有明确提到"目的"这个概念，但它是他们进行翻译批评和实践的基础。根据汉斯·弗米尔（Hans Vermeer）的观点，"意图、目的和功能是由生产者、发送者、委托人、译者和接收者将其分别归因于不同概念的，"而且，如果它

们是一致的，则从不同的角度来看它们是相同的[105]。翻译目的论不仅扩大了翻译本身的概念，包括改编、调整和重写，而且还扩大了译者角色这个概念。自译者也可以是编辑、回收者或创作者。

三位自译者的语言学语境

要了解林语堂和张爱玲的古典白话文和哈金的普通话的特点，必须了解林语堂和张爱玲开始发表著作时伴随着新文化运动而发生的语言革命和1949年新中国成立之后决定哈金如何将中文译成英文的标准化运动。在 20 世纪初，文言文逐渐被进步势力视为阻碍教育和扫盲的对象，许多人提出了社会和民族进步的建议。"五四"白话文运动主张用白话文而不是文言文来书写新的中国民族文学。鲁迅和其他小说作家和非小说作家的著作在推动这一观念上起了很大作用，白话文很快就被大多数人视为主流。随着白话文的日渐流行，人们也开始接受标点符号。标点符号是模仿西方语言来使用的，传统的中国文学几乎完全没有标点符号。自 20 世纪 20 年代后期以来，几乎所有中文报纸、书籍以及官方和法律文件都是用白话文来写的。在所有类型的翻译中，白话文的广泛使用也取代了文言文。白话文运动的领导人胡适认为，长期以来与任何口语都脱离的文言文主要是一种视觉语言，相比之下，与言语联系更为紧密的白话文则是一种融视觉和听觉为一体的书面语言[106]。

然而，这一"五四"白话文运动也遭到了批评。20 世纪中国重要的文学人物和政治活动家瞿秋白在 1932 年发表的著名文章《大众文艺的问题》中批评流行的白话文是一种"新的文言文"，仅限于西方资产阶级和知识分子阶级的小圈子，对普通百姓的吸引力很小。他呼吁进行新的文学革命，"应该确保中国人，尤其是无产阶级可以讲现代白话文。"[107]瞿秋白对无产阶级语言的支持过度，以至于 1934 年拉丁化的问题被提了出来。由于无产阶级语言在很大程度上被认为是建立在群众口头语言之上的书面语言，所以提出将拉丁化作为大众语言书写的一种方式。鲁迅在促进拉丁化运动中发挥了重要作用。他提议废除作为统治阶级的特权而保留的汉字，从而使草根中国"静

---

105 Hans Vermeer. *A Skopos Theory of Translation: Some Arguments For and Against*. Heidelberg: TEXTconText-Verlag, 1996, p.8.

106 Hu Shi. "Tentative Suggestions about Literary Reform". *New Youth*, January, 1917.

107 Qiubai Qu. "The Question of Popular Literature and Art" In John Berninghausen and Ted Huters eds., Paul Pickowicz trans. *Revolutionary Literature in China: An Anthology*. White Plains: M. E. Sharpe, 1976, p.48.

音"（mute）。他认为，拉丁化的新的写作方式通过其简单性、便利性和效率，将赋予广大文盲以力量和启发，使沉默的大多数人拥有自己的声音，并使沉默的人发声。显然，这项激进的建议没有被通过。否则，我们将无法再享受汉字的美了。

林语堂和张爱玲的作品诞生于这个特殊的语言革命时期，其创作受到了三个因素的影响：传统的白话文、欧化的成分和文言文。当白话文运动开始进行时，林语堂已经发表了他的一些自译本，而张爱玲的自译本是在白话文获得官方的合法性之后发表的。最初，林语堂是白话文运动的狂热拥护者。但在 20 世纪 30 年代，他开始质疑白话文的作用，因为他认为白话文受到了许多畸形的影响。一个重要的例子是，通过西方文学和科技文本的翻译引入中国的"欧洲化"：在西方翻译中采用西方文学和科学话语的风格和句法特点给现代汉语带来了许多前所未有的风格和句法的变化。林语堂认为，这些影响使白话文更加矫揉造作，脱离了实际的言语。因此，林语堂从英文到中文的自译展现了古典白话文的语言特征，这意味着将白话文词汇放在了传统的汉语句法中。

在张爱玲的时代，白话文已经扎根，但她选择不完全使用白话文。她的风格仍然可以被理解为古典白话文，因为其深深植根于古典的文学传统，因而她的写作经历了文化宝藏积淀内化的过程。尽管张爱玲采用了可追溯到现代西方小说的影响的多种技巧，但她极富启发性的言语意象显然唤起了中国古典诗歌的丰富内涵。张爱玲没有辜负"五四"时代主流文学道德观念所设定的理想，她选择了将文学视为娱乐的公众阅读。为了捍卫自己免受批评的可疑尝试，她嘲讽式地为自己只能写一种文学而不能以无产阶级风格来进行写作予以道歉。

哈金所处的时代则完全不同。中国在 20 世纪 50 年代已经实行了汉字标准化和简化运动，而且标准普通话已经在全国范围内使用。哈金的语言风格与林语堂和张爱玲的语言风格不同，因为他受的是简体汉字和标准化汉字的教育，而在他的写作和自译中只有很少的文言文痕迹。他的诗歌也是完全用标准的现代汉语来写的。

作为两种语言的大师，林语堂、张爱玲和哈金的自译是双向的。当他们将中文作品翻译成英文时，他们的英文风格也各不相同。人们经常评论说林语堂机智、哲理，张爱玲奇特、古怪，而哈金则简洁、明了。鉴于林语堂具有语言学家的专业背景，并且由于他对英语的掌握为他赢得了很多实实在在的文化资本，所以人们希望林语堂能够保持与国王英语一样的水准，但是林语堂却持有出乎意料的非传统的、自由主义的观点。他打赌说，鉴于其固有的逻辑健全性和混杂性，到 2400 年，洋泾浜英语将成为"唯一受人尊敬的国际语言"[108]。林语堂的英语表现出这种强烈的混杂性。张爱玲的这种混杂性更厉害。《秧歌》开始了她的中文风格的罗马化，这种习惯在《赤地之恋》中达到顶峰，在《怨女》中则有所改善。通常，张爱玲先将中文词或习语音译，然后再用英语给它注释，没有太多在意英语的标准用法。她可能感觉到自己被迫对中国这个世界在语言上进行真实的描绘，因为当其身体、家庭、语言和文学术语从中国领土上被逐离时，紧紧抓住自己的母语会令她想起自己的文学传统。另一种可能是，张爱玲并没有做出必要的调整来与英语世界的读者建立联系。自 20 世纪 60 年代以来，张爱玲因其作品在台湾、香港和海外华人社区中获得赞誉而复活。相比之下，哈金完全不使用任何音标，并且将过度罗马化视为与美国市场脱节而不予采用。尽管哈金的英文通常被认为是对中文的直接翻译，但他取得的成就，即一种杂糅式的美与清晰，是中国作家以前很少达到的。有关三位作家语言特征的更多讨论将在其后各自的章节中进行。

　　尽管有各种语言同化政策，但语言混杂已经是不争的事实。韦努蒂认为，许多译者在不知不觉中参与了类似的排他性的意识形态，认为他们减少了"非英文文本的异质性，将'异国情调'吸收进了听起来流利的、恰当的英文散文中。"[109]由于自译者在选择语言时拥有更多的创作自由，因此它们将成为带来重大变化的宝贵力量。自译者也具有个人动机，以创造自己独特而新颖的文学语言。在当今的异质世界中，文化以多种多样的方式在不同的地点融合、相交并相互影响，三位作家的复杂生活和自译作品展现了对东西方翻译和杂糅的有趣研究。通过对自译的研究，我们希望发现反传统和文化主义的兴盛是如何决定目的语并定义翻译的。

（二）结语

　　这篇论文始于我对双语作家的自译实践的实证考察。自由往来的国际化

108 Lin Yutang. *The Little Critic: Essays, Satires and Sketches on China*. Op. cit., p.182.
109 Edwin Gentzler. *Translation and Identity in the Americas: New Directions in Translation Theory*. New York: Routledge, 2008, pp.8-9.

学者林语堂、自我流放者张爱玲和政治流亡者哈金，都抓住了各自当下的文化政治，阐释了当时的异质文化，并抓住了不同社会的反传统观点。为了找出使得他们进行自译的道德的或政治的原因，以及在多大程度上由语言、文化或历史背景决定作家选择翻译策略的方式，作者将翻译目的论作为理论工具，探索自译的目的、在翻译中使用翻译目的论的规则以及为新的读者进行重写和改编的实践。论文指出，每个自译者都有自己呈现文本的方式，并证明没有固定的自译模型，而只有趋势和例外。这种实践的异质性使得每次遇到的地点都是特定的，取决于各种个人的、政治的、语言的和历史的因素。该文没有对"自译"进行定义，而是证明了该文提出的观点，即，自译者的混杂性反映了产生自译本身的混杂性。

同时，林语堂、张爱玲和哈金的自译也提出了这样的问题：两种不同语言之间的翻译究竟意味着什么？由于双语作家在以英文书籍和外文书籍之间的不均翻译为标志的文学市场上出版他们的作品，也由于政治、语言和文化的原因，他们可能远离文化中心。他们从一个较弱的位置来接近它，有时会使用一个不可靠的语言工具箱来创建有意义的或全面的表现形式。吉勒斯·德勒兹（Gilles Deleuze）和费利克斯·瓜塔里（Félix Guattari）提到了这种类型的情况，其中语言失去了其非领地化的适当地位[110]。为了支持这一点，玛丽·贝塞米尔斯（Mary Besemeres）认为，作家"将自己翻译"成第二种语言的最大风险是对其身份的威胁，这种身份是以第一语言形成的，因此依赖于该语言来实现自我的真实表达。通过指出自我和语言之间的相互关系，贝塞米尔斯认为双语者生活在相互矛盾的自我中[111]。通过与自我的多语种交流，自译可以阐明多语言主观性和零散身份的形成，与更加固定和根深蒂固的单语自我形成对比。通过自译，可以获得一个新的、被翻译的自我。通过自译，林语堂发现和解是国际性的。通过自译，张爱玲尝试了变态，但她最终陷入了尴尬的中间状态。通过自译，哈金恢复了归属感并驳斥了背叛的指控。

在这方面，自译强调语言和民族身份的可容许性，并接受文本不同版本之间的冲突。作为一种自我对话的形式，自译发生在多种风格中。通过翻译谈判，尽管语言、文学和社会等级制度不同，自译者仍积极地处理两种语言

110 Deleuze Gilles and Félix Guattari. *Kafka: Towards a Minor Literature*, translated by Dana Polan. Minneapolis: University of Minnesota Press, 1986, pp.16-26.

111 Mary Besemeres. *Translating One's Self: Language and Selfhood in Cross-Cultural Autobiography*. Oxford: Peter Lang, 2002, p.26.

之间的巨大空缺[112]。特定的自译目的使这些作家能够改正、重调、修订或保留其文本和文学人物的某些方面。尤其是，自译者通过提升"翻译"并主张其文本版本和／或文本中的跨语言姿态之间的不和谐，来破坏自我、语言和国家的界限。尽管如此，自译仍然可以成为个人自我提升的有力工具，使他们在无法使用双语的情况下比其同行们更具竞争优势。他们可以成为自己的大使、代理商甚至职业经纪人。当移民作家处于新的话语位置时，他们可以利用语言的翻译过程（如添加、删除、转移、误译等），并将自传、史料编纂学、民族志和小说相结合，以把自己的作品带给新的读者。

为跨文化之间的相互交流，自译鼓励拥有适应全球化时代的文化素养，因为越来越需要对自己民族以外的其他文化和社会的了解。通过将自己插入传统上被视为截然不同的国家文学的规范和子规范中，自译者会发现基于民族或语言倾向的文学分类不够充分。通过在翻译研究和文学实践中引入新的混杂范畴和异类范畴，自译可以提高翻译过程的可见性，并挑战翻译的二元逻辑，思考作者与译者、源语文本与目标语文本、单语读者与多语读者等概念。在文学体系和专业领域中，它的混杂性抵制是分类的。而在该领域中，译者与作者以及目标语文本与源语文本之间的从属关系是不容质疑的。因此，可以将自译与写作和诸如伪翻译、剽窃、戏仿、改编等骗人的文学把戏一起研究，因为这些形式也暗示它们来源其中的另一种文本的存在。

该文扩展了有关翻译与流放、翻译与作者重塑，以及翻译与双语文学实践之间的对话。尤其是，自译为自译者提供了一条逃脱途径，使他们可以通过不同的语言伪装、重建、恢复甚至拒绝或收回他们刻画的人物形象。作者认为这样的重写、重新创作或重建也是一种自我批评。不同于单语作家，他们必须伪造与自然的日常习语相差甚远的文学语言，以发现其母语的异质性及其符号生命力，双语作家可以通过改变能提供其新的或扩大的生产指示符来创造自己的艺术独创性。法国学者亚历山大·克罗（Aleksandra Kroh）指出，单语国家很少，从当代的全球状况来看，单语民族在当今是一个明显的少数群体。该文对自译文本的研究表明，当作家按常规选择使用移居地的方言和语言来进行书写时，双语文本及其读者的范围将会扩大。随着交流渠道

---

112 Marlene Hansen Esplin. "Spanish, English, and In-Between: Self-Translation in the U. S. and Latin America". Ph. D. dissertation, Michigan State University, 2012, pp.183-184.

的扩大和文学的日益融合，学者和社会科学家将不得不认识到双语是一种选择，而自译是一种令人向往的冒险旅程。

的确，自译历史的某些部分被很好地绘制，例如诺贝尔奖获得者的作品被大量翻译。但是，也确实存在着许多未知的领域，这些领域不仅涉及地点和时间，而且也涉及整个调查和研究领域。如果我们将自译实践和理论的历史视为是拼凑的，那么毫无疑问，仍然存在许多缺失的小片段，如口头的自我阐释的历史、通俗的或非文学自译、伪自译，而且还有很多空白需要填补。完整的设计还远远没有完成。仍然还有许多未知的东西。

五、自我、民族与离散：重读林语堂、白先勇和赵健秀

1998 年，纽约城市大学 Shen Shuang 的博士论文《自我、民族与离散：重读林语堂、白先勇和赵健秀》发表[113]。除"导论"和"结语"外，作者分三章分别对三个华裔美国作家林语堂、白先勇和赵健秀的文学创作进行了比较阐释：第一章为《林语堂与他的双语"中国"》；第二章为《白先勇：移民、流亡身份与中国的现代主义》；第三章为《赵健秀：历史、身份政治与文化翻译》。林语堂一章又分四个小节对其跨文化呈现进行了详细阐释：（一）读林语堂：如何在他者的故事中运用特殊文化；（二）上海世界主义与西方人物；（三）对自我与民族的定义；（四）跨文化呈现的类型。该节拟对"导论"进行摘译。

导论

亚洲移民文学在亚裔美国研究领域中占据着一个矛盾的位置。虽然一些移民作家，如卡洛斯·布洛桑（Carlos Bulosan），已被接受并成为经典作家，但其他许多作家并没有受到很多评论和关注。在形成文学经典的过程中，亚裔美国研究不仅强化了对移民的某种观点，而且没有忠实地代表批评家马圣美（Ma Sheng-mei）所谓的"移民主体性"[114]。跨太平洋的亚裔美国视角来自特定的政治和文化立场，当其被应用于移民文学的阐释时，为移民文学的创作提供信息的复杂而多元的文化和政治环境在某种程度上被简化了。在这篇论文中，我打算通过对三位华人移民和华裔美国作家的研究来恢复亚裔美

---

113 Shen Shuang. "Self, Nation, and the Diaspora: Re-reading Lin Yutang, Bai Xianyong and Frank Chin". Ph. D. dissertation, The City University of New York, 1998.

114 Ma Sheng-mei. *Immigrant Subjectivities in Asian American and Asian Diaspora Literatures*. New York: State Univercity of New York Press, 1998, p.422.

国想象中的历史异质性。在开始该计划之前，我首先要对作为关注我们所遗漏的内容的一种方式的亚裔美国研究中移民文学的批判性接受进行重新思考。让我以 20 世纪初由旧金山唐人街的工人阶级移民所写的一本诗集《金山歌集》（*Songs of Gold Mountain*）为例。

《金山歌集》于 20 世纪 10 年代在旧金山唐人街居民中出版发行。尽管在美国的一些主要城市，20 世纪初见证了现代主义运动的开始，但这些诗在许多方面都具有惊人的"非现代性"。大多数诗歌都采用了起源于特定的广东民间歌曲的形式。这些诗是混合使用文言文和白话文来创作的，并非打算供讲英语的一般美国读者阅读。直到 20 世纪 80 年代，亚裔美国学者才将其译成了英文。这些诗歌的"异质"性特别刺耳，更不用说它们与美国高大上的现代主义都市文学迥异了。除了其美国语境外，鲜为人知的是，这些诗歌与中国语境中的"现代"文学，亦即"新文学"在表面上也不相符。从技术上看，中国现代文学始于 1919 年的新文化运动，倡导在文学中使用白话文和"新"词。在中国语境中，大多数现代文学研究者对任何"旧"和"经典"的东西都持一种反对态度。尽管近 20 年来，中国现代文学研究者从许多不同的角度对新文化运动的遗产进行了重新审视，但这些诗歌仍然不容易被接受。除了其他社会政治原因，这些诗歌都是用广东话而不是普通话写的，这对于确定它们在中国现代文学经典中的边缘地位具有重要意义。

我以《金山歌集》为例，说明在呈现一部文学作品的"原始"文本时，各种历史是如何融合在一起的。现在让我们来考查一下亚裔美国学者在宣称一部作品为经典时所遵循的轨迹。亚裔美国研究的范式在定义种族时考虑了与驱逐、剥削和种族主义等长期排斥亚洲人的因素。将《金山歌集》作为旧金山早期华人社区的历史记录来阅读，并作为对华裔美国人的"集体记忆"来呈现，歌集中的诗歌在亚裔美国研究的少数话语中享有很高的地位。然而，对大多数受过从西方现代性特定概念衍生出来的欣赏标准训练的我们而言，成为"经典"并不意味着这些诗已经自动停止了对其表面的"异质性"的寻找。尽管华裔美国评论家认识到《金山歌集》的社会政治意义，但他们对这些诗歌的阐释恰恰是围绕着对诗歌的"异质性"问题来引导的。在对这些诗歌进行再创作的过程中，某些障碍必须予以解决。一方面，移民对"寄居者心态"（sojourner mentality）的表述在评论家的心中产生了一个疑问，即这些诗人对美国语境的忠诚程度。对诗人政治意识的呆板物化的确定和阐释是一个与"寄居者心态"相关的问题。

阐释这些诗歌的某些困难与如何将亚洲纳入亚裔美国学者所定义的文化历史学相关。金惠经（Elaine Kim）的《亚裔美国文学作品及其社会背景简介》（*Asian American Literature : An Introduction to the Writings and thier Social Context*）一章的标题"从亚洲人到亚裔美国人"（From Asian to Asian American），常常用来描绘亚裔美国人源自对既存文献的历史修订的自我意识的那些历史时刻。这句话定义了某种进步，其中"亚洲"被放在了"起源"的位置上，而"亚裔美国人"则被放在了结果的位置上。在我看来，这表明了一个复杂的处理：试图根据一种特殊的、渐进式的、以 60 年代和 70 年代的人种和种族观为依据的史学形式来构建一本亚裔美国文学经典。但是，移民文学，包括一些与移民历史密切相关的重要著作，如《金山歌集》，未必能与渐进式的史学无缝融合。对《金山歌集》的批判性阐释赋予了它在亚裔美国文学中处于"过渡性"阶段的矛盾地位：移民历史的"原始"时刻只能由民族的自我意识和充分参与到美国中来代替。

亚裔美国学者采取了几种方法来克服阅读这些移民诗的困难。一种是把这些诗歌主要当作华人社区的历史记录来阅读。从这个角度看，正如《金山歌集》的编辑马龙·霍恩（Marlon Horn）所认为的那样，"寄居者心态"纯粹是排斥移民政策的产物[115]。文学评论家黄秀玲（Sau-ling Wong）提出了另一种更为复杂的方法。她希望我们在阅读这些诗歌时同时保持"政治意识"（political awareness）和"诗歌意识"（poetic awareness）。她通过以下方式对这两个术语作了阐释：

> "政治意识"确保将金山作家的作品放在适当的背景下，并接受认真的和有历史根据的阅读，以确保它们不会因为诗人的传统而受到屈从于传统的、任意强加的、卓越标准的约束。由于其移民到新土地上并被重新安置，他们没有充分参与。另一方面，"诗歌意识"确保具有确定性的形式要求的文学作品不会被确定地挖掘为历史"证据"，以支持某些形式的美籍华人历史，无论是同情的还是其他的。[116]

尽管黄秀玲的观点似乎是正确的，但她对这些"金山"诗歌的评价与移民文学在亚裔美国史学中所处的总体矛盾位置并没有太大不同。虽然她对移

---

115 Marlon Horn's *Preface* to *Songs of Gold Mountain*.
116 Sau-ling Wong. "The Politics and Poetics of Folksong Reading: Literary Portrayals of Life under Exclusion" In Entry Denied ed. *Sucheng Chan*. Philadelphia: Temple University Press, 1991, pp.249-250.

民诗人基于其在美国的经历而创造出新的东西表示称赞，但她也像我一样似乎对"一般约束"表示歉意，这些约束限制了诗人们完全理解他们在美国的"新经历"的可能性。黄秀玲称这些诗人为"尽管是移民（因为许多人从未打算在美国定居），尽管是寄居者（因为许多人把美国当成他们的永久居所）"和"尽管是文学先驱"[117]。她补充说："鉴于金山诗人的平庸手艺，人们可能会问他们在多大程度上是文学常规的囚徒，以致于他们不得不说的话受到了他们如何选择表达方式的限制。"[118]毕竟，纯朴的农民背景和中国古典诗歌通常的局限性限制了个人主义政治意识表达的可能性。

在亚裔美国研究正从跨国角度重新考虑其范式的时候，如果我们不仅将其置于美国背景下同时也将其置于亚洲背景下来研究这些移民文学文本的话，我们也许就能避免在定义这些诗人的主体立场时产生歧义。在中国现代文学的语境中，个人声音的升华和写实形式的出现比这些金山诗的创作要晚得多，并且不一定代表移民的敏感性。金惠经"从亚洲人到亚裔美国人"论点的不足在于，它没有为以特定的历史术语来讨论亚洲文化的异质性留出空间。正如我从黄秀玲对《金山歌集》的两个"原序"的描述中所注意到的那样，中国文化传统是这些诗人调停其主体地位的主要背景。两个"原序"的作者清楚地理解他们的诗歌是民间文学的一种形式，他们坚持要用广东话来阅读和阐释他们的诗歌，从而界定他们的差异。"原序"中有许多例子表明，当时很多受过教育的华裔移民并不认为中国传统是一个整体的起源，而是一种本身充斥着中心、边缘、官方语言和方言的文化。对这种多样性的认识为诗人提供了证明其创作实践的空间。

黄秀玲对把亚裔美国研究作为亚洲研究的"另类"学科的认识并不允许这么大的创造空间。正如她所认为的，"被传统的中国文学标准认为是边缘的东西在亚裔美国文学中却被认为是经典的。"[119]尽管诗人们仍然承认地域文学与所谓的"中国传统"之间的互动作用，但黄秀玲是在制度和抽象的层面上来进行中国文化研究的。作为一般参考，她将他们对文化特殊性的主张翻译

---

117 Sau-ling Wong. "The Politics and Poetics of Folksong Reading: Literary Portrayals of Life under Exclusion". Op. cit., p.259.
118 Sau-ling Wong. "The Politics and Poetics of Folksong Reading: Literary Portrayals of Life under Exclusion". Op. cit., pp.253-254.
119 Sau-ling Wong. "The Politics and Poetics of Folksong Reading: Literary Portrayals of Life under Exclusion". Op. cit., p.259.

成作为"文明意识"或"华夏的伟大传统"的中国文化，而这些工人阶级诗人们则被排除在外。

20世纪70年代亚裔美国研究的特定制度结构也影响了移民文学的阐释。金惠经认为，在亚裔美国研究的初期，"亚洲人与亚裔美国人之间的界线对亚裔美国人的身份形成至关重要"[120]。在赵健秀等作家的作品中，"异质性"和"归属地"之间的对立对于身份话语的形塑是非常重要的。近年来，亚裔美国研究的新发展表明该领域具有非国有化的趋势。随着日益变化的过渡性的亚裔美国社区的强烈要求，对异质性、杂糅性和多样性的呼声很高。南亚作家所持的离散观对修正该领域尤其有用。在这种气氛下，尽管我们许多人都展望未来，但我们不应忘记亚裔美国研究所留下的极其混杂的文化历史。在我看来，大多数移民文学，如《金山歌集》，都见证了这种由许多历史趋势相互堆叠而形成的混杂的文化历史。

如果我们试图弄清这些历史趋势，那么异质性和杂糅性的趋势将不仅仅是简单的理论话语的产物，而且也是新移民涌入或年轻一代更加明显的"连根拔起"（uprooting）的冲动的产物。这些唐人街移民的诗歌中还共存着其他形式的"寄居者著作"（sojourner writings）。与旧金山唐人街的这些诗人们同时居住在美国的还有其他的华人、商人、学生和知识分子群体。此外，正如我将在"导论"的后面部分所表明的那样，从19世纪末开始的对中国移民的排斥不仅对移民而且对中国都是一个重大事件。这一历史事件激起了民族主义情绪，激发了乌托邦的想象，并且与中国现代性的历史直接相关。将其放在相互关联的历史中，移民文学展示了一个特别有创意的场所，以我们在批评中无法识别的方式挑战"中国性"（Chineseness）和"美国性"（Americanness）的既成定义。对移民作家进行修正主义的研究对亚裔美国研究的修正来说是正当其时。

本论文的核心是对三位中国血统的作家林语堂、白先勇和赵健秀的个案研究，旨在将亚裔美国人作为一个跨国的和跨语言的虚构社区来加以设想。其中的两位，林语堂和白先勇，是在他们成了中文作家后移居美国的。在移民前，两位作家都已经积极参与了离散华人的文学创作。他们还以不同的方式与西方建立了错综复杂的联系。他们都与亚裔美国学者描述的移民或移民文学的情况不相符。作为一个精通英文并深深沉浸在中国传统学问中的作家，

---

[120] See Elaine Kim's *Preface* to *Charlie Chan Is Dead*.

林语堂在 20 世纪 30-40 年代的抗日战争前后，自觉地扮演着中国代言人的角色。他的英文著作《吾国与吾民》是一部中国文化史，于 1939 年（应为 1935 年）在美国出版，并赢得了全世界的赞誉。林语堂移居美国后继续向西方宣扬中华文化的价值观。声望的日渐增加增强了他对自我定义的现代主义世界主义的信念，同时鼓励他对中国文化采取民族主义的立场。对林语堂来说，至少从表面上看，成为一个"寄居者"绝不会引起焦虑。相反，他以能够体现东西方和传统与现代的"一捆矛盾"（the bundle of contrasts）而感到自豪。尽管白先勇和其他台湾移民作家与林语堂对"中国性"有着相同的亲和力，但他们对中国和西方的看法却完全不同。白先勇并不认为自己是个"移民"，而是一个"流亡"作家。西方现代主义文学对他特定的边缘意识非常有帮助。但是，白先勇的著作只是一带而过地触及到了作为一种文化能指的"西方"。他更喜欢相对于 20 世纪 70 年代的中国主流文化传统的中心来界定自己的边缘性。他选择只用中文来写作，而且最初只是为台湾的一小部分读者写作。尽管在英语世界中处于这种边缘地位，但白先勇的作品仍然是 70 年代台湾"海外"作家的代表。

作为移民，他们接触了中美两国的民族文化，这两位作家阐释的都是跨国主题。"中心"和"边缘"的单一模式在这两者的描述中不起作用，作家与东西方的二元对立也不适用，因为"中国性"和"美国性"在现代是极为多样化和混合的话语。关于这些跨国主题的关键问题是如何将"海外"概念化为与国家中心有关的重要空间，亚裔美国人的观点，我将在后面讨论。此外，"海外"也是中国研究学者的一个重要问题，他们经常将这一空间视为"作为一个国家的"中国的延伸。尽管已努力使"中国性"的含义多元化，但在大多数有关"海外"问题的讨论中，单一"家园"的想像仍占主导地位。例如，中国哲学家杜维明在《文化中国：以外围为中心》（1991）一文中认为："由于离散的中国人从未失去他们的家园，因此没有像犹太人一样渴求回归耶路撒冷在功能上的对等物。实际上，华人社区的无处不在——其令人敬畏的体型、悠久的历史和众多的人口——继续在散居华人的心理文化结构中占主导地位。"[121]因此，他建议在他称为"文化中国"（cultural China）的一般理论范畴下研究"海外"文化。正如杜维明在其他文章中提醒我们的那样，这种批评

---

121 Tu Wei-ming. "Cultural China: The Periphery as the Center". *Daedalus*, No.120, 1991, p.16.

范式建于 20 世纪 70 年代，它假设"华人"（而不是"中国人"）具有共同的祖先和背景。这种文化建设的内在是一种使自己远离台湾的政治权威的政治姿态。

中心的想像与杜维明的论证中所固有的边缘之间有一个特殊的形式。它与亚裔美国人的观点不仅在"中心"和"边缘"的意义上有所不同，而且在关于文化如何与社会互动方面的某些基本理解方面也有差别。杜维明的理论范式"文化中国"是建立在假设中国传统和现代性为共有经验的基础上的，海外社区应该是其一部分。杜维明在对离散问题的问询中明确指出了这一立场："海外华人如何能帮助祖国实现现代化？"[122]但是，这种围绕着共同关注中国而组织的作为统一文化共同体的"海外"的社会政治观，即使回到林语堂所处的时代，作为一种复杂的跨国文化调停的模式，也可能过于简单化。林语堂在中国大陆、台湾和美国的不同地区所唤起的不同意象提醒我们，阅读的公众本身就政治和文化观点而言是有分歧的。除了共同的语言中文外，对读者的分歧的考虑对于我们评估任何旅居国外的中国作家的历史地位来说尤其重要。移民作者身份也迫使评论家变成跨国的和跨学科的。就林语堂而言，他的"海外"身份的形成必须追溯到 20 世纪 30 年代上海的半殖民地语境。尽管林语堂非常了解上海文化场景中社会、种族和历史分层的存在，但这种认识并没有阻止他炮制一种世界主义的特别品牌。

总体而言，白先勇的文化实践从另一个角度解构了统一的"中国"整体。他的传统批判态度强化了"以中国为中心"的观点，这表明了他的文化实践是对本土主义和"根"的逐步回归。这种观点所遗漏的是在作者的早期作品中特别显而易见的对西方和中国文本性的调停。这些调停开辟了类似于霍米·巴巴（Homi Bhabha）在另一种情况下所说的"间隙空间"（interstitial space，第三空间），即中国主流的"五四"传统和西方现代主义经典话语的暂时替代。它们主要沿着心理和文化路线产生新的身份。白先勇对社会、道德和政治的公共领域中同性恋的私人空间的抬高，对在剧烈的政治变革中幸存下来的个人的分离身份的兴趣，以及他在建构自己的现代主义文本的过程中对西方文学作品的挪用，证明了他对"中国"是一个整体的"中心"的任何假设的否定，而海外作家只是将其"边缘化"。

通过从特定角度挑战"西方"作为一种文化霸权，亚裔美国人的少数派

---

122 Tu Wei-ming. "Cultural China: The Periphery as the Center". Op. cit., p.23.

话语使我们对"海外"空间的概念化变得更加复杂。在种族身份觉醒之后，赵健秀成为第一代亚裔美国作家的重要成员，他激进地对文化同化主义范式进行了挑战，这些范式塑造了美国主流社会对文化和种族差异的理解。他特别注意纠正亚裔美国人在大众文化中的种族偏见，并为亚裔美国人重建积极的身份。尽管赵健秀的著作主要反映的是亚洲人在美国本土的经历，但他与其他亚裔美国作家共有某种观点，他们将亚裔美国人的话语视为第三世界的反帝斗争的一部分。

毋庸置疑，20 世纪 70 年代的赵健秀和其他亚裔美国作家对林语堂和白先勇的东西方遭遇有着不同的看法。实际上，他们之间的分歧是如此强烈，以至于尽管林语堂也写过关于唐人街的小说，但他的著作和其他 70 年代以前的"唐人街文学"因不忠于亚裔美国人的情感而被《亚裔美国文学》第一选集的编辑们排除在外。如果我们不是想通过对比或者如一位批评家所说的"一种相互的排斥"来理解他们之间的差异，那么我们就需要将赵健秀对身份的观点情境化，特别是在涉及亚洲和亚洲文化的时候。

赵健秀的"第三世界"的观点主要受美国本土语境的影响，因此倾向于将"亚洲"呈现为一个统一的文化实体。从完全解散移民和中国文学到对中国文化传统有特定的了解，他经历了多个阶段。赵健秀和其他编辑在《哎呀！亚裔美国作家文集》（*Aiieeeee, An Anthology of Asian-American Writers*）的"序"中批评了东方主义的"神话……亚裔美国人一直保持着亚洲人一样的文化完整性，在一个已经有五百年不存在的中国的伟大的高级文化之间存在着某种奇怪的连续性。"[123]然而，后来赵健秀仅引用"五百年前的文化"来赋予唐人街神话以权威。坚称华裔美国作家，尤其是女作家的作品应根据几本中国古典文学作品来评判，赵健秀倡导一种整体文化身份，以压制其他形式的差异，尤其是性别差异。在他的批判性和创造性作品中，"中国"总是让人联想到失落和怀旧的矛盾情绪。它是最初的"有机身份"的象征，在现代被东方主义的神话、种族主义的刻板印象和中国自己的大规模的"西方化"反复破坏。赵健秀在一次采访时认为，他的作品针对的是那些对"一般的亚洲的童年时代"有所了解的读者。他声称：

---

123 Jeffrey Chan et. al. "An Introduction to Chinese-American and Japanese-American Literatures" In Houston Baker ed. *Three American Literatures*. New York: Modern Language Association, 1982, p.206.

　　　除移民外，其他人都不了解我在写些什么或从中得到什么。知
　道《三国演义》和《水浒传》的移民喜欢我的作品。作品中用双语
　来表达的双关和关于英雄传统的双关让他们确切地感受到我塑造
　的人物是愚蠢的。因此，我的理想读者将是精通美国英语和历史的
　移民，或者如我更喜欢的，是出生于美国、对一般的亚洲的童年时
　代有所了解的美国读者。[124]

　　尽管赵健秀的立场从他对性别、阶级、男女同性恋研究角度暴露出很多
局限性，但他的著作之所以具有挑衅性恰恰是因为它们体现了边缘化话语的
双重的、不稳定的性质。结果，他的著作将我们引向了对当代亚裔美国人来
说仍然重要的各种问题，如文化融合和第三世界语境。在这方面，赵健秀的
著作有助于阐明我们对"海外"作为文化创造力的一个变动空间的看法。

　　迄今为止，赵健秀的作品对文化民族主义的批评并未涉及跨文化问题。
从某种意义上说，他自己的作品和他所攻击的女权主义作家的作品都可以被
视为杂糅的文化实践的不同形式。就跨文化的参考文献而言，"无名"女人的
故事和对 17 世纪中国小说《镜花缘》中的人物"唐敖"的改写是汤亭亭（Maxine
Hong Kingston）的女权主义文本所固有的，但是它们的来源显然与赵健秀作
品的来源不同。尽管汤亭亭的女权主义文化交易方法广为接受，但赵健秀的
方法却常常被忽略或被排除。作为 20 世纪 70 年代的重要作家，该如何根据
新的杂糅理论范式来对赵健秀予以评价呢？这个问题很重要，因为我们可以
从赵健秀那里学到的教训是，通过捍卫特定文化传统版本来统一亚裔美国文
化实践的尝试只能将大量的作者排除在外。随着身份变得越来越多样化，对
于华裔美国人身份的需求可以通过对一定数量的经典文本进行一两种阐释来
满足的前景（这是赵健秀的传统文化的民族主义复兴的基础）将变得越来越
虚幻。作为跨文化实践，必须将汤亭亭和赵健秀的作品放置在亚裔美国历史
的特定时刻的语境中。

　　赵健秀的作品还促使我们重新考虑该将某些把亚裔美国人的经历与"第
三世界"的经历区分开来的重要的历史事件放在何处。在中美两国语境中，
现代性的不同经历可能在塑造我们对中国文化传统和西方观念的诠释中扮演
重要角色。一些华裔美国作家和评论家认为，中国的现代历史和文化与西方

---

124 Robert Murry Davis. "Frank Chin: An Interview with Robert Murry Davis". *Amerasia*,
　　Vol.14, No.2, 1988, p.91.

的华人社区无关。尽管像赵健秀这样的作家喜欢古典的文学作品，但他们通常会忽略现代语境中的杂糅文化。一些中国历史学家认为，唐人街文化不受中国近代经历的影响，因为发起中国"新文化运动"的最重要的知识分子们与美国的移民社区是疏离的。这些阶级和现代性经历的历史差异就全球化背景下的移民文学而言，可能会富有成效。它们至少提醒我们，没有单一的现代或后现代范式可以用来解释这三位作家的跨文化实践。在本文中，在我看来，后现代主义的历史和文化翻译观对考虑这三位作家之间的联系来说尤其相关。

几位主要的亚裔美国评论家最近表达了他们对后现代越界历史的赞颂的保留态度。他们争辩说，"流体的主观性"和"文化世界公民身份"的无条件增值只会使我们对次要人物视而不见。我试图通过对这三个文化人物的个案来探讨中国移民与西方的接触历史以应对这一挑战。因为即使在中国移民内部，这些历史也是不同的，所以殖民主义和后殖民主义的单一语言或理论上假定的次要地位不能概括我们的身份和差异。实际上，后殖民的理论旅行，它们本身将被修改以适应特定的历史语境。例如，民族主义作为范式在中国语境中以一种特殊的方式呈现出来。正如历史学家杜赞奇（Presenjit Duara）认为的那样，在现代中国语境中社区的创建遵循一个诸如本尼迪克特·安德森（Benedict Anderson）和欧内斯特·盖尔纳（Ernest Gellner）等学者描述的不同的过程。还有一些不同的、相互竞争的"民族主义的"观点，有一些更具利己主义性和易变性，另一些则更为僵化和制度化。因此，对海外移民的研究将不得不根据特定的跨文化历史来建构自己的叙述。

离散是亚裔美国研究的空白。我发现中文文学作品从与移民本身不同的角度描述了排斥中国移民的重要历史，强调了历史记忆的脆弱性和选择性。中国文学史学家阿英（钱杏邨）将这些作品称为"反对《排华法案》的著作"（writings against American Exclusion of Chinese Laborers）。在旧金山唐人街居民中流传第一本文集《金山歌集》的同时，他收集并出版了一本同名的小说、诗歌和旅行日志选集。它们受到了反对《排华法案》的社会抗议的启发。这项运动是由美国唐人街的激进主义者发起的，中国的商人、学生和知识分子也参加了这一运动。尽管许多参与者可能更关心对商人和学生而不是劳工的排斥，但是这种社会运动激发了国家对与移民相关的问题的兴趣。一些亚裔美国研究学者已经意识到这种文学主体的存在，甚至翻译了其中的一部小说。

但是，除了作为被排斥的社会历史呈现外，还没有做出认真的努力将这一文学主体整合到亚裔美国研究中[125]。事实上，当现代小说形式刚刚开始以中文在处于历史关头的中国文学界崭露头角的情况下，大多数属于此类的作品不能被视为社会运动的未经调停的呈现。对亚裔美国学者和中国学者来说，更具挑战性的问题是对这组文学作品中政治意识形态的阐释。

一些亚裔美国作家和学者，如本·唐（Ben R. Tong）和赵健秀，都将排他性移民行为和对移民社区的种族主义一再被破坏视为消除了亚裔美国人文化传统的历史性断裂。与此历史观相反，保留在这些中国材料中的关于排华的惨痛历史事件的记忆似乎表明，文化可以被挪用并以不同的、尽管有某些让人不愉快的历史经验的形式保留下来。几本小说的作者都利用殖民主义和移民的社会历史作为资料库来传达他们对新世界的乌托邦愿景，这种愿景一部分建立在传统社区的基础上，一部分则受到了他们所理解的现代西方的启发。这种对移民的想象的混合本质从历史的角度来看是特殊的。

这些中文材料迫使我们对亚裔美国研究中的某些理论范式予以情境化。最近，亚裔美国学者王灵智警告移居海外的华人学生，认为这两种同化和忠诚范式的"双重统治"分别影响了美国和中国的公共政策和学术讨论[126]。晚清小说似乎暗示这些双重范式并不总是无缝地结合在一起。在这些著作中，作家通常通过呼吁民族统一来回应美国对中国劳工的排斥、清朝的腐败以及帝国主义的普遍状况。然而，与此同时，他们对海外社区在国家建设项目中的作用持相对宽松的态度，并认为这一空间不仅仅是传统中国或现代西方的简单复制品。对中国移民的不公正待遇构成了表达政治理想主义和乌托邦想象的机会。

如果我们将其与抗日战争时期移民更为严厉的民族主义的表现进行比较，我们将能够体会到清末移民的易变的想象。正如一些女权主义学者已经指出的那样，以国家利益为重中之重的战争时期，常常在讨论诸如性别等其他差异时遭遇挫折。同样，在 20 世纪 30 年代，正如在上海出版的英文刊物《中国评论周报》（*The China Critic*）所记录的那样，许多接受过西方教育的、

---

125 The English translation of excerpts of a representative work in this category, *Ku She Hui* (*Bitter Society*), was published in *Amerasia Journal*.

126 L. Ling-chi Wang. "The Structure of Dual Domination: Toward a Paradigm for the Study of the Chinese Diaspora in the United States". *Amerasia Journal*. Vol.21, Nos.1-2, 1995, p.149.

会英语的知识分子对移民有着明显的精英主义和民族主义态度。为了回应刊物每周对外国、反华暴力以及美国电影中带有种族主义的刻板形象如傅满洲等实施的对中国移民进行限制的报道，一些中国知识分子，尽管他们同情移民或移民的处境但对其了解甚少，恳请国民党政府呼吁移居海外的华人回国。其他人则更加公然地谴责唐人街的居民未能以积极的方式呈现中国，称"唐人街的中国人的存在……并未能帮助美国人对中国事物有足够的了解。"[127]这些言论和该刊物上的其他文章一样，揭示了这种对待海外华人的态度与知识分子寻求中国文化身份和民族主义建构之间的明确联系。

在研究这种晚清时期的离散的想象之前，我们必须把针对美国文化和政治语境的性别和种族的批判性语言放在恰当的语境中。尽管晚清文化话语中确实存在种族和民族，但其作用并不是通过权利和公民身份的语言来表达的。从陈素贞（Chan Sucheng）的著作《拒绝入境：排华与美国的华人社区：1882-1943》（*Entry Denied: Exclusion and the Chinese Community in America, 1882–1943*）[128]中可以看出，在美国政治语境中，撰写华裔被排斥现象的大多数亚裔美国学者都诉诸于公民身份的理论范式，以此作为闯入美国政体这块巨石的理论楔子。在中国语境中，清末政治形势颇为复杂。在几本小说中，"中国性"作为集体的种族意识被作为一种帝国主义的反作用力被唤醒。其作用主要是为了在情感上号召读者参加反对帝国主义的斗争。在这方面，这一文学主体在社会功能方面与当代亚裔美国文学和大多数西方现代主义文学都大不相同。此外，作用的问题与我们对小说形式的阐释是相关的。在清末，类似于西方文学的新文学仍然处于形成的过程中。这些关于华人移民的小说采用的仍然是传统的情节形式，因此，不能从单一角度清楚地确定作者的主体地位。尽管如此，还有其他断言代理的方式。与《金山歌集》不同，小说通常更强调中国劳工的"中间旅程"（middle passage）。《苦社会》（*Bitter Society*）[129]，通常被认为是最成功的作品，充满了对跨太平洋旅程中移民苦难的生动描写。在大多数情况下，这些"中间旅程"的故事被戏剧化地、感性地渲染，以便可以博取读者的眼泪，并激发公众对政治参与的热情。正如安德鲁·内森（Andrew Nathan）和李欧梵（Leo Ou-

---

127 Lo Ch'uan-Fang. "American Dislike for the Chinese". *The China Critic*. November, 1936.

128 Sucheng Chan ed. *Entry Denied : Exclusion and the Chinese Community in America, 1882-1943.* Philadelphia: Temple University Press, 1991.

129 《苦社会》，上海：上海图书集成书局印行，1905 年。

fan Lee）所论证的那样，世纪之交的中国文化的显着特征是"对社会的批判性理解"与对主观情感的感性启示的结合，后者常常被用来"证明作者目的的严肃"。[130]在反排华文学中，私人的感性与公共的种族和民族主义意识之间的这种联系也很明显。有时，这种公共呼吁是通过外国文学的帮助发出来的。例如，那个时期的流行著作之一，斯托夫人的《黑奴吁天录》（*Uncle Tom's Cabin*,《汤姆叔叔的小屋》）。在这本小说中译本的"跋"中，译者林纾表现出一种倾向，即从美国奴隶制的历史来看中国的困境。这种互文参照使我们想起了许多第一代亚裔美国作家，如赵健秀。林纾写道：

> 余与魏君同译本书，非巧于叙悲以博阅者无端之眼泪，特为奴之势逼及吾种，不能不为大众一号。近年美洲厉禁华工，水步设为木栅，聚数百远来之华人，栅而钥之，一礼拜始释，其一二人或踰越两礼拜仍弗释者，此即吾书中所指之奴栅也。向来文明之国，无私发人函，今彼人于华人之函，无不遍发。有书及'美国'二字，如犯国讳，捕逐驱斥，不遗余力。则谓吾华有国度耶？无国度耶？观哲而治与友书，意谓无国之人，虽文明者亦施我以野蛮之礼，则异日吾华为奴张本，不即基于此乎？[131]

从以上段落中，我们得出了美国背景下的奴隶制历史与中国劳工被排斥之间的相似之处，因为这两个事件都与帝国主义背景下的一个民族的屈从相关。这段话的作者林纾呼吁民族作为解放的主要机构。但是，他没有明确表明个人应为作为国家的主体承担多少责任。像大多数反排斥文学的作家一样，林纾以与安德森对现代国家的论述不同的方式构想了政治统一。因此，这些作品必须只能以自己的术语来理解。

在阐述了这一历史和文化背景之后，我将特别讨论《黄金世界》中的离散的想象。作者用了笔名"碧荷馆主人"来撰写《黄金世界》，该书于1907年在文学杂志《小说林》上连载。小说的主题是民族统一，但民族统一不是用始终如一的"中国性"来体现的，而是更多地体现在反排斥社会运动背景下作家对中国社会的全景描绘中。这本小说的结构特别复杂，它包括许多有关

---

130 Leo Ou-fan Lee and Andrew Nathan. "The Beginnings of Mass Culture: Journalism and Fiction in the Late Ch'ing and Beyond" In Dvid Johnson et. al. eds. *Popular Culture in Late Imperial China*. Berkeley: University of California Press, 1985, p.383.

131 R. David Arkush and Leo Ou-fan Lee. *Land without Ghosts*. Berkeley: University of California Press,1989, p.79.

劳工、商人和学生向美国和古巴移民的不同故事。小说从陈阿金及其妻子陈氏的故事开始。他俩是一对年轻夫妇，居住在广州乡下。被迫还清赌债的阿金同意到古巴去当劳工，但要求把妻子带着。在本书的前三分之一中，作者揭露了奴隶船上恶劣的生活条件以及不断遭受酷刑和强奸的威胁。这部分以阿金妻子被调戏和这对夫妻的分离等令人不快的事件结束。

在描述了阿金与妻子的分离后，作者描绘了一个爱国的海外商人夏建威，他放弃了在纽约的生意，并决定参加中国的反排华运动并发展民族工业。还有另一个移民团体声称自己是明朝的一个王子鲁王的后代。在这个故事发生大约 300 年之前，中国被满族士兵占领后，不得不流亡到一个无名岛上。鲁王的故事与阿金的故事之间的结构性联系是对阿金妻子的奇迹般的营救，每个人都以为阿金的妻子在小说的前三分之一的结尾时就死了。为了帮助陈氏寻找失散的丈夫，这个岛的岛长张怀祖和他的妻子张氏开始了前往古巴、美国和英国的漫长旅程。他们不让在古巴和美国登岸，最终他们在英国定居并进了一所学堂。除了这三个平行的叙述外，还有一个关于俩父子的故事。他们都是传统的文人。他们被劳工招聘者绑架，扔到奴隶船上，从而有机会见证和经历艰辛的经历。他们的社会阶层通常没有被暴露。这些人物来自不同的社会背景，有着不同的移民经历，碰巧乘同一艘船返回中国，在那里他们发现他们同意致力于反排华社会运动。

以船为契机将各个群体的叙事联系在一起，而不是着眼于某个特定人物的故事，因为主角必须起源于一些以情节形式写成的中国前现代小说如《三国演义》。在"五四"运动后，这种前现代文类被"新文学"的作家们遗忘。尽管评论家阿英赞同"反排华文学"的社会意义，但他对它们的形式有所保留，认为这部小说由于缺乏戏剧张力和中心而在风格上存在缺陷。

在对反排华聚会的描述中，作者以女性为特色，由此保留了晚清时期如何处理性别问题的记录。这部小说描述了三种类型的女性角色，都是出于同情心。一种是以张氏为代表的直言不讳的女性革命者。另一种是以应友兰为代表的感性的家庭主妇。第三类是具有神秘力量但似乎与社会和政治问题无关的精神女性，此类型的代表是苏隐红。在一个由女性反排华组织的会议上，由张氏撰写的公开演讲被提前印制并分发给了听众，主要是女性。张氏从女性的角度表达了对民族主义的拥护。

> 在母之眼帘中，只见为子，不见有何阶级。并且他人视之愈贱，

> 醾之愈甚者，母之于子，则怜之愈深，护之愈力。例如道有饿夫，
> 男子斜睨而过之，女子则必有多寡之助。足见人群的感情，女子自
> 优于男子。[132]

从这段引文中，我们可以看出，《黄金世界》的作者显然认为性别平等是民族主义建设的重要方面。通过描绘张氏等女性革命人物，他鼓励女性像男性一样参与政治活动，并承认她们作为"国民之母"的特殊作用。考虑到小说的民族统一的政治目的，并在一定程度上实现了同质化，我们或许可以理解为什么性别和阶级差异似乎并不是作者关注的主要问题。作者刻意选择不给大多数革命女性人物起名字也表明了对差异的缺乏关注。她们仅以丈夫的姓氏来称呼。但是，有少数在其他女性面前提供了遭到令人流泪的排斥和拘留的证词的女性，她们是以自己的名字来命名的。

一位女性公众人物叫应友兰。她前往美国寻找丈夫和儿子，他们都是《排华法案》实施后离开中国的商人。登岸后，移民官员想立即将她遣回。当她抗议自己有美国驻香港领事署签发的移民文件时，她被暂时拘禁在天使岛候审。同时，她从一个熟人那里得知她的丈夫和儿子在被命令离开美国后都自杀了。小说中，尽管应友兰的遭遇比任何现有的拘留和驱逐出境的历史记录都更具戏剧性，但她的证词对她的女性观众产生了很强的影响。"惺惺惜惺惺，情不自禁，早已珠泪偷弹，细声若泣。"[133]

苏隐红，是一位女侠，其名字是两位著名的武士隐娘和红线的结合。苏隐红有自由的精神，即使她同情反排华运动，她也不喜欢被政治承诺或公共活动所束缚。苏隐红和应友兰与张氏等女性革命人物的对比使小说对性别问题的看法倍增。在张氏眼中，苏隐红是"厌世主义"和"不合现时的趋势"的，但这种批评并不能阻止她热情地接受苏隐红作为岛上的新成员。这是一个自治社会的象征，在这个自治社会中，每个人都扮演着一个角色。在小说结尾，每个人物都回归了。苏隐红有两样东西可以帮助她找到通往这个乌托邦的道路，一只她的道家师父造的皮纸小舟和一张地图。在小说的最终结局

---

132 Bi He Guan Zhu Ren. "*Huang Jin Shi Jie*" (*The Golden World*) In Mao Defei ed. *Huang Jin Shi Jie. Ku She Hui* (*The Golden World. Bitter Society*). Zhengzhou: Zhongzhou Chubanshe, 1985, p.226.

133 I Bi He Guan Zhu Ren. "*Huang Jin Shi Jie*" (*The Golden World*) In Mao Defei ed. *Huang Jin Shi Jie. Ku She Hui* (*The Golden World. Bitter Society*). Zhengzhou: Zhongzhou Chubanshe, 1985, p.233.

中，作者以一种有趣的方式提出了传统神秘主义和现代主义思想的合作。

由 19 世纪末的反排华抗议活动引发的虚构社区向人们展示了这部小说的主要特征，为他们提供了多种确定自己身份的可能性。现代国家，尤其是根据后殖民学者帕塔·查特吉（Partha Chateijee）的观点，那种在西方现代国家的认同与差异之间摇摆的现代国家，是最多的选择之一。小说中的主人公们可以灵活地就新的"黄金世界"的形式做出自己的政治决定。例如，由于在这个政治运动中缺乏团结和商人的破坏性行为的暴露，夏建威决定放弃他原来的计划，退出这场斗争。这一细节表明，作者对中华民族的自我认同是否能够解决该国内部的社会问题以及移民的状况还不确定。与译者林纾在我前面引用的段落中将流亡等同于民族身份的丧失不同，《黄金世界》的作者认为离开中国是建立一个新的替代性社区的机会，其每个方面都比中国和美国更先进。正如夏建威所说，"黄金世界"是永恒的"父子兄弟夫妇朋友子子孙孙"的殖民地，比"现在文明国"胜过十倍[134]。

保罗·吉尔罗伊（Paul Gilroy）对 19 世纪黑人作家马丁·德拉尼（Martin Delany）的小说《布莱克》（*Blake*）的描述与此极为相似。这只小舟是《黄金世界》中的一个重要隐喻。除了提醒移民们的苦难外，这里还是破碎家庭团聚的地方，也是小说的主要人物结识的地方。因此，它象征着反对美国排华社会运动在政治联盟中的不断变化和令人担忧。它也是一个现代商业的隐喻和结构上的联系，将小说中个人的不同生活连成一个像似社区的东西。作者将船上的所有意象放在一起，给这个象征符号注入了充满情感矛盾的位置和位移、绝望和希望、幻灭和幻想。故事的结尾，每个人都回到了怀祖的小岛，爱国的夏建威决定与他具有务实精神和道家精神的朋友怀祖共同努力，建立一家轮船公司。怀祖是前朝政治流亡的后代，是中国古典小说如《三国志》中的刘备那样的平凡人物。这些角色的常规举动是为他们的祖先战斗以夺回王位。然而，在这本书中，怀祖满足于与社会隔绝的生活，更像是桃花岛传统故事中的匿名主角。而且，怀祖过分世俗，对"政治自治"有自己的现代解释，这进一步违背了我们的期望。在他的领导下，这座岛上的一个常设机构是一所学校。英语，而非中国经典，是其常规课程的一部分。他对采用西方的实业知识特别感兴趣，还创办了一所培训水手和技术员的商船学堂，并鼓励岛上的妇女们去欧洲学习，

---

134 Bi He Guan Zhu Ren. "*Huang Jin Shi Jie*" (*The Golden World*) In Mao Defei ed. *Huang Jin Shi Jie. Ku She Hui* (*The Golden World. Bitter Society*). Op. cit., p.298.

以便她们返回来后能够"毅然投身教育，能破作恶俗的人民，养成严格的国民"[135]。小说结尾告诉我们，岛上已经逐渐形成了一个自给自足的社会，配备了诸如采矿、印刷和纺织等现代产业以及法律、政治、商业、理化和机械。这种解决方案抓住了散居者想象空间的本质，用保罗·吉尔罗伊的话来说就是，空间表现出"一种非传统的传统，一种不可简化的现代的、前中心的、不稳定和不对称的文化整体，它无法通过二进制编码的摩尼教的逻辑来理解。"[136]

我认为亚裔美国人社区是"不稳定且不对称的文化合奏"，与吉尔罗伊在其著作《黑色的大西洋》（*The Black Atlantic*）中所倡导的相似。在很大程度上，这种文化合奏是不受限于单个国家边界的现代性的不同经验影响的。除英语外，其他语言通常被用作其艺术媒介。在本文中，我将讨论亚裔美国研究和现代中国研究对"海外"的争论。尽管这两个学科都涉及身份问题，但对这三位作家的批判性接受反映了加亚特里·斯皮瓦克（Gayatri Spivak）所称的"制度主体地位"（institutional subject-positions）。尽管本文不是对这些观点的全面考察，但我认为，重新思考这些观点并缩小它们在某些领域的差距是朝着更完整地描述散居者的方向迈出的重要一步。

将亚裔美国研究和现代中国研究的观点联系起来的目的是可以为塑造"海外"空间的多种历史创造更多的空间，因为对这三位作家的历史关注是我们避免仅以话语形式或抽象差异来呈现"海外"的唯一途径。在描述这三个案例研究的谱系时，我考虑到以下事实：这三位作家不仅有不同的主体位置，而且对文学的社会功能有不同的期望。相比其他两位作家，赵健秀希望文学在身份的形成方面发挥更直接的作用。这些关于文学和社会的不同观点本身就是"海外"文学想象的一部分，在许多层面上，这些想象都带有张力、抑制和制度上的限制。然而，与此同时，正如小说《黄金世界》提醒我们的那样，自19世纪中叶以来，华人的移居和离散一直是我们历史上一个真实且始终如一的主题。我认为，利用这种张力来培育批评干预的新场所，而不是在一门学科与另一门学科之间竖起界限是有意义的。

六、书写外交：冷战时期跨太平洋的翻译、政治与文学文化

2018年，哥伦比亚大学 L. Maria Bo 的博士论文《书写外交：冷战时期跨

---

135 Bi He Guan Zhu Ren. "*Huang Jin Shi Jie*" (*The Golden World*) In Mao Defei ed. *Huang Jin Shi Jie. Ku She Hui* (*The Golden World. Bitter Society*). Op. cit., p.259.

136 Paul Gilroy. *The Black Atlantic*. Cambridge: Harvard University Press, 1993, p.198.

太平洋的翻译、政治与文学文化》发表[137]。除"导论"和"结语"外，作者分四章分别对四个华裔作家林语堂、张爱玲、黄玉雪和聂华苓在冷战时期的文学创作进行了比较阐释：第一章为《不可译：林语堂、文化外交与情感翻译》；第二章为《海外的自由：张爱玲、欧内斯特·海明威与冷战时期对真相的翻译》；第三章为《语言课程：翻译黄玉雪的〈华女阿五〉与〈美国种族的形成〉》；第四章为《转换的对话：聂华苓与爱荷华"国际写作计划"的合作翻译》。该节拟对"摘要"和"导论"中的相关内容进行摘译。

（一）摘要

本文探讨了在冷战时期文学翻译如何调停中美之间的文化外交。我将重点介绍畅销的双语作家林语堂、张爱玲、聂华苓和黄玉雪，展示这些"冷酷的战士"在创作和翻译文学作品时是如何对政治界限、概念和议程进行调停的。他们的作品，通常被分为亚裔文学与亚裔美国文学，在这里被我当成同一意识形态斗争中的产物来进行阅读，即便它们超出了冷战时期、被极化的民族国家和学科经典的传统界限。这四位作家一起，表明了跨国文化生产的新形式，这些新形式塑造了遏制、宣传、抵抗非殖民主义和种族化的政策。因此，该项目将翻译理论化为意识形态自身的形成过程，而不是将其仅视为交流的媒介。最后，通过考察冷战时期的语言交流，将民主与共产主义之间的彻底的意识形态斗争重新配置为由翻译所开启的空间中的模棱两可的冲突，重新定义我们所认为的亚裔美国人。

（二）导论

在聂华苓的小说《桑青与桃红》（*Mulberry and Peach*）（该小说于 1980 年由中文译成英文）中，一个较早出现的场景是，中国女主角回避一位到她家探望的美国移民局官员的讯问：

> "别开玩笑。我是代表美国司法部移民局来调查桑青的。……我需要你的合作。请你把桑青的事讲给我听。"
>
> "好。且听我慢慢道来。"桃红躺在地板上，头枕两手，幌着二郎腿，不住嘴地说下去。她说的是中文。
>
> 移民局的人不懂，在房里来回踱着步子，把地板上的东西踩得

---

137 L. Maria Bo. "Writing Diplomacy: Translation, Politics, and Literary Culture in the Transpacific Cold War". Ph. D. dissertation, Columbia University, 2018.

沙沙响。他打了几次手势叫桃红住嘴。她仍然用中文不停地说下去。风一阵阵吹来。

"请问,"移民局的人终于打断了她的话。"我可不可以用你的洗手间？"两片大墨镜在鼻梁上溜下去了，露出两丛浓黑的眉毛。仍然看不见他的眼睛。

"当然可以。"

他再走进房的时候，桃红站在窗口，朝窗外淡淡笑着。

移民局的人拿起公事包走了，连一声再见也没有说。[138]

在这个场景中，紧张／失败的交流充满了无以言表的意义。它在私密的披露和无法逾越的距离之间摇摆不定：移民局的人的眼睛仍然藏在他的大墨镜后面，与桃红的身体、裸露的乳房和腹部的暴露形成了鲜明的对比。枕着头的双手、幌着的二郎腿和模糊的"叫她住嘴的手势"等肢体语言都指向正在进行的非语言交流。但是，口头语言是真正会削弱对话的力量和流程的东西。桃红用中文做出的回答使她能够在不保留所有相关信息的情况下，向移民局的人提供准确的信息。她故意不翻译，无视他听不懂。当他不合逻辑地请求使用她的洗手间而打断她时，她终于停止了。洗手间私密而实用的空间使得移民局的人逃离了一个空的出口：他再进入桃红的房间，"连一声再见也没有说"就走了。最后，没有什么比沉默更响亮了。

但是沉默到底在说什么呢？一位面无表情的美国政府工作人员试图从一个几乎裸体的中国女人身上获取信息，似乎不是一个分析战后美中文化外交的有希望的开始，除了一个事实，即语言在这里产生了如此强烈的需要加以解释的力量逆转。确实，桃红拒绝翻译使得移民局的人的恐吓变得挫败，并让其对手沉默后退。它是如何做到的呢？它如何将审讯的政治话语变成个人的甚至亲密的沟通渠道？这个场景的模棱两可的动态，即，语言在交流时隐藏起来的方式，甚至在不经意时也在言说，是本文阐述的主题。本论文研究了两种语言之间的移动（英语和汉语之间翻译的必要性）如何形塑了冷战几十年间中美之间文化外交的发展。论文考察了四位作家／译者，即，林语堂、张爱玲、聂华苓和黄玉雪。他们是以不同方式存在的美籍华人，但都有着成为"冷酷的战士"的相似经历。不论他们是否愿意，这四位作家都找到了适合自己的生活和文字，以帮助在民主与共产主义之间划清战线。他们以难民、

---

138 Hua-ling Nieh Engle. *Mulberry and Peach*. Boston: Beacon Press, 1980, p.6.

外交官、学生和流亡者的身份穿过太平洋。他们只是彼此间不经意地相识，从来没有直接对过话，但是，当他们在东西方之间转换时体现了他们时代的意识形态冲突。而且，为了更好地理解冷战时期的文化外交，不管是把每位作家分别作为中国自由主义、中国现代主义文学还是亚美少数民族文化的代表来进行细读，之前都还从未有过。

当把这四位作家一起阅读时，他们会揭示出美国政府为对抗东亚的冷战而采取的更大的战略和假设。从第二次世界大战期间的林语堂开始，本文追溯了随着太平洋地区战争和冲突的爆发，在非专业读者心目中"美国"和"中国"的观念是如何相互排斥而形成的。第二次世界大战后，张爱玲和黄玉雪被美国国务院直接聘用，代表着美国在小说翻译和个人生活方面的价值观。随着聂华苓在爱荷华州大学成立翻译工作室以促进世界各地作家的交流，翻译成为文化交流的手段和目的。在接下来的章节中，我阅读了他们翻译的小说，也阅读了他们用双语写的信、教科书和用多种语言编撰的词典。我考查了详细说明其活动的政治文件，以及不同语言媒体对他们所举办的活动的报道，旨在回答一个关键问题：这里，翻译究竟在做什么？翻译能完成哪些文化和政治工作，特别是当它们被嵌入意识形态的高风险战争时？

必须先翻译向世界"讲美国故事"的任务，然后才能理解它。但是，尽管将翻译视为传递信息的一种手段很诱人，但我认为翻译能够而且必须加以区分，并仔细研究翻译如何影响所讲的故事。战后美帝国主义的扩张使我研究的许多著作广为流传。但我将表明，即使翻译使交流得以实现，翻译也会受到阻碍。尽管翻译有时会促进美国改变"感情与理智"的使命，但有时却与寻求使用它的政策制定者背道而驰。此外，翻译有自己的故事要讲。文学翻译已对形塑种族、文化的真实性和太平洋地区的国际合作产生了至关重要的影响。本文涉及的四位作家向我们展示了书写外交的内容：单词、语法和文体之间的谈判是如何体现意识形态的。他们的翻译揭示了美国在战后是如何定义自己的，即使翻译迫使我们重新对冷战历史本身的界限加以概念化。最后，这些作者通过开放语言之间的界限空间使影响或说服力的标准或简单的叙述复杂化。在这个狭小的空间里，沉默胜过言语。

1. "书籍之战"：冷战时期的文化外交

为了了解冷战期间翻译是如何运作的，我们需要简要追溯两段平行的历史：20世纪中美之间的国际关系史，尤其是两国间在文化外交和文学交流领域的发展。首先，更大的故事是：中美之间的冷战起源于美国的扩张，以及中国在 20 世纪初大力推动现代化。1898 年美国与西班牙之间的战争之后，美国从西班牙手里购买菲律宾通常被视为美国向东亚扩张的开始。这也标志着美国将自己视为超越美洲大陆界限而不断扩大的力量的开始。同时，中国推翻了几千年的王朝统治。1911 年，中华民国成立，标志着其朝着成为西方自由的、现代的民族国家理念迈出了重要一步。西方文学对这种转变的影响很难被高估，因为对巴尔扎克（Honoré de Balzac）、拜伦（George Gordon Byran）、约翰·斯图亚特·穆勒（John Stuart Mill）、儒勒·凡尔纳（Jules Verne）和斯托夫人（Harriet Beecher Stowe）等作家的翻译都影响了中国现代的政治和文学话语。新的文学语言，以及对叙事和政治领域的自我意识的实验在中国出现。因此，在太平洋地区发生了重大变化，因为恰恰是构成自身和彼此关系的中国和美国正经历着巨大的动荡。

尽管如此，在 20 世纪 10 年代和 20 年代之间，中国在美国文学想象中的地位主要被埃兹拉·庞德（Ezra Pound）的意象主义诗歌和表意文字的异国情调所笼罩。第一次世界大战后，由于边界和安全问题引起了极大的焦虑，美国政府于 1924 年通过了《移民法案》（the Immigration Act），该法案全面限制了移民，并完全禁止亚洲移民。《移民法案》是继 1882 年《排华法案》颁布、于 1892 年更新并于 1902 年成为永久性法案之后通过的。该《移民法案》是美国历史上唯一一宗将某一特定民族完全排除在外的法案。这些封闭的边界表明了一种强烈的认同极限：亚洲人不是"我们"。同时，中国有很多自己的问题。20 世纪的民国时期充满了军阀主义、与欧洲大国的港口和领土纠纷，以及日本与日俱增的侵略。20 世纪 30 年代，社会主义在全球和中国的兴起，正是无数作家的作品，最著名的是赛珍珠的《大地》（1931），试图向美国人展示中国人的内在民主。这些作品有着相似的价值观，且可以接受遵循个人权利、私有财产和法治的自由传统。在 20 世纪 40 年代的第二次世界大战期间，人们共同反对日本侵略，中美两国间建立了强大的联盟，这一联盟似乎进一步巩固了他们的同情。到 1943 年，通过积极的行动，《排华法案》最终被废除了。中美间似乎建立了一种长期的伙伴关系。

然而，1949 年毛泽东和共产党的上台标志着这些命运的严重逆转——也许表明，两国之间从来就没有相互的平等关系。当在蒋介石的领导下受美国支持的国民党政府输给毛泽东时，它逃离了大陆，在台湾建立了自己所谓的"真正的"中国政府。反过来，美国人却认为中国大陆是一项"失败"的事业，是一个只能被管理、被忽视或被遏制的意识形态集团。美国迅速转而拥抱曾经发誓为敌的日本，同时放弃了与曾经的盟友中国之间的任何合作构想。红色共产主义的幽灵，对于美国在1947年的杜鲁门遏制声明，是根本无法承受的。就其本身而言，中国大陆在很大程度上忽略了美国的这些恐惧和阴谋，他们满意地抛弃了数百年来的不平等条约和西方帝国主义。

但是，当"铁幕"降落到欧洲各国以及美国与中国大陆之间的所有官方交流都中断时，"感情与理智"的运动才刚刚开始。从这里开始了第二个更特殊的文化外交和文学交流史。因为第二次世界大战后，亚太地区仍有数百万人尚未宣布对霸权大国——中国或美国——的忠诚。这种不结盟意味着仍有很大的空间通过这样或那样的心理战影响那些更小的国家。由此开始了一位旁观者所谓的"书籍之战"（Battle of the Books）。这是华盛顿与北京之间的一场全面宣传战，它动员了美国外交部所有人、书籍出版商和高等教育机构的整个网络来支持民主的或共产主义的文学作品的传播。促成这种交流的不仅是美国政府的妄想症。一位香港本地的名叫徐东滨（William Hsu）的出版商可能说得最好："对自由世界来说，民主的主要威胁是共产主义，而不是斯大林的军队、工业和政治阴谋……整个自由世界，都应动员其文化工作者。应该以小卷的形式，出版、出售和分发成千上万的书籍、小册子、杂志……。应该将它们翻译成每一种语言。它们应该流布到每个地方。"[139]文学媒体成为意识形态价值的移动媒介。徐东滨的愿望实现了。中国大陆与美国之间，无线电静默，但同时又伴随着彼此之间激烈甚至狂热的信息交换。从某种意义上说，官方的交流渠道的关闭使得这些交流的后门被迫打开。文学、翻译的书籍，在战争期间的不同国家间起着调停的作用。

由此，一种特殊的外交文学形式作为在迅速成为"跨太平洋的冷战"中赢得群众的主要手段出现。到目前为止，文化外交的理论化主要集中在对文化的概念界限的界定上。而我认为，为了更全面地了解美籍华裔传播的发展，我们还需要研究翻译。米尔顿·卡明斯（Milton Cummings）将文化外交定义为"国家及其人民之间为了增进相互理解而交换思想、信息、艺术和文化的

139 Letter from William Hsu to James Ivy, December 13, 1951. Asia Foundation records, Committee for Free Asia Collection, Box P-56, Hoover Institution Archives.

其他方面"[140]，这已经意味着它可以是从书籍到展览、电影、运动队和舞蹈团的巡回演出、艺术家、音乐家和交流计划等任何类型的"软实力"（soft power）。普遍且无可争议的是，"民族品牌"和发挥国际影响力的目标。实际上，罗伯特·阿尔布罗（Robert Albro）强调，文化外交是要促进"作为民族强化形式的民族形象"，其中，文化价值被认为是"不言而喻的、轻便的、无上下文语境的……不成问题的、有效的民族价值工具"[141]。因此，"美国"和"中国"通过其文学呈现在国外被推销，文化价值发挥了政治工作的作用。

正如艾恩·昂（Ien Ang）等颇有助益地指出，"文化外交的真正主人翁从来不是抽象的'民族'或广义的'人民'。"[142]相反，它们是考虑到特定的、国家利益的"政府特使"。关于中国和美国传播的想法并不是凭空产生的，它们也不是通过无摩擦的自由贸易和信息渠道在整个太平洋地区颁布的。这些想法是通过特定的文本、机构和网络并通过其具体文本来发现其实质的。北京有中共中央宣传部，而美国则主要依靠美国新闻署。美国新闻署是美国国务院的一个分支机构，其任务是向全世界"讲美国故事"。然而，并不是这个故事中的所有人都是政府的。亚洲基金会等私人组织的使命是抗击远东的共产主义，即使它暗中获得中央情报局的资助也是如此。其他许多私人项目、期刊和组织也自发加入了竞争。因此，跨太平洋的冷战的重要问题不是官方的外交官，而是介于官僚主义和私人利益之间的作家和经销商。例如，林语堂出版了一系列畅销书，将中国翻译成美国的大众消费品时，就既没有为中国政府也没有为美国政府工作。另一方面，聂华苓启动了一些获得美国国务院大力支持的项目，但拥有很大的行政自主权。张爱玲是受美国新闻署直接委托撰写和翻译小说的。但是即使黄玉雪被美国新闻署聘请去访问东亚，她自己的利益与美国新闻署的利益之间也存在很大的摩擦。因此，他们的交易涵盖了从强制到合作的整个过程，并考虑了从个人财源到审美承诺、从文学声誉到民族主义情感的各个方面。这些作家还必须与语言能力和谈判相抗衡，因为正如我所表明的那样，翻译实践与最终展示的文化价值中的任何其他因素一样是格式化的。

140 Milton Cummings. "Cultural Diplomacy and the United States Government: A Survey". Paper presented to the Center for Arts and Culture, 2003, p.1.

141 Robert Albro. *Roosters at Midnight: Indigenous Signs and Stigma in Local Bolivian Politics*. Santa Fe: School for Advanced Research, 2010, pp.383-384.

142 Ien Ang, Yudhishthir Raj Isar and Philip Mar. "Cultural Diplomacy: Beyond the National Interest?" *International Journal of Cultural Policy*, Vol. 21, No. 4, 2015, p.367.

简言之，参与这一意识形态工作的人们所处的位置比仅仅投射力量要模棱两可得多。它们与国家机构的各种互动方式需要一个更灵活的框架来理解文化和政治条件是如何影响外交的。虽然艾恩·昂等已经开始对"文化外交"、"公共外交"、"文化关系"和"软实力"等往往可以互换使用的术语所在的复杂的"语义星座"进行理论化，但更重要的是，其本身是混乱的。的确，"将这些术语混为一谈的普遍趋势"不仅表明文化外交是或应该是什么，而且还可以实现什么，这是不确定性的重要标志[143]。这些概念的互换性既指向其模棱两可的路线——当宣传通过翻译流程时会发生什么情况？也常常指向矛盾的结果：能否单方面确定其策略？我在本论文中研究的作家/翻译家不仅是工具，即使有时他们是这样被描述的。相反，他们不同的文化能力和个人议程在确定在其文学作品中是否能直接传达意义方面发挥了重要作用。

这些作家变得更加间接，在战后重塑政治时他们也变得更加有趣。确实，本论文对翻译、协作、接受和文化定位的关注，开始使我们对亚裔美国人的分期和文学的经典化的传统理解变得更加复杂。通常，亚裔美国人话语的一个分水岭是 1965 年后的移民法，该法律使美国的边界向来自亚洲的移民空前开放。然后是 20 世纪 80 年代在大学校园内举行的抗议活动，这些抗议活动使得亚裔美国研究成为了一个新的学科。传统上，移民叙事之间存在这种紧张关系。在这些移民叙事中，重点是在美国建立生活并在其框架内开展工作。而更多的跨国叙事则是在多个国家的联盟和敏感性之间进行选择。通过召集在这种划分两边的作家，本论文开始表明，这些界限可能比最初的想法更具渗透性。的确，这里作为翻译家和文化外交官呈现的作家们不能被简单地归为是移民的或是跨国的。相反，翻译的镜头链接了 20 世纪中叶的各种紧张局势，包括战时谈判、种族化进程和非殖民化运动，这些都是更大的政治斗争网络的一部分。简言之，冷战的政治对立面揭示了当前亚裔美国框架的局限性和不足之处，这表明跨国和跨语言是战后政治的基础。

这种意识形态上的斗争是通过将文学作为"软实力"来进行的，其将政治作为文化的烙印是不可磨灭的。关于"软实力"的大量工作往往涉及美国在欧洲进行文化外交的方式。第二次世界大战后，美国新闻署的资金投入集中在向大西洋各地派遣音乐家、作家和艺术家，以将"自由世界"的价值观

---

143 Ien Ang, Yudhishthir Raj Isar and Philip Mar. "Cultural Diplomacy: Beyond the National Interest?" Op. cit., p.370.

"出售"给动荡的国家和新独立的国家。弗朗西斯·斯托诺·桑德斯（Frances Stonor Saunders）的开创性著作《文化冷战：中央情报局与文艺世界》（*The Cultural Cold War: The CIA and the World of Arts and Letters*）（1999）与安德鲁·福尔克（Andrew Falk）的《冷战升级：美国异议与文化外交：1940-1960》（*Upstaging the Cold War: American Dissent and Cultural Diplomacy, 1940-1960*）（2010）对激进剧作家的研究以及格雷格·巴尼希瑟（Greg Barnhisel）的《冷战时期的现代主义者：艺术、文学和美国的文化外交》（*Cold War Modernists: Art, Literature, and American Cultural Diplomacy*）（2015 年），一本对现代主义视觉艺术与欧洲的共产主义斗争的情况进行追踪的小说，已经揭示了用以对抗苏联冷战的各种方法和参与者，更不用说这些作家和艺术家与派遣和利用他们的美国政府之间的诸多有争议的关系。

但是，理解跨太平洋的冷战的关键是要注意战后种族的构想和行动的方式。如上所述，美国与中国之间的冷战的一个重要方面是美国向东亚的扩张，此举是基于与东亚地区息息相关的非常具体的种族逻辑。克里斯蒂娜·克莱因（Christina Klein）在《冷战时期的东方主义：平庸想象中的亚洲，1945-1961》（*Cold War Orientalism: Asia in the Middlebrow Imagination, 1945-1961*）（2003 年）中解释了美国将自身重塑为"非帝国主义的世界强国"的特殊需要。在第二次世界大战中遇到纳粹的极端种族意识形态之后，再加上弗朗兹·博阿斯（Franz Boas）在 20 世纪初对人类学领域中种族差异的文化解释而非生物学解释，美国谨慎地提出了作为种族优势的结果之民主。相反，它力求以种族平等为标志，以包容的、多样化的方式向世界推广其民主。同时，有大量的"平庸文化"的美国声音（如作家詹姆斯·米切纳 [James Michener]、作曲家理查德·罗杰斯 [Richard Rodgers] 和戏剧家奥斯卡·哈默斯坦 [Oscar Hammerstein] 的声音）要求推进建立与东亚国家之间的联系，尽管官方政策要求对其进行遏制。克莱因称这种逻辑为"一体化的全球想象"，旨在增进与东亚国家之间的相互了解，并"将美国的全球扩张设想为在互惠体系内进行"。在这个新体系中，"美国没有通过他人的胁迫和征服追求其赤裸裸的自身利益，而是进行了使各方受益的交流。"[144]这与西方以前在东亚的影响完全不同，其影响包括彻底的帝国主义征服和经济自利。

---

144 Christina Klein. *Cold War Orientalism: Asia in the Middlebrow Imagination, 1945-1961*. Berkeley: University of California Press, 2003, p.13.

通过将眼光放在互惠与融合上，美国得以使用"广泛的种族宽容和包容性话语，作为加强其战后扩张的官方意识形态"[145]。换句话说，美国可以保留自己的慈善形象，同时在整个东亚和东南亚扩大其影响力。它的扩张本应改善亚洲人的生活，而不仅仅是促进美国的利益。克莱因指出，随着整个亚洲和非洲的前殖民地开始去殖民化，这一策略在 20 世纪 50 年代和 60 年代尤为重要。在这些独立运动和民族主义情绪的浪潮中，美国要做的最后一件事是成为下一个殖民者。那么，在战后初期，美国人不得不回答的一个微妙的问题是："在非殖民化时代，我们如何将我们的国家定义为非帝国主义的世界大国？"[146]换句话说，美国的新全球霸权与欧洲大国在亚洲的霸权有何不同？克莱因的论点是建立在以美国为中心的英语文学中，该文学构成了"平庸的想象"。本论文不仅提出了这些问题，还为其增加了重要的中文文献资料。简言之，尽管克莱因描绘了令人信服的美国渴望与东亚相融合的画面，但本文还阐述了构想这种融合的美国想象所需要的翻译过程。如果我们用其他语言来考察其他的声音，美国在亚洲的扩张故事看起来会有什么不同呢？的确，当通过翻译矩阵来进行整合时，整合将如何付出代价呢？

因此，对翻译的审查促使我们分析体现美国自由主义价值观的书籍的传播。即使有其跨国框架，本文的重点也仅是讲双语文化外交故事的一个方面，即美国对亚洲的自我投射，尽管这种说法的一个隐含主张是，这个故事的许多其他方面都存在。而且，根据雷蒙德·威廉姆斯（Raymond Williams）的说法，如果文化外交实际上是一种"展示的文化政策"，那么其目标则包括在国外投射自己的形象，以及管理事件以确保人们以赞成的眼光来看待这种投射。但是，投射和感知这两个过程都暗示着外在和现实之间的滑动，这是一种需要加以维护的不完美的关联。我对翻译的关注使我们能够进入这种不可通约的空间，即专注但不完善的沟通策略的混乱。历史学家入江昭（Akira Iriye）称美国在东亚的战后设计是一系列"视觉与力量之间的错综复杂的相互作用"，其中，"美国在原则上反对领土的强化，这与解放的太平洋地区的理想的自由愿景是不相符的。"[147]但是，美国在朝鲜和越南的战争以及在日本和菲

145 Christina Klein. *Cold War Orientalism: Asia in the Middlebrow Imagination, 1945-1961*. Op. cit., p.11.
146 Christina Klein. *Cold War Orientalism: Asia in the Middlebrow Imagination, 1945-1961*. Op. cit., p.9.
147 Akira Iriye. *The Cold War in Asia: A Historical Introduction*. Prentice Hall, 1974, p.69.

律宾的持续军事存在，使得这些关于控制和统治的主张很难被驳斥。同时，国务院将数百万美元注入私人组织（如亚洲基金会）以及与美国新闻署相关的个体出版商、书商和发行商，显然是为了推动意识形态上的（即使不是领土上）的强化。对于想成为一个帝国主义强国而非看起来像一个帝国强国的美国来说，文化外交是发动一场观念战的完美工具。

2. 跨越太平洋

那么，我们如何看待"跨太平洋的"空间呢？一场关于我们该如何围绕地理、政治和文化形态进行分析的重要辩论正在涌现。的确，有些学者会说，冷战期间美国的自我投射并不是什么新鲜事物，而仅仅是延续了数百年的镜面自我反射和幻想的实践。阮清越（Viet Thanh Nguyen）和珍妮特·霍斯金斯（Janet Hoskins）的《跨太平洋研究：一个新兴领域的构筑》（*Transpacific Studies: Framing an Emergent Field*）（2014 年）断言，对西方来说"太平洋"不仅长期以来一直是差异的极限案例，而且"太平洋这个概念与经济扩张和统治幻想是分不开的"[148]。实际上，在这个概念中，东方长期以来一直遭受西方的领土和经济掠夺，其历史是漫长的西方统治和东方抵抗。在黄云特的《跨太平洋的想象》（*Transpacific Imaginations*）（2008）中，"太平洋"是一个更加灵活的"相互竞争的地缘政治野心与文学和历史的鸿沟之间的接触带，其中充斥着扭曲、半真相、渴望和情感负担，但从未被完全解决"[149]。太平洋地区既是一个虚构的空间，也是一个帝国争夺的场所，长期以来一直是布鲁斯·卡明斯（Bruce Cumings）所谓的"视差"（parallax vision）的幻影：自我的欲望相互融合并强加于彼此。虽然阮清越和霍斯金斯主张用一个新术语"跨太平洋"来取代较老的、更具资本主义观念的术语如"亚太地区"或"环太平洋地区"，其实际上构成了政治、地理、文学和历史之间仍然不确定的最新结构，或者充其量只是"想象中的"。该术语仅笼统地概括了"在'美国'与'亚洲'之间的民族、文化、资本与思想之间的交流"[150]。

我选择在我的论文中使用"Transpacific"（跨太平洋的）一词，而不是

---

148 Viet Thanh Nguyen and Janet Hoskins eds. *Transpacific Studies: Framing an Emerging Field*. Hawaii: University of Hawaii Press, 2014, p.2.

149 Viet Thanh Nguyen and Janet Hoskins eds. *Transpacific Studies: Framing an Emerging Field*. Hawaii: University of Hawaii Press, 2014, p.2.

150 Viet Thanh Nguyen and Janet Hoskins eds. *Transpacific Studies: Framing an Emerging Field*. Hawaii: University of Hawaii Press, 2014, p.2.

简单地使用"Sino-U. S. literary culture"（中美文学文化）是因为，与两个民族国家、两个地理区域和两个孤立的读者相比，在这些文化外交互动中所涉及的利害关系更多。苏真（Richard Jean So）将"跨太平洋的"这个概念定义为"一个鼓励我们超越二进制框架来思考权力，并重新发现因开发而充满活力的空间网络"[151]。的确，在《跨太平洋社区：美国、中国以及文化网络的崛起与衰落》（*Transpacific Community: America, China, and the Rise and Fall of a Global Network*）（2016 年）中，苏真考察了中美之间的文学交流是如何构成两次世界大战之间未曾讲述的历史。两国的激进左派和自由主义者能够在文学叙事、作品和翻译的共同领域中找到共同点。与此同时，电报和广播等技术的进步使"跨太平洋的"比以往任何时候都更加紧密地相互联系。然而，苏真总结说，"跨太平洋社区"的时代是以冷战时期的开始而"失败"告终的。这种两种文化可以在文学调停中相遇并找到"暂时一致"的充满活力的交流在冷战的僵硬对立中是无法幸存的。在一般情况下，苏真的推测是正确的。第二次世界大战后，作者被授权在预定的意识形态框架内写作，明确地宣布自己的忠诚，实际上确实减少了个体代理人通过政治联系和文学目的的替代方式来进行思考的可能性。

　　但是，从根本上说，我对苏真关于战后跨太平洋沉默无声的说法予以质疑。这篇论文表明，冷战的爆发并未使文学交流停滞不前，而是将这些声音推向了不同的渠道。官方交流可能已经停止，但这只会带来新的交流方式，尽管这种方式会受到更多限制。的确，在冷战时期出现的较少是由技术介导的网络，而更多是旅行翻译家群体，他们彼此之间的联系不那么直接，而是通过共同的迁徙模式和被控制的政治力量间接地联系在一起。招募张爱玲并将黄玉雪的作品推向市场的理查德·麦卡锡（Richard McCarthy）的图书翻译项目、聂华苓在爱荷华大学的国际写作计划、在国际联盟和联合国教科文组织的帮助下林语堂为美国读者准备的双语词汇表，都是在各种外交策略的共同作用下进行的，它们连接了上海、台湾、北京、东南亚、旧金山、华盛顿和美国的中心地带。他们并不总是直接为美国或中国读者写作，而是经常写信给散布在东南亚和美国唐人街的海外华人社区。因此，通过这些作家所产生的是一种跨太平洋的、比以前所认为的更加跨地区和跨殖民的东西。这些作家们徘徊在厚厚的信息交流的

151 Richard Jean So. *Transpacific Community: America, China, and the Rise and Fall of a Cultural Network*. Op. cit., p.36.

边缘，相互之间被纵横交错的线相连，却从未彼此直接相连过。

因此，本文研究的政府文件和信函通常指的是被作为同一意识形态系统中、由相同关键人物链接、被归为同一语言世界的一部分的地理空间。"跨太平洋的"是一个必须从结构上加以理解的范畴，是一个相互联系的整体，而不是孤立的国家。毕竟，一旦陷入共产主义，就可能会对其他所有国家产生多米诺骨牌效应。这篇论文澄清了直接响应冷战的紧急状态和需求而产生的这种混乱的空间。同时，通过对这些作家的思考也有助于我们扩大冷战本身的典型时间界限。例如，林语堂在 20 世纪 30 年代的工作对于设定战后时期的中美双语对话术语产生了深远的影响。尽管聂华苓的"国际写作计划"最初是建立在冷战的逻辑和恐怖基础上的，但它在今天仍然很受欢迎。综上所述，这些作家超越了通常的、支配着我们对冷战的理解的 20 世纪 50-80 年代后期的范式。相反，他们将意识形态斗争的政治力量与较旧的和更多是同时代的政治趋势联系在一起。由此，将重点放在翻译工作上不仅可以延伸和阐明冷战的历史，还能将历史与更大的框架重新联系起来而不仅仅是战后对俄罗斯和"红色中国"的叙述将会引导我们承认这段历史。

苏真将东西方关系的发展描述为从 18-19 世纪的"幻想"或"想象"到 20 世纪初转变为"社区"和"融合"。在冷战时期，我们所拥有的是一种外交，一种由国家批准和建立的关系，旨在根据自由民主、一体化的种族逻辑和坚定的反共主义的特定标准，有意使社区团结结盟。这篇论文表明，文学对跨国的、跨语言的对话的调停一直持续到了冷战时期。实际上，由意识形态矛盾所决定的沟通方式所促进的活动比任何人想象的都要多。如果认为我在文中研究的文本仅仅是为宣传那就错了。相反，我的章节显示了过多的思想、涵义和文学形式，这些思想、含义和文学形式无法融入美国意识形态计划形成的交叉点。这种"过多"是指风格上的创新和令人惊讶的融合，尽管民主与共产主义之间存在两极分化，但正因为如此，比如，黄玉雪敏锐地了解了林语堂，并在自己无法胜任这项任务时将他推荐给了美国国务院。同时，聂华苓将张爱玲在定居爱荷华州后的作品收入文集并对其进行翻译，以期为美国读者描绘一个新的中国。驻香港的美国新闻署官员理查德·麦卡锡，或认识他们中的个别人，或全部都认识，并不知疲倦地制定该如何最好地定位他们的战略以促进美国在东亚的利益。我所考察的作家之间并没有常常互相写信，而是都深刻地意识到在广义的文化斗争中彼此间的相处如何胜过任何个体。因此，他们所写的东西产生了并列的、横向的影响和意义，而不仅仅只是自上而下的意识形态宣传。

通过政府项目的调停，或通过相互翻译彼此的作品这种亲密关系，这些作家中的每一个都只间接地认识。结果是，他们自己的代理机构和选择权受到自己无法控制的紧急情况的限制。但我选择不忽略这些限制，甚至不说这些作家能够取代它们。相反，本文认为，那些资金的、资源的、社区的或语言的限制，正是它们为各种惊人的翻译形式／效果的出现提供了条件。例如，一些作家试图使其翻译更加顺畅，以消除它已经发生的事实。其他人则试图通过将两种语言放在同一页上来强调并利用这个过程。本文从形式的角度来对待翻译，将其作为创造意义的东西，也将其作为嵌入在自身的调停和意义创造框架内的东西。它不存在于调停结构之外。就像各章中的文学文本一样，翻译本身也成为被分析和被理论化的对象。毕竟，是通过翻译，美国得以开始宣称对跨太平洋的一体化和互惠开放。也是通过翻译，美国使自己的宣传计划的证据得以消失，并试图说服讲华语的观众了解其价值观的普遍性。

接下来我将进一步将翻译理论化。但首先，还需要最后再一次提及"跨太平洋的"。丽莎·米山（Lisa Yoneyama）已将其"跨国性"（transnationality）理论化为"不仅仅是跨越民族国家边界的运动或多个国家行为者和地区之间的交流"[152]。相反，米山写道，"跨国性""包括叛乱的记忆、反知识和受以民族国家为中心的话语和制度所管制的虚假身份制约。"[153]当我们研究冷战时期的文学翻译网时，就会出现这种"反知识"的过度现象。连接林语堂、张爱玲、聂华苓和黄玉雪的力量和被分开的历程的因素确实超出了任何国家的、学科的或语言的框架。他们既不是简单的中国人或美国人，只是被"亚裔美国研究"或"东亚研究"所断言。他们的跨国性的模式阐明了不愉快的意识形态的联系，这促使我们考虑新的联系途径，而不仅仅是重新处理那些熟悉的自相矛盾的东西。相反，它们在不同语言之间的操纵构成了一个重要的途径，使我们不仅可以浏览冷战历史的混乱世界，而且还可以思考中美之间可能存在的替代历史，那些在之后的政治策略中变得不可见的历史。最后，在冷战时期出现在美中之间的"跨太平洋的"是一个尖锐

---

152 Lisa Yoneyama. *Cold War Ruins: Transpacific Critique of American Justice and Japanese War Crimes*. Durham: Duke University Press, 2016, p.7.

153 Lisa Yoneyama. *Cold War Ruins: Transpacific Critique of American Justice and Japanese War Crimes*. Durham: Duke University Press, 2016, p.7.

的口号与含蓄的批评、大喊大叫的事实与默默无闻的努力、绝望的流亡与高超的手腕并存的空间。但是它的模棱两可也使它成为一个产生新的感觉、知识和写作形式的空间，它既解决了我们当前的一些文化刻板印象和种族分离，又为我们提供了重新调停它们的工具。下一节我们将专门研究翻译是如何使我们做到这一点的。

3. 论翻译

本文阅读了四位华裔美国作家，这为实践外交所涉及的细微差别提供了启示。这些作家典型的区别在于他们语言的流动性：所有双语的作品都以英文和中文两种语言出现，因此他们被要求以亚洲研究与亚裔美国研究之间的学科划分来加以断言和阐释。但是，本文的一个前提是，外交并不先于语言，就好像它可以存在于语言之前或之外一样。相反，外交被写下来，然后在其被翻译（被转换）成单词的英文"根源"时以意想不到的方式将其转化为其他语言、文字和语境。我关注这些影响，以使冷战时期的文学、政治和认识论框架浮出水面。在接下来的章节中，我将对文学文本进行分析，以协助探讨这些框架。对真理的叙事和翻译之间的错位会丢失什么？是谁在用哪种语言对哪些读者说话？当意识形态文本通过语言转换而被释放到世界时，又有什么危险呢？刘禾（Lydia Liu）这样描述翻译的"事件性"（eventfulness）：翻译不是"匹配单词或在语言之间建立含义的对等关系的自愿行为"，而是"一种不稳定的赌注，它使文本或符号具有话语移动性"[154]。每当从一种语言和文化向另一种语言和文化提出要求时，下赌注都暗示着固有的风险。思想，尤其是政治思想，在没有价值参与的情况下永远都不会传播。刘禾是在这种意义上将翻译描述为还带有机会的元素："下赌注释放了文本的多样性，并为不确定的未来，而不是不确定的政治的未来打开了大门。"[155]在战争、动荡和流放中，所有译者都亲身经历了这种不确定性。他们无论是为了利润、国民服务还是仅仅为了生存而翻译，都导致了其作品真正的多样性和不可预测性。他们所产生的（通常是意想不到的）影响导致了超出逃脱典型的冷战文化形态的纯粹政治决定论。

本文通过认真对待翻译（甚至是"不好的"翻译）所做的文化工作来进

---

154 Lydia Liu. *Tokens of Exchange: The Problem of Translation in Global Circulations*. Durham: Duke University Press, 2000, p.153.

155 Lydia Liu. *Tokens of Exchange: The Problem of Translation in Global Circulations*. Durham: Duke University Press, 2000, p.153.

行。与刘禾的观点一致，劳伦斯·韦努蒂（Lawence Venuti）写道："翻译不能根据基于数学的语义对等或一一对应的语义对等概念来判断。"[156]与其宣称某事是"不忠的"或"坏的"，不如问是文化领域的哪个"错误"（韦努蒂在其他地方称之为"残余"）在做什么更富有成效。除了苏真关于跨太平洋的研究作品外，众多文化外交研究都没有承认翻译过程产生的效果，更不用说对其进行研究了。本论文试图填补这一空白，探索当我们将翻译视为决定获取、意识形态和文学形式的本身过程时变得可见的见解。翻译没有任何做到了这一点的方法。林语堂亲自参与了充斥着技术和大众传播的早期的汉字书面语罗马化的工作，张爱玲在美国新闻署的图书翻译项目中寻求庇护，聂华苓发明了一种合作翻译法，黄玉雪向世界展示了唐人街的文化魅力。我所考察的每一位作家并不仅仅将自己视为小说家或作家，他们还将自己视为翻译家，是在不同的文化体系、价值观和阐释方式之间进行调停的人。他们处在这些模棱两可的位置上的事实，有助于揭示冷战时期道德和意识形态的复杂性，即便是在当他们对传统的二元论和时代边界提出质疑的时候。

　　总而言之，他们的各种影响不仅表明了文化外交的既定目的与其最终结果之间可能存在差距，而且还揭示了使这一差距变得富有成效的精确而令人惊讶的机制，这是通过调停和妥协而揭示的政治产生的空间。他们这样做是通过调停"民主"和"共产主义"的同一种文学风格，甚至在（尤其是）当双方处于最极端的时候通过参与文学合作和将自己的书变成教科书和教具以颠覆其期望而将它们联系起来。翻译成为产生认识论、促进对话和解构文化真实性的一种手段。结果是，在本论文中"翻译"从根本上成了改变，因为其目的是展示由语言调停产生的各种含义和转换，而不是展示它们是怎么回事。是其复杂性使我们能够摆脱冷战时期所构思的"含义"、"文化"和"历史"的直接假设。因此，每一章都介绍了翻译作品对文化外交影响的一个新方面。

　　第一章首先是从对林语堂的美国畅销书《生活的艺术》（1937）双语词汇表中"情感的翻译"理论化开始的。该词汇表与他为国际联盟和联合国教科文组织所做的政策工作相辅相成，表明林语堂将翻译本身作为一种手段来教育外国的"他者"读者。的确，他这样做不是通过翻译意思而是通过影响来

---

156 Lawrence Venuti. *The Translator's Invisibility: A History of Translation*. London and New York: Routledge, 1995, p.18.

做到的：向其读者在阅读时灌输感官体验和教育。从林语堂开始，我可以将 20 世纪 30 年代初冷战时期的意识形态二分法定位，当时国际联盟等国际维和组织首次寻求利用文学的力量使世界走向和平。借鉴理论家沃尔特·本杰明（Walter Benjamin）和让·拉普兰奇（Jean Laplanche）的观点，我阅读了林语堂散乱的词汇表条目，以显示它们是如何根据读者的感官和情感来进行操作的。特别是，我揭示了不可翻译性如何影响阅读实践和意识形态。的确，林语堂说服读者自己做翻译工作，而不是简单地向他们展示结果。最后，林语堂的词汇表为冷战结束之前的美国机器翻译和大众传播议程提供了一种引人注目的替代方案。

当我在第二章考察张爱玲 1953 年受聘为设在香港的美国新闻署翻译海明威（Ernest Hemingway）的《老人与海》（*The Old Man and the Sea*，1952 年）时，我着重介绍了翻译对情感的影响。张爱玲的倾斜翻译使读者感受到不仅仅是阅读了小说中顽强的个人主义的信息。我证明张爱玲通过避开语言的对等来支持模棱两可，从而在政治意识形态上进行了探索，最终通过她自己的方式改变了海明威的现代主义的形式。翻译海明威由此影响了张爱玲后来将自己的小说《秧歌》（1955 年）译成英文的方式，该翻译同样也是应美国新闻署邀请的。这两个译本，一本促进了民主，而另一本谴责了共产主义，不仅揭示了美国在东亚外交政策中实话实说的策略，而且它们还将这些策略与文学形式相联系。在她翻译的时候，张爱玲陷入了文学现代主义的怂恿，即以基于揭示真相的宣传策略来"写真"。虽然其他作家已将张爱玲与美国新闻署的合作视为机构从属关系，但我对张爱玲的翻译的形式方面的关注却揭示了中美文学现代主义之间的联系，而这些联系以前从未被探索过。

然后，我将研究聂华苓 20 世纪 60 年代在爱荷华大学"作家工作坊"创办的"国际写作计划"所起的作用。我尤其考察了她与丈夫保罗·安格尔（Paul Engle）开创的合作翻译法，其中她将中国作家与爱荷华大学的美国学生配对，共同完成翻译项目。我阅读了聂华苓自己的小说《桑青与桃红》的不同合作译本，有台湾的、北京的和美国的不同版本，它们都暴露了一种加强既存意识形态界限同时又似乎在规避它们的模式。通过在爱荷华州的翻译实践，当时受到青睐的美国遏制政策成为一种文学力量，这种翻译既减少了对话又促进了对话的发展。阅读聂华苓的小说表明了美国外交政策与台湾和中国大陆的交流是如何与美国本土的创造性的写作计划相吻合的，将它们结合在一起，以在 20 世纪中叶确定使用美国文学作品来进行多语种交流的可能性。

最后一章集中在美籍华人黄玉雪身上，她写了一本关于在旧金山唐人街成长的自传体小说《华女阿五》，然后被翻译到国外，并被美国新闻署作为语言教科书来传播。黄玉雪亲自访问以宣传她的书但却以使她陷入了对马来亚非殖民化的语言教育的政治斗争告终，从而在黄玉雪作为美国少数族裔的地位与第三世界的非殖民化社区之间建立了迄今未曾探索的联系。我研究了黄玉雪在出国访问时使用的翻译方式，通过重新阅读这本代表美国价值观的小说，特别指出她是如何使所获得的翻译援助消失的。我指出，将黄玉雪的文本翻译成中文最终可以揭示其英文原著小说的隐蔽操作：实际上，黄玉雪的语言表现和翻译技巧对我们的文化真实性和权威性的观念提出了挑战。最后，阅读黄玉雪小说的东南亚译本，改变了我们作为一种解释差异的战后的范畴来理解"种族"的前提的方式。

总体而言，该论文展示了历史性的争论，这些争论为我们带来了今天的冷战遗产。确实，我的论文专注于翻译，揭示了这些争论是如何形成的，而且还表明了它们本来是可以如何形成的。毕竟，了解这一时期文学文化的模棱两可的细微差别使"政治"不仅是一个预定的范畴，而且超出了可预见的范畴。因此，本论文主张在政治、历史的二分时刻向语际交流学习，以便我们可以找到新的假想来应对当前的外交需要。

参考文献

Dissertations (time order)

1. Gilbert Frederick Dirks. "A Comparison of the Social Thought of Harold Laski and Lin Yutang on World". MA. thesis, The University of South California, 1947.

2. James T. Whiting. "The Philosophy of Lin Yutang and its Relationships to Western Philosophy". Ph. D. dissertation, Whitman College, 1965.

3. Steven P. Miles. "Independence and Orthodoxy: Lin Yutang and Chinese Journalism in the Republican Era, 1923-1936". MA. thesis, The University of Texas at Austin, 1990.

4. Diran John Sohigian. "The Life and Times of Lin Yutang". Ph. D. dissertation, Columbia University, 1991.

5. Joseph C. Sample. "Lin Yutang and the Revolution of Modern Chinese Humor". Ph. D. dissertation, Texas A & M University, 1993.

6. Qian Jun. "Lin Yutang: Negotiating Modernity between East and West". Ph. D. dissertation, University of California, Berkeley, 1996.

7. Shen Shuang. "Self, Nations, and the Diaspora: Re-reading Lin Yutang, Bai Xianyong and Frank Chin". Ph. D. dissertation, City University of New York, 1998.

8. Liu, Cythia Wenchung. "Re-placing 'Emasculation' in Asian-American

Literary Studies: Engendering Masculinity through the Excessive Chinese Transnational Family, Post-World War II (Louis Chu, C. Y. Lee, Ang Lee, Lin Yutang)". Ph. D. dissertation, University of California, 1998.

9. Steven Bradley Miles. "Independence and Orthodoxy: Lin Yutang and Chinese Journalism in the Republican Era, 1923-1936". MA. thesis, The University of Texas at Austin, 1999.

10. Leung, Yuet-Mei Sharon. "The Image of Beauty: Representations of Female Beauty with Reference to Contemporary Women's Magazines in Hong Kong". Ph. D. dissertation, Hong Kong Polytechnic University, 2000.

11. Micah Efran Arbisser. "Lin Yutang and His Chinese Typewriter". BA. thesis, Princeton University, 2001.

12. Kuo, Ya-pei. "The Crisis of Culture in Modern Chinese Conservation: The Case of *The Critical Review*". Ph. D. dissertation, The University of Wisconsin-Madison, 2002.

13. Wang-Rice Jue. "Moment of Freedom from the Symbolized World---A Semiotic Study of Lin Yutang's Depiction of Women". Ph. D. dissertation, The University of Arizona, 2005.

14. Lu Fang. "Constructing and Reconstructing Images of Chinese Women in Lin Yutang's Translations, Adaptations and Rewritings". Ph. D. dissertation, Simon Fraser University (Canada), 2008.

15. Hsu Hua. "Pacific Crossing: China, the United States and the Transpacific Imagination". Ph. D. dissertation, Harvard University, 2008.

16. Madalina Yuk-Ling Lee. "The Intellectual Origins of Lin Yutang's Cultural Internationalism, 1928-1938". MA. thesis, University of Maryland, 2009.

17. So, Richard Jean. "Coolie Democracy: U. S. -China Literary and Political Exchange, 1925-1955". Ph. D. dissertation, Columbia University, 2010.

18. Li Ping. "A Critical Study of Lin Yutang as a Translation Theorist, Translation Critic and Translator". Ph. D. dissertation, City University of Hong Kong, 2012.

19. Sharon Kristen Tang-Quan. "Transpacific Utopias: The Making of New Chinese American Immigrant Literature, 1945-2010". Ph. D. dissertation, University of California, Santa, 2013.

20. Roslyn Joy Ricci. "What Maketh the Man?: Towards a Psychobiographical Study of Lin Yutang". Ph. D. dissertation, University of Adelaide, 2014.

21. Meng Hui."Migration of Text and Shift of Identity: Self-translation in the Bilingual Works of Lin Yutang, Eileen Zhang and Ha Jin". Ph. D. dissertation, University of Kansas, 2017.

22. Hu Yunhan. "A Singular Cross-cultural Poetics in a Dual Discourse: A Study of Lin Yutang's Self-translation of the Little Critic Essays and Between Tears and Laughters". Ph. D. dissertation, Durham University, 2017.

23. L. Maria Bo. "Writing Diplomacy: Translation, Politics, and Literary Culture in the Transpacific Cold War". Ph. D. dissertation, Columbia University, 2018.

Periodicals

1. Akhilananda. "Lin Yutang: *The Wisdom of China and India*" (book review). *Philosophical Forum*, Vol.1, 1943, p.30.

2. Aldridge, Owen A. "Irving Babbit and Lin Yutang". *Modern Age*, Vol.41, Issue 4, 1999, pp.318-327.

3. Anderson, Arthur J. "Lin Yutang: A Biography of His English Writings and Translations". *Bulletin of Bibliography*, Vol.30, No.2, 1973, pp.83-89.

4. Arbisser, Micah Efran. "From Chaos toward Unity: The Evolution of Computerized Chinese Character Sets". Princeton: *East Asian Studies A. B. Junior Paper* "Plan", December 6, 1999.

5. Arbisser, Micah Efran. "From Little Critic to Worried Patriot: The Political Thought of Lin Yutang in the 1930s". Princeton: *East Asian Studies A. B. Junior Paper*, May 1, 2000.

6. Bagby, Jeanne S. "Lin Yutang" (book review). *Library Journal*, Vol.101, No.8, 1976, p.1018.

7. Bernard, Henri. "*My Country and My People* by Lin Yutang" (book review).

Monumenta Serica, Vol.2, No.1, 1936, p.1248.

8. Biem, Gloria & A. J. Anderson. "Lin Yutang: *The Best of an Old Friend*" (book review). *Journal of the American Oriental Society*, Vol.97, No.3, 1977, p.391.

9. Bingham, Woodbridge. "*The Gay Genius: The Life and Times of Su Tungpo* by Lin Yutang" (book review). *The Far Eastern Survey,* Vol.17, 1948, pp.111-112.

10. Birch, Cyril. "Chapters from a Floating Life" (book review). *Journal of Asian Studies*, Vol.20, No.4, 1961, pp.526-527.

11. Brandauer, Frederick. "Lin Yutang's 'Widow' and the Problem of Adaptation". *The Journal of Chinese Language Teachers Association*, Vol.20, No.2, 1985, pp.1-13.

12. Buck, Pearl S. "Introduction to *My Country and My People* by Lin Yutang". New York: The John Day Company, 1935.

13. Buck, Pearl S. "Introduction to *With Love and Irony* by Lin Yutang". New York: The John Day Company, 1940.

14. C., M. S. "*The Wisdom of China and India* by Lin Yutang" (book review). *World Affairs*, Vol.106, No.3, 1943, p.214.

15. Call, Mabel Soule. "*Famous Chinese Stories* by Lin Yutang" (book review). *Far Eastern Quarterly*, Vol. 115, No.3, 1952, pp.338-340.

16. Cameron, Meribeth E. "Lin Yutang: *The Wisdom of China and India*" (book review). *Far Eastern Quarterly*, Vol.2, No.3, 1943, pp.298-299.

17. Chan, Wing-tsit. "Lin Yutang: Critic and Interpreter". *College English*, Vol.8, No.4, 1947, pp.163-169.

18. Chan, Wing-tsit. "The Book Review of China and India". *Journal of the American Oriental Society*, Vol.65, No.3, 1945, p.210.

19. Chan, Wing-tsit. "Book Review of *The Gay Genius: The Life and Times of Su Tungpo*". *The Far Eastern Quarterly,* 1948, pp.330-332.

20. Chao, Ming-heng . "*A History of the Press and Public Opinion in China*" (book review). *American Journal of Sociology*, Vol.43, No.3, 1937, pp.507-508.

21. Cheng Te-k'un. "*The Chinese Theory of Art* by Lin Yutang" (book review). *Journal of the Royal Society of Arts*, Vol.116, No.5139, 1968, pp.270-271.

22. Ching, Eugene. "*The Chinese-English Dictionary of Modern Usage* by Lin Yutang" (book review). *Journal of Asian Studies*, Vol.34, No.2, 1975, pp.521-524.

23. Chou, Eva S. "Liberal Cosmopolitan: Lin Yutang and Middling Chinese Modernity" (book review). *The China Journal*, No.71, 2014, pp.275-277.

24. Chua, Chen Lok. "Two Chinese Versions of the American Dream: The Golden Mountain in Lin Yutang and Maxine Hong Kingston". *Ethic Groups*, Vol.4, Nos.1-2, 1982, pp.33-59.

25. Clark, Walter E. "*The Wisdom of China and India* by Lin Yutang" (book review). *Far Eastern Survey*, Vol.12, No.13, 1943, p.134.

26. Cranston, Earl. "Moment in Peking" (book review). *Pacific Historical Review*, Vol.9, No.2, 1940, pp.240-241.

27. Cyzyk, Mark. "Book Review: Lin Yutang: *The Importance of Living*", *Philosophy Now*, No.71, 2009, pp.39-40.

28. Dubs, H. H. "Lin Yutang: The Importance of Understanding" (book review). *Hibbert Journal*, Vol.60, No.36, 1961, p.86.

29. Durdin, Peggy. "Finally, a Modern Chinese Dictionary". *The New York Times*, November 23, 1972.

30. F., M. S. "*Between Tears and Laughter* by Lin Yutang" (book review). *Far Eastern Survey*, Vol.12, No.19, 1943, p.193.

31. Fu, Yi-chin. "Lin Yutang: A Bundle of Contrasts". *Fu Jen Studies: Literature & Linguistics*, Vol.21, 1988, pp.29-44.

32. Gao, Wei, David S. Mial and Don Kuiken. "The Receptivity of Canadian Readers to Chinese Literature: Lin Yutang's Writings in English". *Empirical Studies of the Arts*, Vol.3, No.3, 2005, pp.33-45.

33. Green, O. M. "A History of the Press and Public Opinion in China" (book review). *International Affairs*, Vol.16, No.5, 1937, pp.823-825.

34. Hackney, Louis Wallace. "Lin Yutang: *A Leaf in the Storm: A Novel of War-swept China*" (book review). *Far Eastern Quarterly*, Vol.12, No.19, 1943, pp.282-283.

35. Handler-Spitz, Rivi. "The Importance of Cannibalism: Montaigne's Essays as Vehicle for the Cultural Translation of Chineseness in Lin Yutang's *The Importance of Living*". *Compilation & Translation Review*, Vol.5, No.1, 2012, pp.121-158.

36. Hanrahan, K. L. "Lin Yutang and Chesterton". *The Chesterton Review*, Vol.28, No.3, 2002, pp.440-441.

37. Hansen, Harry. "How Can Lin Yutang Make His Typewriter Sing?" *Chicago Daily Tribune*, August 24, 1947, p.4.

38. Hill, Michael Gibbs. "Liberal Cosmopolitan: Lin Yutang and Middling Chinese Modernity" (book review). *Journal of Chinese Philosophy*, Vol.40, No.1, 2013, pp.211-214.

39. Huang, Airen. "Hu Shi and Lin Yutang". *Chinese Studies in History*, Vol.37, No.4, 2004, pp.37-69.

40. Huang, Philip C. C. "Biculturality in Modern China and in Chinese Studies". *Modern China*, Vol.26, No.1, 2000, pp.3-31.

41. Huson, Timothy. "Lin Yutang and Cross-cultural Transmission of Culture as Social Critique". *China Media Research*, No.8455498, 2016.

42. Ichikawa, Sanki. "Kaiming English Grammar by Lin Yutang" (book review). *The English Society of Japan*, Vol.15, 1935, pp.592-595.

43. Jones, Stacy V. "New Chinese Typewriter Triumphs over Language of 43, 000 Symbols". *The New York Times*, 18 October, 1952, p.30.

44. *LaFuze, G. Leighton. "A History of the Press and Public Opinion in China" (book review). Social Forces*, Vol.16, No.2, 1937, pp.302-303.

45. Latourette, K. S. "*A History of the Press and Public Opinion in China*" (book review). *Political Science Quarterly*, Vol.53, No.2, 1938, pp.301-302.

46. Levy, Howard S. "*Lady Wu: A True Story*" (book review). *Journal of Asian*

Studies, Vol.17, No.4, 1958, pp.617-619.

47. Lin, Yutang. "Invention of a Chinese Typewriter". *Asia*, February, 1946, p.58.

48. Linebarger, M. A. "Foreign and Comparative Government: Lin Yutang's *A History of the Press and Public Opinion in China*" (book review). *American Political Science Review*, Vol.31, No.3, 1937, pp.565-567.

49. Long, Yangyang. "Translating China to the Atlantic West: Self, Other, and Lin Yutang's Resistance". *Atlantic Studies*, Vol.15, No.3, 2018, pp.332-348.

50. Long, Yangyang. "Transpacific Theatre: Lin Yutang's Self-translation as a Creative Act". *Asia Pacific Translation and International Studies*, Vol.6, No.3, 2019, pp.216-233.

51. Marshall, David. "Lin Yutang & Amp: The New China". *Touchstone: A Journal of Mere Christianity*, Vol.25, No.5, 2012, pp.36-40.

52. Miller, W. *The Secret Name: The Soviet Record, 1917-1958* by Lin Yutang" (book review). *International Affairs*, Vol.36, No.1, 1960.

53. Munakata, Kiyohiko. "*The Chinese Theory of Art* by Lin Yutang" (book review). *Journal of Asian Studies*, Vol.27, No.2, 1968, p.385.

54. Pollard, D. E. "*The Chinese-English Dictionary of Modern Usage* by Lin Yutang" (book review). *The China Quarterly*, Vol.53, 1973, pp.786-788.

55. Qian Jun. "Representing China: Lin Yutang vs. Americian 'China Hands' in the 1940s". *Journal of American East Asian Relations*, Vol.17, No.2, 2010, pp.99-117.

56. Qian Jun. "Translating 'Humor' into Chinese Culture". *Humor: International Journal of Humor Research*, Vol.20, No.3, 2007, pp.277-295.

57. Qian Jun. "Discovering Humor in Modern China: The Launching of the Analects Fortnightly Journal and the 'Year of Humor' (1933)" In Joselyn Chey and Jessica M. Davis eds. *Humor in Chinese Life and Letters: Classical and Traditional Approaches*. Hong Kong: Hong Kong University Press, 2011, pp.191-218.

58. Qian Suoqiao. "Lin Yutang and China's Intellectual Journey to Modernity" In

Lin Yutang and China's Search for Modern Birth, pp.1-29.

59. Qian Suoqiao. "Christian Childhood and Westernized Education" In *Lin Yutang and China's Search for Modern Birth,* pp.31-62.

60. Qian Suoqiao. "'Thus Spoke Zarathustra': A Progressive Nationalist for the Great Revolution" In *Lin Yutang and China's Search for Modern Birth*, pp.63-94.

61. Qian Suoqiao. "From 'Little Critic' to 'Master of Humor'" In *Lin Yutang and China's Search for Modern Birth*, pp.95-125.

62. Qian Suoqiao. "Struggling Against the 'Double Dangers of Bolshevism and Fascism'" In *Lin Yutang and China's Search for Modern Birth*, pp.126-167.

63. Qian Suoqiao. "My China: The East Speaks to the West" In *Lin Yutang and China's Search for Modern Birth*, pp.169-191.

64. Qian Suoqiao. "Coming to America: The Birth of a 'Chinese Philosopher'" In *Lin Yutang and China's Search for Modern Birth*, pp.193-213.

65. Qian Suoqiao. "Culture and War: Interpreting Modern China" In *Lin Yutang and China's Search for Modern Birth*, pp.215-245.

66. Qian Suoqiao. "Eastern Wisdom: Race, Empire, and World Peace" In *Lin Yutang and China's Search for Modern Birth,* pp.247-281.

67. Qian Suoqiao. "Loss of China and Wisdom of America" In *Lin Yutang and China's Search for Modern Birth,* pp.283-335.

68. Qian Suoqiao. "Looking beyond the Iron Curtain" In *Lin Yutang and China's Search for Modern Birth,* pp.337-371.

69. Qian Suoqiao. "Grand Finale: 'I Take My Leave and Depart'" In *Lin Yutang and China's Search for Modern Birth*, pp.373-406.

70. Ricci, R. J. "Lin Yutang on the Place of Humor in a Global Society: Crises and Opportunities: Past, Present and Future". *Sexually Transmitted Infections*, Vol.84, No.6, 2010, pp.483-487.

71. Sanna, Gianluca. "Lin Yutang and the Linking of East and West". *Studi Filosofici*, Vol.17, 1994, p.321.

72. Smedley, Agnes. "Lin Yutang Scolds and Warns". *The Progressive* (September 13, 1943), p.8.

73. Snow, Edgar. "China to Lin Yutang" (I). *The Nation*, Vol.160, No.7 (February, 1945), pp.180-183.

74. Snow, Edgar. "China to Lin Yutang" (II). *The Nation*, Vol.160, No.13 (March, 1945), p.359.

75. So, Richard Jean. "Collaboration and Translation: Lin Yutang and the Archive of American Literature". *Modern Fiction Studies*, Vol.56, No.1, 2010, pp.40-62.

76. Sohigian, Diran John. "Contagion of Laughter: The Rise of the Humor Phenomenon in Shanghai in the 1930s". *Positions: East Asia Cultures Critique*, Vol.15, No.1, 2007, pp.137-163.

77. Sokolsky, George. "*A History of the Press and Public Opinion in China*" (book review). *Public Opinion Quarterly*, Vol.1, No.3, 1937, pp.144-146.

78. Tam, King-fai. "Lin Yutang". *A Garden of One's Own*, 2012, pp.75-84.

79. Tsu, Jing. "Lin Yutang's Typewriter" In Tsu Jing ed. *Sound and Script in Chinese Diaspora*. Cambridge: Harvard University Press, 2010, pp.49-79.

80. Wang Huey-jiun & Zhang Dan. "Comparing Literary Tourism in Mainland China and Taiwan: The Lu Xun Native Place and the Lin Yutang House". *Tourism Management*, Vol.59, 2017, pp.234-253.

81. William, R. John. "The Techê Whim: Lin Yutang and the Invention of the Chinese Typewriter". *American Literature*, No.2, 2010, pp.389-419.

82. Vechten, V. "Portrait of Lin Yutang". *Queen Mary Journal of Intellectual Property*, Vol.1, No.2, 1939, pp.112-119.

83. Vinacke, Harold M. "Lin Yutang. *Between Tears and Laughter*" (book review). *Far Eastern Quarterly*, Vol.3, No.4, 1944, pp.388-389.

84. Y., T. W. "*My Country and My People* by Lin Yutang" (book review). *Geography*, Vol.21, No.4, 1936, p.315.

85. Yang, Min. "Collision of Confucianism, Taoism and Christian Ideas: A

Comparative Study of Culture Communication Sense of Pearl S. Buck and Lin Yutang". *Cross-Cultural Communication*, Vol. 1, No.2, 2005, pp.77-80.

86. Yin, Xiaohuang. "Worlds of Difference: Lin Yutang, Lao She, and the Significance of Chinese Writing in America" In Werner Sollors ed. *Mutlilingual Amercica: Transnationalism, Ethnicity, and the Language of American Literature*. New York: New York University Press, 1998, pp.176-187.

87. Zhou, Xiaojing. "Claiming Right to the City: Lin Yutang's *Chinatown Family*". *Cities of Others*, 2014, pp.57-93.

88. "*My Country and My People* by Lin Yutang". *Bulletin of the School of Oriental & African*, Vol.8, No.4, 1935.

89. "New Typewriter Will Aid Chinese". *The New York Times*, August 22, 1947, p.17.

90. "Lin Yutang Invents Chinese Typewriter". *San Francisco Chronicle*, 22 August, 1947, p.6.

91. "Chinese Put on Typewriter by Lin Yutang". *Los Angeles Times*, August 22, 1947, p.2.

92. "New Chinese Typewriter Developed". *Christian Science Monitor*, 23 August, 1947, p.3.

93. "Chinese Typewriter: A Real Character Study". *Business Week*, 30 August, 1947, p.16.

94. "Lin Yutang, 80, Dies. Scholar-Philosopher". *The New York Times*, March 27, 1976, pp.1-28.

95. "Lin Yutang". *Baker and Taylor Author Biographies*, 2000, p.1.

96. "Lin Yutang". *World Philosophers and Their Works*, 2000, pp.1-3.

97. "Lin Yutang". *Twentieth-Century Literary Criticism*, Vol.149, 2004, pp.205-209.

98. "The Illogicality between Lu Xun and Lin Yutang from the Perspective of Eco-Cultural Studies". *Oriental Forum*, 2008. (no specific pages originally)

99. "A Chinese Typewriter: Part of a Patent Filed by Lin Yutang". *The Indexer*, Vol.27, No.3, 2009, pp.107-110.

100. "A Chinese Typewriter: Part of a Patent Filed by Lin Yutang, Patented October 14, 1952". *The Indexer*, Vol.27, No.3, September, 2009.

101. "Lin Yutang". *Columbia Electronic Encyclopedia*, 2011, p.1.

102. "The New China Is One Man's Legacy: A Reason to Hope for the Nation's Future". *Chesterton Review*, Vol.38, Nos.3-4, 2012, pp.615-625.

Other English References

1. Anderson, Arthur J. *Lin Yutang: The Best of an Old Friend*. New York: Mason/Charter, 1975.

2. Bhabha, Homi K. *The Location of Culture*. London: Routledge, 1994.

3. Boorman, Howard Lyon ed. *Biographical Dictionary of Republican China*. New York: Columbia University Press, 1968.

4. Buck, Pearl. *The Good Earth*. New York: The John Day Company, 1931.

5. Buck, Pearl. *A Biographical Sketch of Lin Yutang*. New York: The John Day Company, 1937.

6. Bynner, Witter. "Letter to Lin Yutang" In the John Day Company: *Archives*. Princeton University Special Collections, 1954.

7. Chou, Tse-tsung. *The May Fourth Movement: Intellectual Revolution in Modern China*. Cambridge: Harvard University Press, 1960.

8. Fitzgerald, John. *Awakening China: Politics, Culture, and Class in the Nationalist Revolution*. Stanford: Stanford University Press, 1996.

9. Hsia, C. T. *A History of Modern Chinese Fiction*. New Haven: Yale University Press, 1971.

10. Hu Shi and Lin Yutang. *China's Own Critic: A Selection of Essays*. Peiping: China United Press, 1931.

11. Kim, Elaine H. *Asian American Literature: An Introduction to the Writings and Their Social Context*. Philadelphia: Temple UP, 1983.

12. Lee, Erika. *At America's Gates: Chinese Immigration during the Exclusion Era, 1882-1943*. Chapel Hill: University of North Carolina Press, 2003.

13. Lin, Taiyi. *Lin Yutang Zhuan* (*Lin Yutang's Biography*). Taipei: Lian Jin Publishing Company, 1990.

14. Liu, Lydia. *Translingual Practice: Literature, National Culture, and Translated Modernity---China, 1900-1937*. Palo Alto: Stanford University Press, 1995.

15. Liu, Shi-yee and Maxwell K. Hearn eds. *Straddling East and West: Yutang, a Modern Literatus: The Lin Yutang Family Collection of Chinese Painting and Calligraphy*. New York: Metropolitan Museum of Art, 2007.

16. Menchen, H. L. *The American Language: An Inquiry into the Development of English in the United States*. New York: Knopf, 1929.

17. Meredith, George. *An Essay on Comedy and the Uses of the Comic Spirit*. New York: Scribner, 1897.

18. Mullaney, Thomas S. *The Chinese Typewriter: A History*. Cambridge: MIT Press, 2017.

19. Nadolny, Kevin John. *Prose and Poems by Revolutionary Chinese Authors: Including Lu Xun, Zhu Ziqing, Zhou Zuoren and Lin Yutang*. Capturing Chinese Publications, 2011.

20. Qian Suoqiao. *Liberal Cosmopolitan: Lin Yutang and Middling Chinese Modernity: Ideas, History and Modern China*. Leiden and Boston: Brill, 2011.

21. Sample, Joseph C. "Contextualizing Lin Yutang's Essay 'On Humor': Introduction and Translation" In Jocelyn Chey Jessica ed. *Human in Chinese Life and Letters: Classical and Traditional Approaches*. Hong Kong: Hong Kong University Press, 2011.

22. Shen, Shuang. *Cosmopolitan Publics: Anglophone Print Culture in Semi-Colonial Shanghai*. New Brunswick: Rutgers Press, 2009.

23. Shih, Shumei. *The Lure of Modern: Writing Modernism in Semicolonial China, 1917-1937*. Berkeley: University of Califonia Press, 2001.

24. So, Richard Jean. "Typographic Ethnic Modernism: Lin Yutang and the Republican Chinaman", Chapter 4 In Richard Jean So. *Transpacific Community: America, China and the Rise and Fall of a Cultural Netwrok*. New York: Columbia University Press, 2016, pp.122-165.

25. Sohigian, Diran John. *Straddling East and West: Lin Yutang, a Modern Literatus—the Lin Yutang Family Collection of Chinese Painting and Calligraphy*. New York: The Metropolitan Museum of Art, 2007.

26. Steinbeck, John. *The Grapes of Wrath*. New York: Viking Press, 1963.

27. Tsu, Jing. *Failure, Nationalism, and Literature: The Making of Modern Chinese Identity, 1895–1937*. Stanford: Stanford University Press, 2005.

28. Tsu, Jing. *Sound and Script in Chinese Diaspora*. Cambridge: Harvard University Press, 2010.

29. Venuti, Lawrence. *The Translator's Invisibility: A History of Translation*. 2nd edition. London: Routledge, 2008.

30. Wang, Y. C. *Chinese Intellectuals and the West: 1872-1949*. Chapel Hill: University of North Carolina Press, 1966.

31. Williams, R. John. *The Buddha in the Machine: Art, Technology, and the Meeting of East and West*. New Haven: Yale University Press, 2014.

32. Yin, Xiaohuang. "Words of Difference: Lin Yutang, Lao She, and the Significance of Chinese---Language Writing in America" In Werner Sollors ed. *Multilingual America: Transnationalism, Ethnicity, and the Language of American Literature*. New York: New York University Press, 1998.

33. Zhu Chuanyu. *Lin Yutang Zhuan Ji Zi Liao (Biographical Materials on Lin Yutang)*,5 Vols. Taipei: Tian Yi Publishing Company, 1979-1981.

附录一　林语堂词典与《中国新闻舆论史》书评

一、对林语堂词典的评论

评论一、(《开明英文文法》)[1]

1931 年，我代表东京帝国大学参加在巴黎举办的法兰西学院四百周年庆典，与会代表中有一个名叫林语堂的中国人，他是"中央研究院"的成员。我们一起参加了各种活动，但没有机会相互交流。当我后来得知他是谁后，我对此感到非常遗憾。他在其中的一次会议上讲了话，当时来自世界各地的大约 40 位代表分别发表了几分钟的演讲。他是唯一一个用流利的法语即兴演讲的人，而且相当机智。

同年的晚些时候，我拜访了哥本哈根的奥托·耶斯珀森（Otto Jespersen）博士，他告诉我，前一段时间他曾接待过一位中国学者的访问。他是《开明英文文法》(*Kaiming English Grammar*)的作者。他把词典拿给我看，并说这本词典非常有趣。那时我才知道，我曾在巴黎常见但从未与他交谈过的中国代表和我自己是同一领域的同事。我回日本后，耶斯珀森的《英语语法要点》(*Essentials of English Grammar*)出版，我看到了词典第 212 页上的话，这些话似乎是引自林语堂这本《开明英文文法》："英文常识战胜了其语法上的废话。"（English commonsense has triumphed over grammatical nonsense.）

1　Sanki Ichikawa. "*Kaiming English Grammar* by Lin Yutang" (book review). *The English Society of Japan*, Vol.15, 1935, pp.592-594.

　　我渴望获得这本书。最近，上海的一位朋友终于让我如愿以偿。而且，我得知林语堂博士是著名作家鲁迅，《阿Q正传》的作者的兄弟。而且他最近还写了一本名为《吾国与吾民》（1935）的书，据说是有史以来中国人写的关于其国家的最好的书。

　　对于作者就介绍这么多。现在来说说这本书本身。这确实是一本了不起的书，它试图根据其表达的概念或意思将所有语法表达方式进行分组，并研究这些意思是如何用英语来表达的，而不是以老式的学校教的语法方式来解释英语语法，给出定义和规则。林语堂这本语法书的每一页显而易见都受惠于耶斯珀森的《语法哲学》（*The Philosophy of Grammar*）（1924），但是他对待自己主体的方式是如此的创新，而且他的英语也易于阅读，以至于读者不会像读普通语法书那样感到疲倦。能考虑到主体的性质，是一个很大的优点。在撰写这种抽象的语法书时，作者林语堂恰当地比较了中文和英文表达方式的不同或相似。这本语法书像语法书应该做的那样做了，并且这无疑将大大有助于那些希望实际掌握英语的中国学生。这本书是为"高级中学和私立学校的学生"准备的，但是我冒昧地把它推荐给我们的高中老师和学生，那些想要学习超出教科书水平的高级英语语法的老师和学生。大多数情况下，中文部分我们是可以理解的，而且，这也将增加我们的兴趣。

　　没有篇幅来对各个章节加以逐一讨论，但是诸如"表达的科学"、"表示法"、"确定"、"修改"、"行动方面"、"事实与幻想"、"关系"、"表达的节省"之类的章节标题，将用以表明本书与普通语法书的不同。实际上，每一章、每一页都提供了一些有趣的东西，因此整本书使人耳目一新。尽管它是基于科学和心理学原理的，但一点也不迂腐，作者用了很多实例和练习来说明其当代用法。特举其英语为例：

> "The power of expression can be trained only by learning the expressive, ever-changing idioms, and not by putting on the grammatical strait-jacket. Grammar, as the science of expression, should be more subtle and less rigid. It should address itself more to the speaker's intentions and less to the rules and definitions. It should be more concrete and wallow less in the terms of Latin origin. It should also be more positive and less like a criminal code."

　　（表达的能力只能通过学习表达的、不断变化的习语来训练，而不能受语法约束。语法作为一种表达的科学，应该更多微妙而更少僵化。它应该更多地针对讲话者的意图而不是规则和定义。对其拉丁起源，应该更多具体而更少空洞。它也应该更多积极而更少像刑法法典那样［消极］。）

全书都是以这种语气写的。当我回想起作者在巴黎的演讲时，我不奇怪为什么摆在我们面前的这本语法书如此丰富而富有启发性。总的来说，我认为这本书是中国学者对英语学习的一种很好的贡献，因此，它应该受到学英语的日本学生的欢迎。在日本，英语语法要么太过博学，要么太过传统，由此导致了学生对待语法的两种不同态度：一是与语法保持敬而远之的距离，另一则是轻蔑地将其抛在一边。林语堂博士的书保持了中庸之道。向越来越多的为了训练自己用英语来思考和用英语来表达自己的思想而无视语法规则这个妖怪的学生强烈推荐此书。

市川三木（Sanki Ichikawa）

评论二、（《当代汉英词典》）[2]

当一个人拒绝放弃希望时，中国人说："死马还当活马医"。为汉字编制检索系统可能不像医治一匹死马那样困难，但是也不那么容易。林语堂的《当代汉英词典》（*The Chinese-English Dictionary of Modern Usage*）将自己形容为救治几乎是一匹死马的另一令人钦佩的尝试。

许慎在他的《说文解字》中将汉字的检索分为540个部首。大约1500年后，梅应祚将其减少到214个。共产主义中国的词典中列出了189个部首，而林语堂走得更远，仅用50个部首作为其上下形检字法（Instant Index System）的补充。

除了基本的汉字检索系统外，还可以命名其他六种以上的汉字，这表明了对当前使用的方法感到不满意。林语堂的新的上下形检字法强调汉字的几何形状，绝对是一个值得称赞的改进。根据林语堂的几何确定法则，"上形即最高字形，下形即最低字形。不论笔顺，只看高低。"所有汉字均按其左上角和右下角的特征来进行分类。因此，"艹"而非"言"，是"警"字的部首，而最底部的"口"则提供了进一步分类的依据。"艹"是第20号笔划，而"口"

---

2 Eugene Ching. "*The Chinese-English Dictionary of Modern Usage* by Lin Yutang" (book review). *The Journal of Asian Studies*, Vol.34, No.2, 1975, pp.521-524.

是第 40 号。因此,"警"字的分类号是 20.40。使用该系统,可能比用旧的部首系统查找很多汉字花费的时间更少。

但是,该系统确实有其缺点。尽管林语堂将他设定的 33 类汉字形体称为"上下形",但他的词典使用起来却并不像真正的按字母顺序排列的词典那样容易。尽管"上下形检字法"这个系统承诺在定位汉字时会很方便很迅速,但有时仍然很难"立即"定位它们。造成这个问题的主要原因有两个。一是汉字的可变性,二是词典的使用者在阐释几何确定规则时可能会与林语堂的意图不同。从林语堂自己的范例中可以看出,"光"字的最高笔画是顶部的"丨",序号为第 22 号。但是,"出"字被归类在不同的笔划中,序号为第 21 号。尽管为许多这样容易混淆的形式提供了相互参照,但并非总是如此。根据该规则,在序号第 30 号笔划"一"下搜索"紧"字是最合逻辑的。但"紧"字被归类为第 51 号,部首为"厂"。没有提供相互参照。但是,即使有这些缺点,林语堂的系统也是可取的,因为在查找一个字的时候的潜在挫败感要小于诸如马守真的《汉英词典》之类的词典中所固有的那种挫败感。

除了检字法外,林语堂的罗马字拼音系统即便已经存在很长一段时间了,但也具有革命性。他的简化国语罗马字拼音系统,也称为"基本"国语罗马字拼音系统(GR)(即 Guoyeu Romatzyh),实际上是他在 50 年前提出的系统,后来被修改为 1928 年颁布的官方国语罗马字拼音系统。这个"基本"音调拼写系统不仅消除了变音符的必要性(例如,在耶鲁系统中使用的变音符),而且还使不同音调的拼写变化保持一致(与官方国语罗马字拼音系统不同,后者使用首字母 *l*,*m*,*n* 和 *r*)。音调拼写基于音节的主元音,四个音调由主音元的四种形式表示。例如,主元音 *a* 保持不变表示第一音调。第二音调由 *ar* 表示,第三音调由 *aa* 表示,第四音调由 *ah* 表示。音节 *an* 的四种形式分别是 *arn*,*aan*,*an* 和 ahn。对于像 *ei* 这样的双元音,则其后跟字母 *r* 和 *h* 分别表示第二和第四音调,重复主元音 *e* 来表示第三音调(*ei*,*eir*,*eei*,*eih*)。由于其一致性,我同意林语堂的观点,即作为一种学习工具,"基本"的国语罗马字拼音系统更好。

检字法比过去的汉英词典有显著的改进,而国语罗马字拼音系统则是一种出色的学习工具,林语堂词典的最大价值就在于其词条的现代化。实际上,是林语堂对词条的选择使他的词典成为当今最先进的词典。将林语堂的词典与他在编写词典时参考的汪怡主编的《国语辞典》相比较表明,他是通过添加和消除某些类型的词条来实现的。在添加的过程中,他不仅加入了新的词条，而且还包括了旧词条的新含义。如，"confess one's guilt in communist meeting"意为"坦白"，"a substitute during examination on false pretenses"意为"枪手"，"a girl secretary in office kept for her looks rather than work"意为"花瓶儿"，"to sell out (friend, one's soul)"意为"出卖"。

对"出"字项下的词条进行的一项研究表明，汪怡列出了 170 项，而林语堂仅列出 120 项。被林语堂排除在外的词条包括：（一）过时或不常用的那些，如"出队子"。（二）意思可以合成的表达，如"出版法"。（三）过于文学化的表达方式，如"出丑扬疾"。

这些排除原则对于一本现代汉语词典的合理性来说是显而易见的。但是，这种消除过程引起了一些错误，因此有时需要翻阅另一本词典。例如，一些仍经常使用的文学的陈词滥调如"出类拔萃"、"出人意表"和"出尔反尔"没有被包括在内。其他令人遗憾的遗漏包括某些词条的重要含义。如，给了"出师"（"to march army for battle"）这个意思，但其"to complete the apprenticeship"这个更常用的意思却没有给出。"出口"给出的意思是"exit, export"，但其如在"出口伤人"（to hurt people with words）中表示"说"的意思却没有被包括在内。

在其"缘起"的第一段中，林语堂认为他的词典是"全面的、语言上适当的"。除了上面提到的疏忽和现在的一些最新表达，如"团队精神"、"代沟"（这并不奇怪，因为在所有语言中，词条的增加和删除都是很普遍的现象），林语堂实现了他的全面目标。为了实现语言的适当性这个目标，他没有将单个汉字作为单独的意义单元来关注，而是将词语作为多音节的单元来记录，使每个单词都具有充分的发音。在每个主要汉字的词条下，林语堂都试图将现代读者可能会遇到的所有单词和短语以及一些范例包括其中，这些范例说明意思是如何从上下文中获得并受到典故和过去的意思影响的。词典还给出了一个词的语言级别（如古代汉语等）和词性。

尽管所有这些信息都使词典朝着语言的充分性迈出了一大步，但缺乏足够的语法处理却使其无法达到该目标。词典教授语法的最佳方法是通过列举的短语或句子。从仅标记为 v.i.（不及物动词，intransitive verb）的四个同义词"出落"、"出挑"、"出息"、"出脱"的处理中可以看出对此的需求。在实际的运用中，它们都需要在林语堂给出的句子中加一个"的"字和一个谓语补足语。"长成了（一个美女，一个英俊的年轻人）。"（"grow up into [a beauty, a handsome young man〕.")

词语"出来"可以用作一个方位补语，这样，更常在两个音节之间插入其宾语。林语堂没有给出使用这种将补语分开来表示的任何例子。"说出来不好听"和"说出来就后悔"可以作为范例来说明不同的用法。

当然，无论词典的编纂者多么努力地试图以语言方式来对待其词条，词典都不能代替语法。附在词典后的简要的语法说明将显示现代汉语的特征，这无疑会有所帮助。难的词条必须附足够适当的例子，因为如果没有例子，依靠这本词典来自学的学生会发现仅仅只有语法标注本身是没有真正用处的。

除了这种缺乏适当的语法处理外，林语堂还因词典中出现的许多小错误而引起另一不和谐。例如，在第一个词条"才"中，作者对"才"字的翻译是错误的。"才貌"被翻译为"personal appearance as reflecting ability"。显然，同位复合词被误认为是从属复合词。这样翻译的话是不适合用在"郎才女貌"（the boy has talent and the girl has looks）和"才貌双全"（to have both talent and looks）中的。

在词条"出溜"下出现了范例短语"从山坡上出溜"，这实际上是不合语法的。为了正确使用中文，该短语必须有一个像"下来"这样的动词补语来做补充。

对中文和英文的深入了解，使林语堂成为从事双语词典工作的最有资格的人之一，因此，他不可能无视上述范例中翻译的正确与否和语法的正确与否。这些错误只能说明林语堂未能认真校对其助手的工作。比如说"戍"和"戊"二字，这本词典在其最后的校正中出现的这种粗心大意确实给它带来了负面影响。在主条目"戍"下，林语堂警告学生要将其与"戊"区分开。然而在第379-380页上，我们发现"遣戍"一词不是一次而是两次被写成"遣戊"。

尽管这篇书评约有一半是在批评林语堂的词典，但错误和遗漏仍然远远不及他的上下形检字法（即使有其缺点），可打字的、可检索的、可计算机化的罗马字系统，他总体上来看出色的英语翻译以及他全面而最新的词条所蕴含的价值。这本词典呈现了一种几乎完美的药，旨在治愈我们几乎快死的马。

Eugene Ching

俄亥俄州立大学

文中所附相关汉字：

a. 死马还当活马医　b. 说文解字　c. 梅应祚　d. 艹　e. 言　f. 警

g. 光　h. 出　i. 紧　j. 一　k. 厂　l. 坦白　m. 枪手　n. 花瓶儿

o. 出卖　p. 出　q. 出队子　r. 出版法　s. 出丑扬疾　t. 出类拔萃

u. 出人意表　v. 出尔反尔　w. 出师　x. 出口　y. 出口伤人

z. 团队精神　aa. 代沟　bb. 出落、出挑、出息、出脱　cc. 的

dd. 出来　ee. 说出来不好听　ff. 说出口来就后悔　gg. 才

hh. 才貌　ii. 郎才女貌　jj. 才貌双全　kk. 出溜　ll. 从山坡上出溜

mm. 下来　nn. 戌　oo. 戊　pp. 遣戍　qq. 遣戊

评论三、(《当代汉英词典》)[3]

　　李卓敏（Li Choh-ming）教授在序言中试图通过说服他人将"*feih tiee*"（废铁）（使用林语堂自己的抄本）翻译成"old iron"（旧铁）来提高这本词典的地位，而"废铁"显然应该被译成"scrap iron"。正如音乐厅的任何一位朋友都可能告诉他，"old iron"是很好的英式用法。这种在某个点上的失败尝试预示着林语堂自我介绍的宣传性质，以及其对本国语言在西方世界的真实状态的愉快的无视（如果不是故意的话）。林语堂最大的敌人是他自己：他可以设想各地的评论家们的勃然大怒，既有对他所主张的（大多是语音的），也有对他所否认的（常常是不真实的）。举一个具体的例子，他在《国语字典》（*Gwoyeu Tsyrdean*）中特别关注的术语"从未仔细注意过"实际上已经"仔细注意过"，他所做的只不过是把它们翻译出来。其中，一半仔细地或不仔细地（或许是开心地放弃了？）记录在马守真（Robert Henry Mathews）的《汉英词典》（*A Chinese-English Dictionary*）（1931）中。他的主要主张是通过将单词分类为名词、动词、形容词、副词和介词来一次解决汉语语法问题。这需要一些理由，因为它最终是基于汉语与拉丁语相同这个前提的（排除他正在参与某些深奥的乔姆斯基情节的理念。）这只是一个不应作为启示来呈现的权宜之计（*pis aller*）。

　　具有讽刺意味的是，林语堂绝对没有必要面对这样的批评：他的词典很能站得住脚。拆解《国语字典》本身的内容是一件值得的工作，但他通过选

3　David E. Pollard. "*The Chinese-English Dictionary of Modern Usage* by Lin Yutang" (book review). *The China Quarterly*, Vol.53, 1973, pp.876-878.

择性地扩展和解释，特别是添加了许多新的术语和表达，做了更多的工作。也许他工作中最好的部分就是为每个汉字提供了非常全面的初始定义，并给出了多个使用范例。尽管为古代汉语、文学语言、中世纪汉语等提供的编码没有得到应有的充分应用，其情境方面和内涵的指示也是有用的。林语堂的工作体现在词语上，他知道如何操纵它们。他还非常了解中文，这对他的工作有不可估量的帮助。当然，在某些情况下可以找到更好的英文对等物。并且，他的学问不可能是绝对无误的。但李卓敏教授说得对，在个体之间，林语堂具有独特的资格，可以弥合两种语言之间的鸿沟。

但是，还有另一个障碍。汉语在说什么呢？正如林语堂所说，汉语是现代报纸、杂志和书籍所使用的语言。这不仅包括现代技术推出的文字和已经流行的专业术语，实际上还包括林语堂本人这样的有教养的人仍经常使用的文学表达方式。不幸的是，对于大多数潜在的使用者而言，剩下的就是在民国时期发展的词汇。对此，我们只能遗憾地注意到一个分离的事实并将注意力转移到其他事物上：鞋子和轮船、封蜡、白菜和国王等，因为这里很好地提供了这样的对话主题。而且，"月球模块"和"污染"也出现了，但没有使我们深入到任何专门知识领域的东西。换句话说，这本词典不是为迎合任何类型的"中国专家"而设计的，除了文学上的"专家"，即那些喜欢阅读的人。

恰当支持该词典的是 182 页的英文索引和一些有用的表格，其中包括简化字列表。罗马拼音是《当代汉英词典》的一种修饰，有一个使用该体系的索引，但是词典正文中的汉字是根据其形状来排列的。该方法显然是林语堂本人发明的一种新方法，包括在汉字的左上角和右下角给笔画形式编码。我非常愿意相信，与 214 个部首相比，它是一种对汉字进行分类的更有效的方法，比四角编码风险更大，但是愿意买这本词典的汉语学习者不会"一无所获的"。他已经知道常规的部首，可能会讨厌不得不学习一套新的技巧。如果林语堂的词典编撰体系得到广泛采用的话，那些反对的声音将被消除（尽管大多数高级学习者仍会赞成按语音来排列），但这种情况似乎不太可能。有人怀疑，在汉语词典的编撰过程中总会出现疯狂的发明家。

词典的价格很高，但是制作精巧，使用起来很舒服。

卜立德（David Pollard）

二、对林语堂《中国新闻舆论史》的评论

书评一[4]

（在这本书中，）林语堂不仅写了中国的报刊，还写了作为一种文明力量的新闻，因为新闻不仅仅是由报刊来传播的。其他媒体尤其重要，其中，流言和交谈是使新闻四处传播的主要方法。

中国报刊杂志的历史很悠久。此外，它还尝试了各种形式的新闻压制、新闻强制和传媒炒作。一切都无济于事，因为无论如何压制消息，消息都会被散布。从漫长的历史中我们可以知道很多，特别是在目前的美国，我们正经历一个充满好奇的时期，不仅有新闻头条对新闻的歪曲（这种疾病似乎还无药可救），而且还有以报刊鲁钝和记者与编辑的社论判断的名义来对重要新闻的实际压制。

例如，一个长篇故事将出现在一家主要报纸上，这不仅值得出版其"另一面"，而且还要求对明确的指控做出一些回应。原本的描述将出现在带有社论提要的第一页上，而答复将出现在后面关于财务的页面上，这只有专家才会阅读。当林语堂写到蒋介石的新闻审查压制时，他可能会研究这个同样有趣和恶毒的美国报刊。

新闻界代表人民。因此，新闻界应始终至少具有批评性，并且经常与政府对抗。

林语堂如此有力地阐明了这一民主原则，以至于我想在每个编辑的桌子上看到他那辛辣的句子：

> 统治者与被统治者之间总是存在着一种潜在的对立——对于政府而言，无论它是民主制、君主立宪制还是君主独裁制的政体形式，统治者和民众之间总是存在一种拔河式的博弈和较量：假如政府赢了，民众肯定输了。反之亦然。如果不是这样的话，那么，民主以及限制自由和约束当权官员们的各种手段和谋略就根本没有存在的理由了。君主独裁制只不过是一种政权组织形式，在这种体制下，政府允许自己在绳子的一端拉动，而禁止民众在另一端拉动，但潜在的敌对态度无论如何总是存在的。所以，在统治者和被统治者之间的这场拔河赛中，某种公众批判总是存在

4　George E. Sokolsky. "*A History of the Press and Public Opinion in China* by Lin Yutang (1937)" (book review). *The Public Opinion Quaterly*, Vol.1, No.3, 1937, pp.144-146.

于任何形式的政府中。[5]

然后他遵循了这一原则在中国的应用：

像所有西方国家的政府一样，中国政府总是认为，政府能够独立应对这种公众批判的情势，而且抵制来自外部环境的批评。同时，中国民众像世界上其他国家的民众一样坚持认为，当权的政府可能是他们遇到的最腐败的政府。政府总是声明，它在为民众考虑，而极不愿倾听民众对政府的意见。政府真正的意图就是，民众应该停止共同的思考——像顺从的、聋哑的、不会思考的羊群那样，按照政府的意愿被驱赶到牧场或者屠宰场。孔子曾持这种观点："民可使由之，不可使知之。"[6]

但是中国媒体还承受着其中的另一种刺激（激励）：

正是在这个意义上，公元前 12 世纪的周武王才在誓词里说："天视自我民视，天听自我民听。"公元前 5 世纪的孟子，发展了这条民主原则，在书中引用了这句话，并作了进一步的发挥。他认为，在组成国家的要素中，"民为贵，社稷次之，君为轻。"这条哲学原则为大家所认可，成为中国历史上深得人心的观念。大家相信，政府如果"表达民意的""言路"畅通，就是好政府；如果"言路"阻塞，下情不能上达，肯定就会走向灭亡。[7]

以此为指南，地球上的第一份报纸和第一条自由新闻，不仅为其自由而且也为了人的自由已经进行了数千年的战斗。林语堂对这场战争的叙述构成了他的小书《中国新闻舆论史》的故事。而且，这本书可能会被中国人和汉学家以外的其他人阅读，因为在中国发生的事情也发生在其他任何一个地方。人在不同的时间和不同的地方往往会犯同样的错误。

这本书的结尾关于当今的新闻业现状是令人沮丧的，除此一点：新闻确实在中国传播开了。特别遗憾的是，林语堂没有对中国的那些反对审查并报道新闻的外文报刊进行叙述。实际上，林语堂本人在自己的国家就经常用英文写作，因为有时这是可供他使用的唯一媒介。在中国，使用英文报刊作为一种在域外的保护下出版被审查新闻的手段将是非常有价值的。很遗憾，林

5　Lin Yutang. *A History of the Press and Public Opinion in China*. Op. cit., p.ii.
6　Lin Yutang. *A History of the Press and Public Opinion in China*. Op. cit., p.iii.
7　Lin Yutang. *A History of the Press and Public Opinion in China*. Op. cit., p.63.

语堂显然回避了这个问题。这也使得他的书不完整。

不过，在这里，该书对审查制度的伎俩和破坏进行了说明，这是非常值得注意的。因为审查制度随时随地都是邪恶的。它否认了人类的智慧，因此在民主制度中它是没有地位的。实际上，它在地球上的任何地方都没有其应有的位置。

乔治·索科利斯基（George E. Sokolsky）

纽约

书评二[8]

由于统一的困难和国家国际地位的不佳，新闻自由和舆论自由在中国是一个亟待解决的问题。这个问题的紧迫性使林语堂的《中国新闻舆论史》（芝加哥大学出版社，179 页）变得鲜艳而明亮。这是一本卓越而生动的书，一本对古代和现代中国的官僚主义和言论自由进行审视的书。林语堂是中国的智人——在无能的审查制度下起着重要的作用——也是文人和报人。作为幽默、讽刺杂志《论语》的编辑，（借孔子《论语》之名），他在不满南京政府及其对左翼的反对的学生和知识分子中赢得了大批追随者。因此，在该书的第一编论述"古代中国"时，他倾向于强调作为个人的、持异议的改革家和爱国者而非大众的舆论问题。在该书的第二编"现代中国"中，林语堂论述了现代报刊的兴起，并部分重复了白瑞华（Roswell S. Britton）的《中国报刊（1800-1912）》（*The Periodical Press in China, 1800-1912*）（上海，1933 年）。但紧随其后，作者用了四个生动有趣的章节来描述主要的期刊、杂志、报界以及政治作用和政府干预。作者认为"政府越'强大'，报业就越弱小。反之亦然。"（第 114 页），中国过去需要，现在也同样需要宪法来保障言论自由和新闻自由。

该著作的主要缺点是没有参考文献和索引，中文名字的翻译缺少个性，而且在将西方术语运用到中国时偶尔比较大意。

作为一种基于新鲜资料的介绍性审视（未被翻译的文本和作者的第一手经验），它是有价值的，并且关于政府间的比较的数据很丰富。

8　Paul M. A. Linebarger. "Foreign and Comparative Government: Lin Yutang's *A History of the Press and Public Opinion in China*" (book review). *The American Political Science Review*, Vol.31, No.3, 1937, pp.356-357.

对于任何有兴趣跟进林语堂先生著作的人来说，非常方便的参考是罗文达（鲁道夫·洛文塔尔，Rudolf Lowenthal）教授的《西方中国新闻学文献目录》（*Western Literature on Chinese Journalism: A Bibliography*）（1937）（载《南开大学社会经济季刊》，1937 年 1 月，第 1007-1066 页。）

林白乐（Paul M. A. Linebarger）

书评三[9]

林语堂是研究中国新闻和舆论史的恰当人选。他自己就是一名报人，而他在中国正是其报人的身份最为有名。他在自己国家的年轻知识分子中享有广泛的知名度，他为激发和塑造他们的思想做出了许多贡献。

现在的这本小书没有尝试去梳理有关主题的完整历史。对一本篇幅不足两百页的书来说，要去梳理完整的历史，这样的要求有点过分。作者首先用几个注释介绍了在汉代以前的几个世纪中表达民意的方式。这些提示是有用的，但显然并不意味着它是一个全面的大纲。例如，作者完全没有提及学者之间的论争。这是该时代的突出特征之一，它体现了在形塑将那个时代的中国分为许多诸侯国的政策时的各种政治和社会科学理论的思想流派。接着是关于汉代的很短的一章，然后更短的一章阐述了汉代之后的两个更短的朝代中关于新闻舆论的事件。对于汉代和唐代之间的四个世纪中的大多数朝代，作者都没有提及，除了在引言中简略提及非常重要的唐代。唐代之后的主要朝代，除元朝之外，都做了简要介绍，尽管作者对清代论及较少。

对于一般的聪明的美国读者来说，这本书的前半部分将对他们很有启发性，因为他们通常都对中国和中国历史不熟悉。这部分突显了近年来的学生示威活动的传统。几个世纪以来，学者和预备学者们一直关注着国家事务，并向当局表明了自己的见解。在中国，已经有了舆论，并通过公认的渠道得到了表达。作者对中西方舆论工具之间的区别发表了一些有趣的评论，并且显然认为，西方议会制具有一定的优势。

该书的下半部分涉及现代时期，主要是 20 世纪。对于本节前面部分的大

---

9 K. S. Latourette. "*A History of the Press and Public Opinion in China*" (book review). *Political Science Quarterly*, Vol.53, No.2, 1938, pp.301-302.

部分内容，作者坦率地承认他得益于戈公振的《中国报学史》和白瑞华（Roswell S. Britton）教授的《中国报刊（1800-1912）》（*The Chinese Periodical Press, 1800-1912*）。

作者在《现代报业的开创》和《当代期刊杂志》这两章中做出了最重要的贡献。他在这两章里写的是自己的第一手经验。他对报纸、杂志以及对白话文的使用的评论都是尖刻的，充满了积极的甚至是必然引起争议的观点。在最后一章关于审查制度中，我们听到一个显然是长期以来一直敏锐地感受到了他和他从事新闻工作的同事们不得不在其之下努力工作的那些限制，并且他很高兴能写下这本《中国新闻舆论史》来有力地说出那些他认为对自由讨论进行的毫无意义的、有害的删减审查。

在提示性的资料介绍这个范围内，这本书非常出色。

赖德烈（K. S. Latourette）

书评四[10]

林语堂博士的任何一本书都肯定会有现成的读者，尽管现在这本书的范围不及他的《吾国与吾民》那样广泛，但它仍然非常有趣，对过去进行了轻松的、令人愉快的广泛回忆，并对现在予以了尖锐的、生动的批评。

中国的新闻在世界上有着最古老的历史。在尤利乌斯·凯撒（Julius Casar）开始在论坛上张贴《自然报》（*acta diurna*）之前，就已经有公报上传给官员们。在唐代，官方公报是一个常规的机构：其唯一的事务主要是关注官方的活动和任命，而且对新闻的渴求被无数的、非官方的八卦和朝廷泄漏的信息所满足，甚至在今天也是如此。最令人感到好奇的特征是，即使在帝国主义专制统治下，中国人民也具有天生的民主本能，那就是流行的民谣，人民在这些民谣中不时发表着他们对政府的意见。皇帝们的习俗是每年两次派出官员们去采集这些民谣，以了解他们的人民在想些什么。

勇敢的学者、审查员和学生所表达的正是公众舆论的非凡活力，正是他们引起了林语堂博士的特别关注。在太监和女性当权的时代，酷刑和死亡都不能阻止这些勇敢的人以最大胆的方式谴责人民的压迫者。有时他们赢了，但更多的时候他们被杀戮了。那些记得中国学生起来反对《凡尔赛条约》的

---

10 O. M. Green. "*A History of the Press and Public Opinion in China*" (book review). *International Affairs*, Vol.16, No.5, 1937, pp.823-825.

人会在诺曼底人统治的英国找到与中国的宋代极其相似的恰当的人物。这是一个很棒的故事。

林语堂博士对近代马礼逊（Robert Morrison）、麦都思（Walter Henry Medhurst）、林乐知（Young Allen）和李提摩太（Timothy Richard）等出色的传教士在将重要的西方报刊引进中国产生的影响表示了应有的敬意。从抗日战争到满族的灭亡，是由才华横溢的学者梁启超领导的中国报业史上的"黄金时代"。书中生动地描绘了在至关重要的那些年里外界对中国真正发生的事情知之甚少。

林语堂博士对当今中国新闻界进行了令人遗憾的描述：编辑粗糙、歪曲事实、完全被官方统制。对此，所需的补救措施是训练有素的记者、观察和准确地描述当今发生的事件和付给记者们更多的薪水。更重要的是，有宪法的自由和保护他们的法律法规。

格林（O. M. Green）

书评五[11]

编写该手册的一个目的是为了谴责当前中国政府对中国新闻界的统制。作者对"中国审查制度无政府状态"的猛烈攻击可在每一章和每一页中找到。正因为这个原因，这位《吾国与吾民》的才华横溢的作者才着手撰写了这部《中国新闻舆论史》。

中国新闻的自由本质上是一个中国问题。林语堂是一个中国人。该手册在中国出版显然是希望针对目前的审查情况在中国引起舆论，以便有更好的审查制度和更明智的审查员。但是，手册是用英文写的。如果手册是用中文写的，那么它的价值和效果可能会更大（本来会更大）。明代学者的这种意识要小得多。他们是用中文来写的，结果被太监给杀害了。如果他们也用英文来写，那他们今天可能会在美国以"无所畏惧的中国评论家"的身份来发表演讲。

Ming-heng Chao

---

11 Ming-heng Chao. "*A History of the Press and Public Opinion in China*" (book review). *American Journal of Sociology*, Vol.43, No.3, 1937, pp.507-508.

书评六[12]

这本小书是由太平洋关系研究所赞助出版的。作者是一位一流的新闻工作者，对中国文化复兴起着重要的作用。他在美国尤其以他的畅销书《吾国与吾民》而闻名。他的这本新书分为"古代中国"和"现代中国"两部分，概述了公元 8 世纪到 18 世纪中国新闻和舆论所起的作用，并概述了现代新闻的发展和方法，尽管简要但却提供了有用的信息。它的主要优点归功于作者对中文资料的了解、他在民国时期的报刊从业经历以及敏锐的才智。对学者来说，本书缺少索引、参考书目以及足够的参考文献有些令人失望。

林语堂坚持自己的论点，并坦率地说出自己的观点。他的论点是，除非人们在受到伤害时有喊出来的自由，否则谈论新闻自由就是笑话[13]。他是民主的热心拥护者，只关心"与舆论有关的事实。从这样的事实里，我们可以看到，民主的种子在中国是如何从'仁政总是顺乎民意'的古老原则里发芽成长，时而欣欣向荣，时而遭喜怒无常的专制君王无情蹂躏的。"[14]

早在公元 8 世纪，中国就有官方公报，这是新闻机构的始作俑者。但是，舆论也体现在职业官僚和学者的请愿和批评中以及学生运动中。作者详细介绍了许多事件，其中一些事件是很好的故事，以说明这些事态发展并显示审查制度在根本上是徒劳无用的。有时，作者仓促类推或泛化，并因此断言，在中国"太监及其朋党，一直充当着最好的审查官"[15]。

在阐述 19 世纪的中国新闻与舆论史时，林语堂随意地使用了白瑞华（Roswell S. Britton）的专著《中国报刊: 1800-1912)》（*The Chinese Periodical Press, 1800-1912*）。中国报刊最早是由传教士创办的，但其发展则主要是由西方的中国学生来完成的。1885-1911 年间可称为中国报业史上的"黄金时代"，且新闻是传播革命种子的根本因素。然而，自 1911 年以来，国民政府在解放中国思想方面几乎没有做任何事情。实际上，他们在阻碍新闻事业的发展方面倒是做了很多工作。结尾的"现代报业的开创"、"当代期刊杂志"和"检查制度"这三章都非常出色。这几章揭示了新闻界的弱点和保守，但仍然非常

---

12 G. Leighton LaFuze. "*A History of the Press and Public Opinion in China* by Lin Yutang". *Social Forces*, Vol.16, No.2, 1937, pp.302-303.

13 原文无注。可参见林语堂著，刘小磊译，《中国新闻舆论史》，上海：上海人民出版社，2008 年版，第 1 章"前言"，第 2 页。本书作者注。

14 原文无注。可参见林语堂著，刘小磊译，第 2 页。

15 原文无注。可参见林语堂著，刘小磊译，第 4 页。

不完善，且影响力有限。而且，国民政府采用了很多非系统但具破坏性的压制方法。新闻界的问题不仅仅只是中国人民面临的问题。

莱昂顿·拉富兹（G. Leionton LaFuze）

美国国家档案馆（The National Archives）

附录二　林语堂著译

一、林语堂著作（time order）

1. "*Li*: The Chinese Principal of Social Control and Organization". *The Chinese Social and Political Science Review*, March, 1917, pp.106-117.

2. "The Literary Revolution and What Is Literature". *The Chinese Students' Monthly*, February, 1920, pp.24-29.

3. "Literary Revolution, Patriotism, and the Democratic Bias". *The Chinese Students' Monthly*, June, 1920, pp.36-41.

4. "Altchinesische Laulehre" (Archaic Chinese Phonetics). Ph. D. dissertation, University of Leipzig, 1923.

5. "A Survey of the Phonetics of Ancient Chinese". *Major Asia*, Vol. 1, 1924, pp.134-146.

6. "The Development of the Chinese Language". *The Chinese Social and Political Science Review*, Vol. IX, 1925, pp.488-501.

7. "Some Results of Chinese Monosyllabism". *The China Critic*, Vol. 1, November 15, 1928, pp. 547-548.

8. *The Kaiming English Books*. 3 Vols. Shanghai: The Kaiming Book Company, 1929.

9. "Analogies between the Beginnings of Language and of Chinese Writing". *The China Critic*, December 12, 1929, pp.989-993.

10. *Letters of a Chinese Amazon and War-time Essays*. Shanghai: The Commercial Press Ltd., 1930.

11. "The Function of Criticism at the Present Time". *The China Critic*, February 6, 1930, pp.78-81.

12. "The Origins of Modern Chinese Dialects". *The China Critic*, February 6, 1930, pp.125-128.

13. "Chinese Realism and Humor". *The China Critic*, September 25, 1930, pp.924-926.

14. *The Kaiming English Grammar Based on National Categories*. Shanghai: The Kaiming Book Company, 1931.

15. "A Talk with Bernard Shaw". *The China Critic*, March 9, 1933, pp.264-265.

16. "The Humor of Feng Yu-hsiang". *The China Critic*, October 12, 1933, pp.1009-1010.

17. "On Humor" (1934) In Jocelyn Chey and Jessica Davis eds. *Humor in Chinese Life and Letters: Classical and Traditional Approaches*. Hong Kong: Hong Kong University Press, 2011.

18. *The Little Critic: Essays, Satires and Sketches on China (First Series: 1930-1932)*. Shanghai: The Commercial Press Ltd., 1935.

19. *My Country and My People*. New York: The John Day Company, 1935.

20. "The Humor of Mencius". *The China Critic*, January 3, 1935, pp.17-18.

21. "The Humor of Liehtse". *The China Critic*, January 17, 1935, pp.65-66.

22. "Some Hard Words about Confucius". *Harpers Magazine*, May, 1935, pp.717-726.

23. "The Humor of Su Tung-p'o". *The China Critic*, October 3, 1935, pp.15-17.

24. "Some Chinese Jokes I Like". *The China Critic*, November 21, 1935, pp.180-182.

25. "Feminist Thought in Ancient China." *T'ien Hsia Monthly*, Vol.1, No.2, 1935, pp.127-150.

26. *A History of the Press and Public Opinion in China*. Chicago: University of Chicago Press, 1936.

27. *Readings in Modern Journalistic Prose*. Shanghai: The Commercial Press Ltd., 1936.

28. "Chinese Satiric Humor". *The China Critic*, January 9, 1936, pp.36-38.

29. "Contemporary Chinese Periodical Literature". *T'ien Hsia Monthly*, March, 1936, pp.225-244.

30. *The Importance of Living*. New York: The John Day Company, 1937.

31. *Confucius Saw Nancy and Essays about Nothing*. Shanghai: The Commercial Press Ltd., 1937.

32. "Why I Am a Pagan". *The Forum*, XCVII (February, 1937), pp.83-88.

33. *Moment in Peking*. New York: The John Day Company, 1939.

34. *With Love and Irony*. New York: The John Day Company, 1940.

35. *A Leaf in the Storm*. New York: The John Day Company, 1941.

36. *The Wisdom of China and India*. New York: Random House Inc., 1942.

37. *Between Tears and Laughter*. New York: The John Day Company, 1943.

38. *The Vigil of a Nation*. New York: The John Day Company, 1944.

39. "*Conflict in China Analyzed*". *Far Eastern Survey,* Vol.14, No.14, 1945, pp.191-195.

40. "China and its Critics". *The Natio*n, March 24, 1945, pp.324-327.

41. *The Gay Genius: The Life and Times of Su Tungpo*. New York: The John Day Company, 1947.

42. *The Wisdom of Laotse*. New York: Random House, 1948.

43. *Chinatown Family*. New York: The John Day Company, 1948.

44. *Peace Is in the Heart*. Sydney: Peter Huston Company, 1948.

45. *On the Wisdom of America*. New York: The John Day Company, 1950.

46. *Miss Tu*. New York: The John Day Company, 1950.

47. "Chinese Typewriter" In Mergenthaler Linotype Company, Brooklyn, New York, edited by United States Patent Office. USA: Lin Yutang. New York, 1952.

48. *Lady Wu: A True Story*. 1st edition. Cleveland: William Heinemann Ltd., 1953.

49. *The Vermillion Gate: A Novel of a Far Land*. New York: The John Day Company, 1953.

50. *Looking Beyond*. New York: Prentice-Hall Inc., 1955.

51. *The Secret Name: The Soviet Record, 1917-1958*. New York: Farrar, Straus and Cudahy, 1958.

52. *From Pagan to Christian: The Personal Account of a Distinguished Philosopher's Spiritual Pilgrimage back to Christianity*. Cleveland: The World Publishing Company, 1959.

53. *The Chinese Way of Life*. Cleveland: The World Publishing Company, 1959.

54. "Why I Came back to Christianity". *Presbyterian Life*, April 5, 1959, pp.13-15.

55. *Imperial Peking: Seven Centuries of China*. New York: Crown Publishing Company, 1961.

56. *The Red Peony*. Cleveland: William Heinemann Ltd., 1962.

57. *The Pleasures of a Non-conformist*. Chicago: The World Publishing Company, 1962.

58. *Juniper Loa*. Chicago: The World Publishing Company, 1963.

59. *The Flight of the Innocents*. New York: G. P. Putnam's Sons, 1964.

60. *The Chinese Theory of Art*. New York: G. P. Putnam's Sons, 1967.

61. Lin Yutang, Hu Shi and Wang Ching-wei. *China's Own Critics: A Selection of Essays*. New York: Paragon Book Reprint Corp., 1969.

62. *Lin Yutang's Chinese-English Dictionary of Modern Usage*. Hong Kong: The Chinese University of Hong Kong, 1972.

63. *Memoirs of an Octogenarian*. Taipei: Meiya Publications Inc., 1975.

二、林语堂译著（time order）

1. "A Cockfight in Old China". *The China Critic*, November 22, 1934, p.1148.

2. *Six Chapters of a Floating Life*. Shanghai: Shanghai Shudian, 1935.

3. *A Nun of Taishan and Other Translations*. Shanghai: The Commercial Press Ltd., 1936.

4. *The Importance of Living*. New York: The John Day Company, 1937.

5. *The Wisdom of Confucius*. New York: The Modern Library, 1938.

6. *Tales of Old China*. Los Angeles: Book Club of California, 1943.

7. *The Wisdom of Laotse*. New York: The Modern Library, 1948.

8. *Widow, Nun and Courtesan: Three Novelettes from the Chinese*. New York: The John Day Company, 1951.

9. *Famous Chinese Short Stories*. New York: The John Day Company, 1953.

10. *Chuangtse*. New York: The World Book Company, 1957.

11. *The Importance of Understanding: Translations from the Chinese*. Cleveland: The World Publishing Company, 1960.

12. *The Chinese Theory of Art: Translations from the Masters of Chinese Art*. Cleveland: William Heinemann Ltd., 1967.

后记（行素）

　　林语堂这本书是我十多年来从事的"中国经典在英语世界的传播与接受"系列研究成果中篇幅相对来说比较小、篇章结构相异且写得断断续续的一本书。

　　当初在钱钟书和林语堂之间犹豫时，特意征询了学界几位师长，都建议我做英语世界的林语堂研究。这与我的想法相似。因为林语堂身份多元，英语世界的"他者"研究林语堂的视角相对来说会比钱钟书更丰富。这是我喜欢的。于是，选择了林语堂。于是，选择了以林语堂的身份来为书稿谋篇布局。

　　书稿是 2017 年被人才引进到长江师范学院时的科研启动课题。当时忙着书稿《〈道德经〉在英语世界的传播与接受研究》，于是这本《林语堂在英语世界的传播与接受研究》便被搁置一旁。等到 2018 年 7 月，58.5 万字的《〈道德经〉在英语世界的传播与接受研究》完成，便开始进行林语堂的资料搜集与书稿撰写。2018 年 11 月 22 日，我申请的国家社科基金中华学术外译项目、郑振铎的《中国俗文学史》立项，只好把已完成 12 万字的林语堂书稿再次放下。2020 年 5 月 20 日，60 多万字的《中国俗文学史》英译稿终于完成交稿，这本《林语堂在英语世界的传播与接受研究》才得以被继续直至最终完成。

　　资料的搜集整理是"中国经典在英语世界的传播与接受"系列研究的不二难题。最后查询到的一处引文原文是林语堂为其《行素集》作的序。引文标示信息为：《论语》第 44 期（1935 年 7 月 1 日）。但是多方查找，发现收入《论语》1935 年 7 月 1 日这一天的文章只有"假定我是土匪"。最后，在《林语堂书评序跋集》中找到。该文对《行素集》的英译为 "*Persisting in My Own*

Way"，当是取"我行我素"之意。

完成初稿时正值 2020 年教师节，收到孩子们的各种祝福、鼓励和夸奖。可爱的诗意说："有的人，身着白衣，心有锦缎。白天如阳光一般明媚，夜晚如萤火一般温润。当你走近，会给你不期而遇的温暖和生生不息的希望。亲爱的玉英老师，您就是这样的人。"要谢谢孩子们的鼓励与成全，还有进哥哥、芷蘅以及朋友们的包容，让我可以我行我素，做我喜欢的那个自己。

感谢阎纯德老先生一如既往的鼓励与欣赏，原拟将此书收入其主编的《汉学研究大系》，使其成为我被收入该书系的第六本著作，也是我截至目前完成的第十二本学术专译著。

感谢恩师顺庆先生最终将此书收入其主编的"比较文学与世界文学研究丛书"，使其成为继《茅盾与中国现代文学批评》（2014 年，译著）之后，我在"花木兰"出版的第二本著作。

行素之间，有你相知相伴。真好！

是为记。

2021 年 7 月 18 日